杜甫の詩的葛藤と社会意識

谷口眞由実著

汲古書院

序

本書は、著者の谷口眞由実さんがお茶の水女子大学に博士学位の申請のために提出した論文を公刊するものである。谷口さんはこの論文により、本年（平成二十四年、二〇一二年）三月二十三日、お茶の水女子大学から博士（人文科学）の学位（博乙第三一〇号）を授与された。論文の原題は『杜甫研究――詩的葛藤と社会意識――』であったが、このたびの刊行に際して、表記上の統一及び誤・脱字の補正等、部分的な修正を加え、題も『杜甫の詩的葛藤と社会意識』に改められた。

いまさら言うまでもなく、杜甫は中国の古典文学、特に詩芸術の代表的な文学者の一人である。詩人としての杜甫は彼の生きた唐代においてすでに高く評価され、以後、現在に到るまで数多くの人々の敬愛を受け続けてきた。しかも、杜甫詩の愛好者と研究者は、中国はもとより、日本や朝鮮半島、さらには欧米等にまで広くひろがっていて、彼及び彼の作品についての歴代の論評、研究の類――いわゆる「杜詩学」の文献――は、文字どおり汗牛充棟、その数量は恐らく中国詩人のなかで最も多数に上るのではなかろうか。その状況は、例えば杜甫の詩文集・論評・注釈・訳詩等の書籍類を網羅的に蒐集整理する二種の書目、『杜集書目提要』（鄭慶篤・焦裕銀・張忠鋼・馮建国合著、斉魯書社、一九八六年九月）と『杜集書録』（周采泉著、上海古籍出版社、一九八六年十二月）、そしてその二種を増補する『杜集叙録』（張忠鋼・趙睿才・

綦維・孫微編著、斉魯書社、二〇〇八年十月）等を見れば、容易に推察することができる。しかしながら、一二六〇余種の書物を著録する『杜集叙録』にしても、それらはあくまでも氷山の一角、なお多くの遺漏を残し、到底完全無欠の書目とは言いがたい。とりわけ中国々外の文献調査は、まだその緒に就いたばかりという状況である。言うなれば、世界各国において杜詩学関連の書物は時々刻々増え続けていて、谷口さんの本書もまたその一冊ということになる。

　本書にまとめられた谷口さんの杜甫研究の前提は、杜甫を「様々な矛盾・葛藤の中から独自の表現を生み出していった詩人としてとらえ」（序論）ることであり、彼の生涯を「葛藤」の連続ととらえ、「葛藤」をキーワードとして杜甫の創作の由来と実体をあらためて検証しようとしたものである。

　谷口さんによれば、杜甫の「葛藤」は三類に分類できるという。すなわち、第一は「儒家」を自認する杜甫自身の生き方に関わる葛藤、第二は伝統的な詩的イメージや詩語の変革に関する葛藤、そして第三は社会的矛盾に直面しての葛藤である。さらに、それらがすべて詩人の心の内面における葛藤であるのに対して、実際の創作においては内なる葛藤を言葉として表現するためにさらなる葛藤を生み出す、と谷口さんは指摘する。まさしく杜甫みずから、「語　人を驚かさずんば　死すとも休《や》まず」（江上　水の海勢の如くなるに値《あ》い　聊か短述す）と述懐することが、それである。

　また、三類の葛藤の検証は、三つの部分から成る本書本論の第一編から第三編の内容にそれぞれ同じ順序で対応する。三編には次のような編名が付されている。

　第一編　心性と創作――杜甫の詩的葛藤と自己認識――

第二編　詩語の変革――文学表現における試行――
第三編　社会意識と社会批判詩――内乱の中での詩的創造――

この三編を本書の書名との関連で言うと、第一編と第二編はもっぱら「詩的葛藤」を説く部分であり、第三編の中心的主題は「社会意識」である。

そして、各編には谷口さんがこれまで学会誌等に発表してきた論文が、章と節とに分別されて収録されている（巻末「初出一覧」参照）。ここで三編の内容を簡単に紹介しておこう。

第一編では、自己の生き方を「狂」で表現する杜甫の自己認識の、生涯を通じての変遷と特徴の分析を中心に、「戯」・「拙」・「潦倒」といった詩語の杜甫独自の意味内容を明らかにする。すなわち、自己への葛藤が語られている部分である。

第二編で取り上げられているのは「菊」と「風塵」のイメージである。杜甫が、唐以前からの両者のイメージの流れを踏まえたうえで、現実に即した新たなイメージの展開を試み（試行し）て葛藤する様相を述べる。表現における葛藤を明らかにする部分である。

第三編は、いわゆる「房琯事件」の真相究明と杜甫の社会詩との関連を論じるものである。「房琯事件」とは、宰相の房琯が政治的な対立から粛宗に罷免され、房琯を弁護した杜甫もまた罪に問われた一連の事件をさしている。従来あまり詳しくは論じられてこなかったこの事件が、実は安史の乱の収拾をめぐる政治路線・政策の対立によるものであることを、谷口さんは「乾元元年華州試進士策問五首」（乾元元年、華州にて進士を試されての策問五首）をはじめ「奉謝口勅放三司推問状」（口勅にて三司の推問を放《ゆる》さるるを謝し奉るの状）・「祭故相国清河房公文」（故の相国清河の房公を祭る文）等の散文作品をつぶさに検討して、解明する。すなわち、軍備の増強によって反乱を抑え込もうとする粛宗を中心とする政治集団の方針と、民衆の生活を第一に重視すべしとする房琯の主張との対立が事件の根本的な理由であった、と結論づける。言うまでもなく、杜甫は房琯の主張こそ政治本来のありようと考えたから房琯を弁護したのであるが、現実的には却って処罰を受けてしまい、理想と現実のギャップに葛藤を余儀なくされ、それが杜甫の社会詩の原点とも言うべき「三吏三別」を生み出したと、谷口さんは新しい見解を提示する。具体的な問題と事例に即した杜甫の「社会意識」の解析は、きわめて説得的である。

本書全体を通じての印象は、谷口さんの論述と論証がまことに手堅いことである。それは谷口さんの、詩句の執拗な読み込みと控えめとも見える周到な筆遣いに由来することに間違いはないが、本書の目的が杜甫の詩を総論的にひろく論じようとすることにはなく、葛藤する人間として詩人杜甫に視点をすえ、それが杜甫及び杜甫詩を理解する最も重要な関鍵であるとすることにあるからであろう。要するに本書は、杜甫がなにを詠じたかではなくて、どうういたったかが述べられているのである。

谷口さんが本格的に杜甫研究に取り組み始めたのは、私の知る限り、昭和五十八年（一九八三）四月にお茶の水女子大学大学院人文科学研究科修士課程の中国語中国文学専攻に入学してからのことである。無論それ以前から杜甫への関心はあったに相違なく、だからこそ杜甫の専門研究を志してお茶大の大学院に進学してきたのであろう。当時、私は研究指導教官の立場で谷口さんの杜甫研究を間近で見ることになった。二年後の昭和六十年（一九八五）に提出された修士論文は「戯題詩研究――杜甫の詩を中心に

――」で、本書の第一編第二章「表現手法としての〈戯〉」は、その修士論文の要約を『お茶の水女子大学中国文学会報』第五号に載せたものを初出とする。

以後、谷口さんは杜甫一筋という形で研究を積み上げてきた。本書は彼女のほぼ三十年間の研究成果の一部ということになる。真摯な努力家である谷口さんは、間違いなく今後も杜甫研究を続けるであろうが、いつの日かまた新しい杜甫像と杜甫詩の世界を我々に示してくれることを期待しつつ、序文を請われた責めをふさぎたい。

平成二十四年十月

佐藤　保
（お茶の水女子大学名誉教授）

杜甫の詩的葛藤と社会意識　目次

杜甫の詩的葛藤と社会意識

序論　詩的葛藤の中の杜甫

一

杜甫（字は子美、七一二〜七七〇）は、唐代の数多い詩人の中でも、最も高名な詩人である。杜甫の詩は唐詩の最高峰として不動の地位を持っており、その評価はすでに定まっているといえる。だが本論は、その杜甫を、生涯にわたる様々な葛藤、特に詩作における葛藤の側から再検討しようとするものである。杜甫を不動の地位を持つ作家としてではなく、様々な矛盾・葛藤の中から独自の表現を生み出していった詩人としてとらえなおしたいと考えるのである。杜甫は生涯にわたって詩的葛藤の中にあったと、本論では位置づけている。本論でいう詩的葛藤とは、まず第一に、自己の生き方に関わる矛盾状態のもとで表現をめざす葛藤ということであり、第二に、表現そのものを伝統の中から生み出す葛藤であり、第三に、社会的矛盾の中でそれを克服する思索と詩的表現を相互に生み出そうとする葛藤を意味する。その様々な葛藤の分析が、それぞれ本書の第一編、第二編、第三篇に対応しているが、以下にその内容と問題意識を示しておきたい。

二

第一編では、主に杜甫が直面した、自己の生き方に関わる葛藤とその表現について考察する。杜甫が、最晩年の大暦四年（七六九）おそらくは湖南で制作した詩に「江漢」（『杜詩詳註』巻之二十三）[1]がある。[2]その首聯に次のように述べている。

江漢思歸客　　江漢　帰るを思ふ客
乾坤一腐儒　　乾坤《けんこん》　一腐儒

第二句では、天地の間にさすらう自身のことを「腐儒」と表現している。儒者として、儒家的理想を持った政治家として、世のために尽くしたいという思いを終生杜甫が持っていたことがうかがわれるだろう。この点に関しては、すでに鈴木虎雄著『杜詩』（岩波文庫、岩波書店、一九六六年二月第一版、一九七九年七月第八版）の「解説」にも、この詩句や「法は儒家より有す」（「偶題」）、「干戈老儒を送る」（「鄭審に寄す」）などの表現を挙げて、

杜甫の本領は儒にあったといわざるを得ぬ。彼はその父祖を儒家といい、みずからを儒と称し、みずからは謙遜して「老」または「腐」の字を加えている。

と指摘されている。「腐」字の解釈については別として、自己の理想を「儒」に求めた杜甫の思考を明らかにした論といえる。また、同書にはさらに、

彼の人柄を見るのに彼はほとんど儒教の説くところの聖賢に近い人格を有する。それに加えるに、彼は古今にわたる大詩才を有していた。この意味において彼は実に詩聖というべきである。

と杜甫を「聖賢」に近い存在とし、「詩聖」の評が杜甫にふさわしいことを確認しておられる。この点については、興膳宏著『杜甫　憂愁の詩人を超えて』（岩波書店、二〇〇九年十月）にも、

杜甫（七一二～七七〇）は、しばしば「詩聖」と称されて、歴代詩人の最高峰に位置づけられる。「詩聖」とは、詩における聖人、すなわち最も完璧な詩人の意味である。こうした呼称は明代以降になってから生まれたものだが、現在でもなお杜甫を古今最高の詩人とする評価は揺らいでいない。

と記されている。この二氏の指摘に代表されるように、杜甫に対する「詩聖」との評は今も継承されている。「詩聖」という際、鈴木の指摘にもあるように、杜甫の人格と詩才の両面の絶対的な高さに対して評されたものとみることができる。興膳が「詩聖」の語を「完璧な詩人」と解説されているのも、その両者を合わせているだろう。

筆者はもちろんこの評を否定するわけではないが、杜甫に対するこの評語が、かえって詩人杜甫の生涯と詩作にわたる本質を考える際に一つの障壁となっているのではないかと考える。杜甫の人格やその詩才を「聖」なるもの、最高位のゆるぎないものと位置づけることによって、ともすると評価の固定化や、安定した評価への依存が生じ、あるいは「詩聖」の讃美に覆われて、時にぶざまなほどに苦悩し煩悶する杜甫の複雑な心情を読み落とす恐れを感じるのである。杜甫は先述の「腐儒」という表現にみえるように、自身「儒者」でありたいと欲していながらも、現実には儒者として時世に貢献しえないという状態の間に、葛藤を抱いていたと考える。「腐」という形容に、自身の現状への自責、痛惜、憤懣の入り混じった感情を読み取ることができる。

生涯に繰り返し自画像を描く画家がいるように、杜甫は終始自身の性情や内面、仏教語でいうならば〈業〉をみつめて、詩に表現している。本論で取り上げるように、「狂」・「戯」・「潦倒《ろうとう》」・「拙」という表現で自身の性情や姿勢を捉えているのがそれである。本論第一編「心性と創作――杜甫の詩的葛藤と自己認識――」では、杜甫のそうした性情

と詩的表現に関わる葛藤を追及する。杜甫は、儒者であろうとしながらその枠におさまらずはみ出してしまう自身の姿や性情を、「狂」、「拙」や「潦倒」の語で捉えながら、執拗に自身の本質を問い続けていた。これらの語は一般にマイナスのイメージを持つ語であると同時に、儒家的な価値観からはみだしている語でもある。儒者として生きることを常に意識していた杜甫が、これらの語を用いているのはどのような理由によるのだろうか。自己の性情、内面をみつめて、何度も繰り返しその詩にこのような内面を見つめる表現を詠じなければならなかったところに、杜甫の自己の性情とその表現に関わる葛藤がみえる。これが、本論第一編で問題とする葛藤であり、自己の性情そのものに関わる葛藤とその表現の問題といえよう。

三

杜甫は六朝時代までの文学を継承し、それを自己の文学的創造の根幹とし、集大成した詩人である。特に六朝文学、中でも『文選』に対する理解には比類のないほど深いものがあり、自らの詩の中にも、こう述べている。

詩是吾家事　　詩は是《こ》れ　吾が家の事
人傳世上情　　人の伝ふるは世上の情よりす
熟精文選理　　熟精せよ　文選の理
休覓彩衣輕　　彩衣の軽きを覓《もと》むるを休《や》めよ

（「宗武生日」『詳註』巻之十七）

この詩では、詩が我が家の最重要の事業であると述べ、息子宗文に『文選』の道理を学ぶよう勧めている。このほか「水閣朝霽奉簡雲安嚴明府」（水閣　朝霽《は》る。雲安の厳明府に簡し奉《たてまつ》る）に、「児に続《つ》がしめて文選を誦せしむ」（續兒誦文選）とあるのも、息子に『文選』学習を課していたことをうかがわせる。杜甫はこのように『文選』をはじめとする前代までに蓄積された遺産を継承することが、文学表現において必須の基盤であると認識していたのである。

一方、今に残される一千四百余首の杜詩を読むとき、一つ一つの詩の中に新しい表現への模索、挑戦があって、前代を刷新する創造への盛んな意欲が伝わってくる。しかもそのような模索は杜甫の波乱に満ちた生涯を通じて一貫して重ねられている。その詩は一篇ごとに新たな表現の一ページを開いていることを強く感じさせる。

爲人性僻耽佳句　人と為《な》り性僻《へき》にして佳句に耽《ふけ》る
語不驚人死不休　語　人を驚かさずんば死すとも休《や》まず
（「江上値水如海勢、聊短述」『詳註』巻之十）

この激しい言葉からも、全霊を傾けて創作に向かう杜甫の姿勢がうかがわれる。生涯にわたって新たな詩境に挑み続けていることが、杜甫に顕著な資質といってよいであろう。つまり、前代までの表現への尊崇・継承と、そこに留まらずさらに新たな表現を求める革新性との葛藤の中に杜甫の詩は生まれたといっても過言ではない。『詩經』・屈《くつ》原《げん》・宋玉や漢魏、六朝の文学、さらには北周の庾信《ゆしん》や初唐の四傑などに学ぶだけでなく、表現技巧の工夫、詩語の工夫において、他の詩人の追随を許さない表現へのすさまじい傾斜を杜甫はその詩に示しているのである。このように杜甫は詩の創造の過程で、伝統の継承と新たな表現を求める心との両者の間で揺れ動き、せめぎあっていた。これが、本論第二編「詩語の変革——文学表現における試行——」で検討する、杜甫の詩表現自体にかかわる葛藤である。杜甫は『文選』を継承する強い意識と『文選』を初めとする前代の文学表現に対決するという姿勢を内なる葛藤として明瞭に持っていたと考えられる。伝統への尊崇が深ければ深いほど、それを乗り越えようとする意欲は作詩の行為に深いせめぎあいをひきおこしたと考えられる。第二編では、その実態を、詩語の「菊」「風塵」などの調査をもとに考えてゆきたい。

四

一方、杜甫は、唐王朝に最盛期をもたらした玄宗の太平の社会から、安史の乱を契機に衰退へと向かう歴史的転換期に遭遇し、想像を絶する艱難を経験している。しかも、安祿山の乱前後の政治・社会に厳しく対峙し、その現実を詩にリアルに表現していった。そのことから、社会詩人として評価されている。杜甫の比較的若い時期の社会批判詩の代表作とされる「兵車行」には、すでに次のような厳しい政治批判の表現が見えている。

邊庭流血成海水　辺庭の流血　海水を成し
武皇開邊意未已　武皇　辺を開く　意未だ已《や》まず
君不聞漢家山東二百州　君聞かずや　漢家　山東の二百州
千村萬落生荊杞　千村　万落　荊杞《けいき》を生ずるを
縱有健婦把鋤犂　縦《たと》ひ　健婦の鋤犂《じょり》を把《と》る有るも
禾生隴畝無東西　禾《か》は隴畝《ろうほ》に生じて東西無し

（『詳註』巻之二）

右のように社会批判の視点はすでに杜甫の中にあった。安史の乱の中で作られた「三吏三別」は、その「兵車行」

の視点をひきついでいると考えられる。

しかし、それは、安史の乱の状況下での一筋縄ではゆかない激しい社会認識の中での、新しい文学的な試みでもあったと考えられる。絶望的な内乱の中で、戦争の遂行と民衆の救済という二重の困難を解決しようとする重い葛藤の中で、杜甫の社会詩の制作は行われたのではなかったか。

杜甫は玄宗朝に生まれ、その天下太平の時代に幼少期を過している。その玄宗の政治はいわば杜甫の目の前で、安史の乱によって音を立てて崩壊した。玄宗の跡を継いだ粛宗の中興に一たびは期待を寄せた杜甫であったが、房琯《ぼうかん》一派として排斥され、粛宗による政策が実際に実施されるに至って、その政策が民衆にもたらす残酷な現実を目にする。この時期の杜甫は、粛宗の政治・政策に対して、期待と失望の中で激しく揺れ動いていたと思われる。このように政治・社会への現状認識が深まり、それを文学の場で表現しようとする表現上の葛藤があったからこそ先鋭な社会批判詩が生まれたのではないか。それが本論第三編「社会意識と社会批判詩――内乱の中での詩的創造――」で考察しようとする詩的葛藤である。

五

杜甫に関する先行研究は膨大な量に及んでいる。その先行研究の全体を紹介することは限られた紙面では不可能に近い。そのため、ここでは本論の課題に直接に関わるものに限定して紹介したい。

鈴木修次著『唐代詩人論』「杜甫論」(3) の「杜甫の詩における「乱」・「欹《き》」・「危」」の中に、次のような指摘がある。

杜甫自身の、詩人として心のときめき、心の「ゆらぎ」が、微妙に波打って、対象を「乱」・「欹」・「危」といった形容で説明せざるをえなかったのだろう。「乱」・「欹」・「危」で説明されるものは、対象が安定さを欠いていることを示すばかりではなく、詩人の心自体の、緊張にともなう動揺、作者の心の「ゆれ」や「ゆらぎ」をも示すものとして考えなければならない。（中略）その用いられ方は、表面だって頻用されないだけに、ある種の押えられた執念を感ずる。『論語』のことば、「怪・力・乱・神を語らず」を、儒者であろうとした杜甫が心得ぬはずはない。心得てはいるが、だが「乱」に興趣を寄せざるをえないのが、儒者であろうとする拘束からはみ出た詩人の心である。

鈴木は、「乱」・「欹」・「危」に杜甫の心の「ゆらぎ」を読み取り、また儒者であろうとしながらも、しかし、詩人としては「乱」に興趣を覚え、儒家的価値観、その拘束からはみ出している杜甫の姿を指摘している。卓越した鋭い読解であると思う。ただ、鈴木が指摘する「乱」・「欹」・「危」をはじめとする語句は、対象となる外界の事物のありさまを形容する語である。これに対して筆者は、さらに直接的に自身を表現した語句の中に、杜甫の自己認識のゆらぎ、または自己の生き方に直接に関わる葛藤をみることができるのではないかと考える。それにとどまらず、自分の中に尋常ならぬ「狂」という異様な性情を自覚する杜甫の、覚醒した自意識に着目したい。その点にこそ杜甫の文学営為の原点があるのではないかと考える。そのような見通しのもとに、第一編で「狂」・「拙」や「潦倒」等の語を中心に問題を掘り下げたい。

吉川幸次郎は『杜甫Ⅰ』（筑摩書房・世界古典文学体系）の中で、杜甫の「夜宴左氏莊」（夜　左氏の荘に宴す）（『詳注』巻之一）について次のように指摘しておられる。

この詩の語彙は、〔風林〕〔繊月〕〔衣露〕〔浄琴〕〔暗水〕〔花徑〕〔春草〕〔草堂〕（云云）、ほとんどすべてが「文選」の用語でなく、またひろく六朝詩にも、原則として現れない。六朝の詩は、大まかな抽象にとどまり、これらの語でいわれるような細緻なイメージを結ぶに至らなかったのに対して、細緻な感覚の世界を開拓しようとするのが、唐の詩であるが、この方向においても、杜甫は画期であることを顕著に示す例である。

ここで、吉川は、この詩の詩語は六朝詩に見えない語であることを指摘しながら、六朝から唐代への詩の流れの中で、杜甫がその精緻さにおいて画期的存在であったことを論じている。一方吉川は『杜甫詩注』の中で、各詩の詩語を詳細に分析し、『文選』に既出の語であるかどうかを克明に検証されてもいる。後続する者は、そこから多くを学んでいるが、筆者はさらにそこから一歩を進めて、杜甫がどのように六朝の詩語を刷新し、あるいは新たな詩語を創出していったかを考察してゆきたいと思う。第二編では、そうした視点に立って、伝統を継承しながら詩的表現を刷新した杜甫の試行錯誤のありさまを追求したい。

周勛初著、高津孝訳『中国古典文学批評史』[4]「第四編　隋唐五代の文学批評」（唐初の文学批評と杜甫）では、杜甫の「戯爲六絶句」（戯れに六絶句を為《つく》る）における、「詩を論ずる場合、古今で優劣をつけるべきではない。およそ取るべきところがあればすべて学ぶべきである。[5]」との主張を指摘し、さらに「偶題」詩を取り上げて、杜甫は「一方に偏った見方を打ち破り、全体を見通し、どの段階の文学もそれぞれ独自の貢献をしており、全て後世の人が詩を学ぶ際の貴重な参考となると認めることができたのである。」と述べている。

周勛初の論は、（例えば元結などが、初唐の詩人を批判していたのに対して）杜甫は前代までの六朝詩にも、また、初唐の詩にも学ぶべき点があると評価し、生涯にわたってこの心得に基づいて、詩の集大成を成し遂げた、とする。この論に啓発される点は大きいが、ただ、そのように前代や初唐の優れた詩を受容し、研究し学ぶだけで、杜甫の詩が完成しうるものなのか、という疑問は残るように思う。

本論第三編では、杜甫の社会詩が単に集大成と呼べるような作品世界ではなく、社会意識と詩的表現がぶつかりあいつつ、相互に展開していったものであることを追及する。

以下、本論では右の三つの問題意識に沿って杜甫の詩について考えてゆきたい。

〔付記〕

杜甫詩の底本としては、清、仇兆鰲《きゅうちょうごう》注『杜詩詳註』（中華書局、一九七九年十月）を用いた。以下、『詳註』と省略して記すこととしたい。

また、原詩・原文は正字を用いるが、書き下し文及び地の文には常用漢字を用い、常用漢字に入っていない漢字については正字を用いる。ただし、人名・地名・元号などの固有名詞は原則として正字を用いることとする。

訓読や解釈にあたっては、さまざまな先行の参考文献を参考にさせていただいた。巻末に挙げさせていただき、ここに深謝の意を表したい。

【注】

（1）以下、清、仇兆鰲注『杜詩詳註』（中華書局、一九七九年十月）を『詳註』と略して記す。

（2）『詳註』で仇兆鰲は次のように注している。

黄編在夔州、今依蔡氏入在湖南詩內、與下首「江漢山重阻」爲同時之作、蓋大曆四年秋也。（黄は編して夔州《きしゅう》に在り。今蔡氏の湖南詩内に入れ、下首「江漢　山重なりて阻《はば》む」と同時の作と為すに依《よ》る。蓋《けだ》し大暦四年秋なり。）

（3）鈴木修次著『唐代詩人論　下巻』（鳳出版、一九七三年四月）

（4）周勛初著、高津孝訳『中国古典文学批評史』（勉誠出版、二〇〇七年七月）

（5）杜甫「戯爲六絶句　其五」（『詳註』巻之十一）には次のように詠じられている。

不薄今人愛古人
清詞麗句必爲隣
竊攀屈宋宜方駕
恐與齊梁作後塵

今人を薄《かろ》んぜず古人を愛せば
清詞麗句は必ず隣を為さん
窃《ひそ》かに屈宋を攀《よ》ぢ宜しく駕を方《なら》ぶべし
恐るらくは斉梁与《よ》り後塵と作《な》らん

第一編　心性と創作——杜甫の詩的葛藤と自己認識——

はじめに

杜甫はしばしば「詩聖」と称されてきた。それは、詩の聖人、つまり詩の第一の妙手であるという意味にほかならないが、それに加えて、その言行が重厚・誠実であることをも指す、と理解されている。それは恐らく妥当な評価だろう。しかし、杜甫の詩の〈誠実〉さの内容を改めて考えてみると、事は単純ではない。杜甫の〈誠実〉さというものを、ある既定の価値観――たとえば儒教的倫理観――に対しての忠実さと同義に考えるならば、それは当たらない。むしろ、自己の価値規準や発想の枠組みをのり越えようとする執拗さの中にこそ、本当の意味での彼の〈誠実〉さがあるのではないか。

第一編においては、杜甫の詩にたびたびあらわれる「狂」・「戯」・「潦倒《ろうとう》」・「拙」などの語を手がかりとして、詩人杜甫の意識のあり方に迫り、あわせて従来の杜甫像の再検討を試みたい。

杜甫は先述のように「詩聖」と評されてきている。またその社会詩は、当時の社会の矛盾を抉るリアリズムの作品として高い評価を受け、「詩史」とも呼ばれる。そのような極めて誠実なリアリズム詩人という相貌をもつ杜甫は、ところが一方、「狂」の文字の用例が二十九例あり(1)、常軌を逸した内面を描こうとする人であった。その二十九例の中、三分の二は自分について詠じたものである。つまり自己の「狂」を見つめたものである。さらにそれは一歩進んで、自分自身を「狂夫」と称する表現に至っている。そうした表現は、杜甫がほとんど最初といってよい。杜甫の実相に迫ろうとするなら、この事実には注目すべきであろう。杜甫を「詩聖」と呼ぶとき、中庸ではあり得ない「狂」の精神を持った自己と対決し葛藤しつづけた杜甫の姿を見失いかねない。第一章では、その「狂」の語に注目して、杜甫像の再検討を行いたい。

一方、杜甫には、詩題に「戯」の字をもつ、いわゆる「戯題詩」が三十三首存在する。(2)杜甫以前の「戯題詩」は、六朝以来、人を揶揄する詩だった。ありのままに言えば、多くの場合、女性をからかう詩だった。あるいは、滑稽・綺艶な詩の才能を示しあう、遊戯性の強い詩であった。杜甫は、一見〈誠実〉とそぐわないこの「戯題詩」を、同時代の他の作家にくらべてはるかに多く作っている。そこには、どのような意識があったのだろうか。第二章では、「狂」とは次元を異にするが、やはり中庸ではありえない自己を表現しようとした「戯」の姿勢について考察する。

第三章では、「潦倒」について問題としたい。杜甫には四例の「潦倒」の用例があるが、(3)詩語として「潦倒」の語を用いた例は、杜甫以前には見当たらない。(4)最初に詩にこの言葉を用いたのは杜甫である。しかも、「潦倒」の語を官僚制度の中では実務に疎く挙措ののろいさまを表し、一方、既成の価値観にしばられず、内なる自然の命令に随って生きようとするさまを表す、すなわち、自身の本性を評する語として使用していることが注目されるのである。

杜甫の詩には、「拙《せつ》」という語の用例が二十六例ある。(5)杜甫の残存詩そのものが多いことも関係してはいるであろうが、他の詩人にくらべて、きわだった多さである。特に、安祿山の乱の勃発した天寶十四載（七五五）から、乾元二年（七五九）の四年間には、「自京赴奉先縣詠懷五首字」（京より奉先県に赴くときの詠懐五百字）・「北征」・「發秦州」（秦州を発す）・「發同谷縣」（同谷県を発す）など、杜甫の人生の曲がり角における重要な作品に必ず見えるのが印象深い。「拙」とは、もとより「つたない」ことをいう語である。西晉の潘岳《はんがく》は、それをしばしば世渡りにつたない自己――あからさまに言うなら、うまく出世できない自己――を表す語として用いた。では、杜甫は自己をどのような意識で「拙」と表現したのか。

杜甫はまた、「嬾拙《らんせつ》」の語をいくつか用いている。「拙」と「嬾拙」とには、どのような違いがこめられているのだろうか。

本編において、以上にみるような杜甫の詩にたびたびあらわれる「狂」・「戯」・「潦倒」・「拙」などの語を手がかりとして、詩人杜甫の心性と自己認識のあり方について探り、さらに文学の模索との関わりを考察することとしたい。

【注】

（1）『杜詩引得』（哈仏燕京学舎特刊14、台北影印判、一九六六年）によった。一部『全唐詩索引　杜甫　上下』（現代出版社、一九九五年）によって補った部分がある。

（2）同右。

（3）同右。

（4）詩では、以下に挙げる索引、及び『先秦漢魏晉南北朝詩』（逯欽立輯校、中華書局、一九八三年）には「潦倒」は、見当たらなかった。

『詩經』・『楚辭』・全漢詩・全三國詩・『文選』・『玉台新詠』・曹植・阮籍・陶淵明・謝靈運・謝朓・駱賓王・孟浩然・王昌齢・王維・李白・岑參・（銭起・韋應物・張籍・柳宗元・李賀・李商隱・溫庭筠・魚玄機・皮日休）

（5）注（1）に同じ。

第一章　「狂」について

第一節　詩語「狂」にみる心性

一

杜甫がその苦難に満ちた生涯の中、ひとときの安らぎを得た成都の草堂で詠じた詩に「狂夫」（『詳註』巻之九）がある。

萬里橋西一草堂
百花潭水卽滄浪
風含翠篠娟娟淨
雨裛紅蕖冉冉香
厚祿故人書斷絕
恆飢稚子色淒涼
欲塡溝壑惟疏放

万里橋の西の一草堂
百花潭水《たんすい》　即《すなわ》ち滄浪《そうろう》
風は翠篠《すいじょう》を含んで　娟娟《けんけん》として浄らかに
雨は紅蕖《こうきょ》を裛《うるお》して　冉冉《ぜんぜん》として香る
厚祿の故人　書断絶し
恒《つね》に飢ゑたる稚子《ちし》　色凄涼《せいりょう》たり
溝壑《こうがく》に塡《うず》めんと欲するも惟《た》だ疏放《そほう》なるのみ

自笑狂夫老更狂　　自《みずか》ら笑ふ　狂夫の老いて更に狂なるを

前半には、浣花草堂の美しい自然が描かれている。しかし、頸聯（五・六句）では出世して高官の地位にある友人の手紙が得られないこと、子どもがいつも飢えて顔色の悪いことを哀しみ訴える。草堂の生活は一見気ままで優雅だが、官職を捨てた放浪の身の上の杜甫にとって、友人や親戚の支援だけが頼みであった。「書斷絕」は、つまり支援が途絶えていることをいう。尾聯（七・八句）は、自らを笑うことばで結ばれる。「塡溝壑」は、のたれ死にすること。のたれ死にしかかっているにもかかわらず、自分は理想を抱きつつ、何らなすこともなく気ままぐらし。以前から、自分を狂ったような男だと思っていたが、老いるにつれ一層狂ったようになってきたのが自分でもおかしい、という。

つまりこの詩によれば、杜甫は以前から自分を「狂」と捉えていたのであり、しかもそれが「更に狂」へと、年齢を加えて変化したというのである。

本編の「はじめに」で述べたように、杜甫の詩には「狂」の用例が二十九例ある。そのうち、三分の二は自分について詠じたものである。一体杜甫は「狂」の文字にどのような思いを託したのだろうか。

本節では、杜甫の生涯を四期に分けて追いながら、杜甫が対象を「狂」と表現するとき、どのような思いを込めていたのかを考察したい。四期というのは、第一期〔先天元年（七一二）～天寶十四載（七五五）〕、第二期〔至德元載（七五六）～乾元二年（七五九）〕、第三期〔上元元年（七六〇）～永泰元年五月（七六五）〕、第四期〔永泰元年六月（七六五）～大曆五年（七七〇）〕である。それぞれの時期に「狂」の用例にはどのような思いが込められているのか、また年齢を重ねるにつれて、「狂」に込められた思いに変化があるのかどうか、あればどのように変化したのかを合わせて考えたい。

二

まず、第一期の杜甫の歩みとこの時期の「狂」についてみてゆくこととする。

杜甫は玄宗皇帝の先天元年（七一二）、河南省鞏《きょう》県に、地方役人であった父杜閑と母崔氏の子として生まれた。祖父は杜審言《としんげん》であり、初唐の朝廷で膳部員外郎・修文館直学士などの官職を歴任した宮廷詩人として名高い人物であった。杜甫自身は、その「壯遊」（『詳註』巻之十六）詩によれば、七歳ですでに詩を作り、十四・五歳の時には文学サロンに出入りしていたという。二十歳の頃より南方呉越の地に遊び、開元二十三年（七三五）、都に赴いて進士の試験を受けるが落第した。ついで齊趙に遊ぶ。開元二十九年（七四一）、杜甫三十歳の時、洛陽に戻り、遠祖杜預《どよ》を祭った。杜預は、晉の名将であり、他方では『春秋左氏傳』の注を著したことで知られる優れた学者でもあった。杜甫は、自らを杜預の十三代目の末裔と誇り、そのことを常々揚言していた。

天寶三載（七四四）、洛陽で杜甫は李白に出会った。この時杜甫は三十三歳、一方の李白は四十四歳であった。杜甫は李白より十一歳年下であった。

李白（字は太白）は長安元年（七〇一）に西域で生まれ、五歳の時に父とともに蜀（今の四川省）に移住した。[1]その後、李白は諸国を遍歴し、天寶元年（七四二）に長安に上った。この時、賀知章に詩の才能を認められ、彼の推薦で玄宗の宮廷に迎えられ翰林供奉となった。まもなく宦官の高力士らに妬まれ、讒言されて朝廷を追われ、長安を去った。杜甫が李白に出会ったのは、李白がすでに詩人として高名となり、しかも、朝廷を去った後のことであった。天寶三載（七四四）から天寶四載（七四五）の冬にかけて、杜甫は李白とともに梁宋、次いで山東の濟州へと旅をした。この後、杜甫は李白と別れた。「魯郡東石門送杜二甫」（魯郡の東　石門にて杜二甫を送る）は、李白が杜甫に贈った詩である。詩の中には、杜甫と共に酔い、同遊した日々への愛惜の情が漂っている。これに対して、杜甫の翌年の春の作が「春日憶李白」（春日李白を憶ふ）（『詳註』巻之一）である。「白《はく》や　詩に敵《てき》なし、　飄然《ひょうぜん》として思ひは群ならず」（白也詩無敵、飄然思不群）と李白の詩才への賞賛を親しく詠み込んでいる。

この時、すでに李白は江南に去り、杜甫は長安にあって、以後二人は二度と会うことはなかった。しかし、杜甫は別れて後も李白を思い、この他にも李白への思いを詠じている詩として、「送孔巣父謝病歸遊江東兼呈李白」（孔巣父《こうそうほ》の病と謝して帰り、江東に遊ぶを送り、兼ねて李白に呈す）、「飲中八仙歌」、「天末懷李白」（天末にて李白を懐《おも》ふ）、「夢李白」（李白を夢む）などがある。一方、李白が杜甫に贈った詩も五首残されている。先述の「魯郡東石門送杜二甫」（魯郡の東石門にて杜二甫を送る）、「沙丘城下寄杜甫」（沙丘城下　杜甫に寄す）などがある。

李白と別れた後、長安に帰った杜甫は天寶六載（七四七）、元結らと制科に応じたが落第した。この時、宰相李林甫《りりんぽ》は受験した者すべてを不合格とし、皇帝に「野に遺賢なし」と上申したという。杜甫は天寶十載（七五一）に「三大禮《れい》賦《ふ》」を奉った。玄宗は杜甫の才能を賞讃し、集賢院に待制させた。天寶十三年（七五四）、「封西岳賦」（西岳を封ずる賦）を奉り、翌天寶十四載（七五五）に河西尉を授けられたが受けず、改めて右衛率府冑曹参軍に任じられた。杜甫は四十四歳になっていた。

この時期、すなわち先天元年（七一二）から天寶十四載（七五五）の間の「狂」の用例は四例である。李白とともに濟州あたりを旅していた天寶四載（七四五）ころに一例、他の三例は、「三大禮賦」を奏した後、天寶十載（七五一）から十四載（七五五）の間の作に見える。

天寶四載の秋の作「贈李白」（李白に贈る）（『詳註』巻之一）の中に、杜甫の最初の「狂」の用例がみられる。

贈李白
秋來相顧尙飄蓬
未就丹砂愧葛洪
痛飲狂歌空度日
飛揚跋扈爲誰雄

李白に贈る
秋来　相《あい》顧みれば尚《な》ほ飄蓬《ひょうほう》
未だ丹砂に就《つ》かず　葛洪《かっこう》に愧《は》づ
痛飲《つういん》狂歌　空《むな》しく日を度《わた》る
飛揚跋扈《ひようばっこ》　誰が為《ため》に雄なる
（『詳註』巻之一）

杜甫は李白と意気投合して、来る日も来る日も高台に登り、酒杯を交わし、文学を論じ、詩を作り、同じ衾《ふすま》で眠ったのであった。この詩は、そのような放逸な日々を少々冷ややかに描いている。「痛飲狂歌」は、酒をしたたか飲み、常軌を逸したように詩を唱すること。「空度日」という表現には無為にこのまま放蕩な生活を続けていてよいかという反省と焦燥感がにじみ出ている。「痛飲狂歌空度日」という語にみられる焦燥感と自虐性は、このやや後の時期の用例にもみられる。

杜甫は自分の文才に絶対的な自信を持っていたので、「三大禮賦」が玄宗に認められると、政治の表舞台に立てるという期待に胸を膨らませた。しかし、実際には権官達にはばまれて待制（任命の詔勅が下るのを待つ間の称）のまま放置され、杜甫の期待は打ち砕かれた。そして天寶十四載（七五五）にようやく授けられた官（最初河西の尉、改めて右衛率府冑曹参軍）も杜甫の期待したものとは大きく隔たった微官であった。その憤懣を色濃く示すのが次の詩である。

官定後戲贈
不作河西尉
凄涼爲折腰

官定まりて後　戯《たわむ》れに贈る
河西の尉《い》と作《な》らざるは
凄涼《せいりょう》　腰を折るが為《ため》なり

老夫怕趨走
率府且逍遙
耽酒須微祿
狂歌託聖朝
故山歸興盡
回首向風飆

老夫は趨走《すうそう》を怕《おそ》れ
率府《そつぷ》に且《しばら》く逍遙《しょうよう》せん
酒に耽《ふけ》るには微祿《びろく》に須《ま》ち
狂歌　聖朝に託す
故山　帰興尽き
回首　風飆《ふうひょう》に向かふ

（『詳註』巻之三）

最初河西尉を辞したのは「凄涼」な思いがしたからであった。「凄涼」な思いがしたのは、その職が、上司にぺこぺこ腰を折らねばならない下役であったからである。しかし、右衛率府冑曹参軍とて満足のいく官ではない。まあ酒代にはなるだろうからしばらくぶらぶらしていようという。「狂歌託聖朝」は、さらに皮肉な表現といえよう。聖朝に生まれ合わせたからには、男子たるもの皇帝を補佐し、経綸を表すべきだが、杜甫の場合、その志は幾度も踏みにじられた。だから、政治において参画できない上は「狂歌」するほかない。「狂歌」は、自らの思うまま、政治への批判や、憤懣、自嘲などを込めて歌うことであろう。客観的に自分を外から見れば常軌を逸したかと思われる歌をうたう、あるいは常軌を逸したように歌う。だから「狂歌」というのである。

この他の二例にも、共通した傾向がある。やはり抜擢を待つなかで不如意の思いを募らせながら、諸侯の宴につらなるばかばかしさとうら悲しさを表したもの（「樂遊園歌」・『詳註』巻之二）、杜甫にとって文学の師であり、また親友であった鄭虔《ていけん》との自由気ままにして風流な遊びでの狂態を表したもの（「陪鄭廣文遊何將軍山林十首其八」・『詳註』巻之二）がある。以上のように、この時期の「狂」は、世俗からは奇異にうつるであろう自由気ままな態度を表している。また

「官定後戯贈」に見るように、有能な人材を見抜き待遇する能力や度量のない官僚への痛烈な批判を込めたと思われるものもある。その場合も、権官への批判に終始するだけではない。官職を得るために走り回り、微官を受けてうら悲しい思いを抱いている自分を外側から見て、冷ややかに笑おうとするのである。この時期の「狂」は、権力者、および世俗への批判・憤懣と、世俗にいれられずはみだすほかない自分を笑うものといえる。

三

次に、第二期の杜甫の足跡とこの時期の「狂」の用例を追うこととしたい。

杜甫が楊氏と結婚したのは開元二十九年（七四一）であるとも、天寶五載（七四六）であるともいわれる。長男宗文、次男宗武のほか、女児も数名いたらしい。杜甫が家庭をもち、不本意ながらもはじめての官職（右衛率府冑曹参軍）を得たちょうどその頃、安祿山の大乱が起こった。范陽・平盧・河東の三鎮の節度使であった安祿山は、玄宗の朝廷の政治的弛緩につけこみ、天寶十四載（七五五）十一月に反旗を翻し、十二月には洛陽を陥れた。杜甫は十月に右衛率府冑曹参軍に任ぜられた後、十一月、先に奉先県の親戚のもとに預けていた妻子をひきとるべく家族のもとを訪れた。安祿山の乱は、ちょうどその折りに起こったのだった。家族を長安につれ帰ることができなくなった杜甫は、翌至徳元載（七五六）五月、家族を白水県に、六月には鄜州《ふしゅう》羌村《きょうそん》に移している。同月、潼関《どうかん》の守りが破られ、洛陽に次いで長安も賊軍の手中に落ち、玄宗は蜀に逃れた。杜甫は太子の亨《こう》が靈武で即位したのを知り、粛宗の行在所に駆けつけようとして単身で旅程にのぼった。しかし運悪く途中で賊軍に捕えられ、長安に連行、幽閉された。この頃、陥落した都長安の荒廃を目にした悲しみを詠じたのが、有名な「春望」（『詳註』巻之四）詩である。

「春望」詩が作られてまもない至徳二載（七五七）の四月、杜甫は賊軍の目を盗んで、長安から脱出（実に半年以上の幽閉生活だった）し、その頃鳳翔に行在所《あんざいしょ》を移していた粛宗のもとへ駆けつけた。命を賭しての行動であった。粛宗は杜甫の忠誠と勇気ある行動を賞して、左拾遺の官を授けた。左拾遺は、さほど高い官職ではないが、皇帝に供奉して、皇帝や朝廷に誤りがあれば諫める役目を負う。ところがまもなく、杜甫はその率直な諫言が皇帝の逆鱗に触れ、家族のもとへしばらく帰省するよう命じられた。この年の十月、粛宗は奪回した長安に還り、十一月、杜甫も長安に戻った。彼は引き続き左拾遺の官にあり、理想の政治の実現を願って仕える日々を送る。しかし、彼のそのような思いとは裏腹に、彼の意見は全く取り入れられず、次第に左拾遺の官に失望していった。

翌乾元元年（七五八）六月、杜甫は華州司功参軍に左遷された。華州（陝西省華県）は交通の要衝ではあるが、長安の東北に位置する田舎のまちであり、そこの役人となったのである。前年、安禄山は息子の安慶緒に殺された。安慶緒率いる賊軍は、官軍と攻防を繰り返していた。杜甫はこの年の冬、洛陽に赴き、翌乾元二年（七五九）春に華州への帰途、戦争に否応なく駆り出される人々の悲惨な状況を目の当りにした。その時詠じたのが「三吏三別」詩である。

乾元二年、陝西一帯に大飢饉があり、七月、杜甫は官職を辞めて秦州（甘粛省天水県）に向けて旅立った。これが食糧を求め、家族を連れての苦難の旅の始まりとなった。時に杜甫四十八歳であった。秦州での生活は困難を極め、十月更に南の同谷へ旅立つこととなった。しかし、豊かだと聞いていた同谷の地も家族の飢えを満たすことはできず、十二月更に成都（四川省）へと旅立った。

この時期の「狂」は、大きく華州司功参軍の官にある時の二例と、官を辞して旅立って以後の四例とに分けられる。

まず、華州司功参軍にある時の「狂」は次のように用いられたりする。

早秋苦熱堆案相仍　　早秋苦熱、堆案《たいあん》相仍《よ》る

七月六日苦炎蒸
對食暫餐還不能
常愁夜來自足蠍
況乃秋後轉多蠅
束帶發狂欲大叫
簿書何急來相仍
南望青松架短壑
安得赤脚踏層冰

七月六日　炎蒸に苦しみ
食に対して暫《しばら》く餐《く》ふも還た能はず
常に愁ふ　夜来　自ら蠍《さそり》足《おお》し
況んや乃ち秋後　転《うた》た蠅の多きをや
束帯　狂を発して大いに叫ばんと欲す
簿書　何ぞ急なる　来たり相仍ること
南のかた青松の短壑《たんがく》に架《かか》るを望まん
安んぞ赤脚もて層氷を踏むを得ん

（『詳註』巻之六）

暑い日にきちんと束帯をして役所仕事に向かっていると、気が狂って大声で叫びそうになると詠じている。体よく左遷された華州司功参軍の役職にある憤懣が詠じ込まれているだろう。

もう一つの例は、「憶弟二首其二」（弟を憶《おも》ふ　二首其の一）である。

憶昨狂催走　　憶ふ昨　狂ひて走るを催《もよお》し
無時病去憂　　時として病の憂ひを去ること無し

（『詳註』巻之六）

安史の乱で離れ離れになった弟を案じた詩であるが、掲出の二句は、安禄山の乱が勃発した当初を振り返っての詠である。「狂催走」は、動乱の中で狂ったようにあちこち走り回ったことをいう。「狂」は、激しく動揺する心を表している。

つまりこの二例は、外的要因によって心の平衡を失った、あるいは失いそうな自らの状況を「狂」と表現しているのである。ところで、これらの作品が作られた頃、一方で杜甫は先述の「三吏三別」詩のような社会詩を作っている。「三吏三別」詩は、「新安吏」、「潼關吏」、「石壕吏」、「新婚別」、「垂老別」、「無家別」の六首をいい、杜甫の社会詩の頂点をかたちづくる。

この詩において、杜甫は現実に今行われている戦いと、その戦いに民衆が次々と巻き込まれる悲惨な状況を批判的に描いている。杜甫以前の詩人達も、楽府体の詩で政治や戦争をうたうことはあったが、たとえ唐王朝のことであっても「漢」時のこととして詠じるのが普通である。しかし、杜甫は今行われている戦争の名「鄴城戍」「河陽役」を詠じ、朝廷の現在のやりかたを人民を苦しめるものとして告発、批判している。その批判の鋭さにおいて、他の詩人の追随を許さない。

この時、杜甫は微官とはいえ、官に身をおいていた。朝廷の失策や無策ゆえに悲惨な生活を強いられる民衆をつぶさに見て、政治への批判・憤激を抱き、いわば板挟みの苦悩を抱いたことは、「三吏三別」詩が物語っている。社会批判の異常なまでに研ぎ澄まされた詩作品は、その裏側に先述の二作の「狂」にみられるような、ほとんど身体的な危機をともなう感覚を秘めていたのだった。

以上、華州司功参軍の職にあったときの「狂」をみたが、それに対して、華州司功参軍を辞めて、秦州に至って後の用例は、全く異なる様相を示す。四例の中三例が、かつて若い頃に知遇を得た人物や親友、賀知章と鄭虔に対して使われているのである。

杜甫が賀知章に直接面識があったかどうかは定かでないが、例えば「飲中八仙歌」（『詳註』巻之二）の冒頭に

知　章　騎　馬　似　乘　船　　知章の馬に騎《の》るは船に乗るに似たり

眼花落井水底眠　　眼に花さき井に落ちて水底に眠る

とその酔時の狂態が戯画化して描かれている。『舊唐書』文芸伝（巻二百二）によれば、賀知章は幼少の頃から文辞に秀で、親戚の陸象先から「賀兄言論倜儻、眞可謂風流之士。吾與子弟離闊、都不思之、一日不見賀兄、則鄙吝生矣。」（賀兄の言論は倜儻《てきとう》にして、真に風流の士と謂ふべし。吾と子弟と離闊するも都《すべ》て之を思はざるに、一日賀兄を見ざれば、則ち鄙吝《ひりん》生ず）と称された。このことからも分かるように「風流」かつ「倜儻」（物事に拘束されないさま）な人物と評されていたのであり、晩年自ら「四明の狂客」と号していた。このことは李白の「對酒憶賀監二首」（酒に対して賀監を憶ふ）にも詠じられている。その賀知章について「狂」と詠じる例が、次の「遣興五首其四」「寄李十二白二十韻」（李十二白に寄す二十韻）の二首である。

遣興五首其四　　興を遣《や》る　五首其の四

賀公雅吳語　　賀公は雅なる呉語
在位常清狂　　位に在るも常に清狂
上疏乞骸骨　　上疏して骸骨を乞《こ》ひ
黃冠歸故鄉　　黄冠して　故郷に帰る
爽氣不可致　　爽気　致《まね》くべからず
斯人今則亡　　斯《こ》の人　今　則ち亡《な》し
山陰一茅宇　　山陰の一茅宇
江海日淸涼　　江海　日々清涼

（『詳註』巻之七）

この詩は、五首の連作で、各首に嵆康《けいこう》・龐徳公《ほうとくこう》・陶淵明・賀知章・孟浩然を詠じたものである。嵆康は晉代、龐徳公は後漢時代、陶淵明は東晉から宋代の人物。いずれも脱俗の隠者である点が共通している。賀知章・孟浩然は当代の人物である。孟浩然は才名があり、官位を求めたこともあったが、若くして隠退し、生涯布衣のまま過ごした詩人であり、一方賀知章は官位にある間から脱俗の人となりで、最晩年、官職を辞し、道士となって故郷に帰ることを玄宗に上奏して許された。「位に在るも常に清狂」は、賀知章が官位に執着せず、自由気ままに生きたことをいう。

「清狂」は、『文選』第六巻、左思の「魏都賦」に「僕黨清狂、怵迫閩濮」（僕が党《とう》清狂にして、閩濮《びんぼく》に怵迫《じゅつはく》す）と見える。呉・蜀の二人の客が魏の都の素晴らしさに対して、自分達は「清狂」、つまり常軌を逸していると謙遜している語である。ここでは、賀知章が呉の出身であることにかけて、しかし、もとの意味のマイナスイメージを反転させて、世俗から常軌を逸していると思われるほど、自由で放誕、しかも風流な人物であったことをユーモラスに表現している。ユーモラスな表現をしているが、結びの「江海日清涼」には、今は亡き賀知章への深い憧憬と愛惜が込められている。

もう一例の「狂」がみえる「寄李十二白二十韻」（李十二白に寄す二十韻）では、賀知章が李白を一目見てその才能を見抜き、「謫仙人」と賞讃したことを詠じている。自ら「四明狂客」を称していた賀知章であってはじめて、天界から謫された仙人と思われるほど天衣無縫で、飄逸な詩を作る李白の才能を見抜いたことが、ユーモラスに詠じられている。

もう一例は、やはり若い頃、文学の師であり、親友であった鄭虔に対して用いている。

（前略）

有懐台州鄭十八司戶　　台州の鄭十八司戶を懐ふ有り

昔如水上鷗
今爲罝中兎
性命由他人
悲辛但狂顧
（中略）
從來禦魑魅
多爲才名誤
夫子嵇阮流
更被時俗惡
海隅微小吏
眼暗髮垂素
鳩杖近青袍
非供折腰具
平生一杯酒
見我故人遇
相望無所成
乾坤莽回互

昔は水上の鷗の如きも
今は罝中《しゃちゅう》の兎と為る
性命は他人に由《よ》る
悲辛　但だ狂顧するのみ
従来　魑魅《ちみ》を禦《ふせ》ぐは
多く　才名に誤まらる
夫子《ふうし》は嵇阮《けいげん》の流
更に時俗に悪《にく》まる
海隅　微小の吏
眼は暗く　髪は素《いと》を垂る
鳩杖《きゅうじょう》　青袍《せいほう》に近づくも
折腰の具に供するに非ず
平生　一杯の酒
我が故人の遇せられしを見る
相望むも　成す所無く
乾坤　莽《もう》として回互するのみ

（『詳註』巻之七）

この時台州に左遷されていた鄭虔の身の上を思っての作である。鄭虔は『新唐書』文芸伝（巻二百二）に見え、博学であると同時に詩・画・書に秀れた一流の文化人であった。ある時、自書した自らの詩と絵を玄宗に献上した時、玄宗はその書・詩・絵画のすべてに秀でた才能を賞賛し、その末尾に「鄭虔三絶」と大署して、広文博士から著作郎に官を上げたというほどであった。ところが、安祿山の乱が起こった時、鄭虔は賊中に捕えられ、偽官を与えられた。このため、賊中から長安が奪回されたとき、敵に協力した犯罪者として、王維などとともに、死刑に処されそうになる。結局死刑は免じられたものの、台州の司戸参軍事に左遷されたのであった。

杜甫は鄭虔と若い頃から親交があり、吉川幸次郎は「杜甫が友人として信頼をささげた人物、それは李白とともに鄭虔であったと思われる。」と述べている。(2)

高位にありながら世俗にうとく、とらわれのない生き方をしていた鄭虔が、厳罰を得て、いまや台州という都とははるかに隔たった地方の属官となっていることを思いやっている詩である。「性命由他人、悲辛但狂顧」とは、生命さえ他人に左右される境遇にあって、その悲しみにうちひしがれ、狂ったようにあわてふためいておられるだろうの意。ここでは、嵆康の用例を踏まえて、自由気ままな文化人を窮屈な役所生活に押し込める愚行を暗に批判しており、しかも滑稽味を帯びた描き方がなされている。

以上、華州司功参軍を辞し、秦州に至る時期の「狂」を検討した。いずれも杜甫が尊敬と親愛の情を抱く人物に対して「狂」と評したものである。また、その表現の根底に世俗の枠に収まりきらない彼らの人となりへの限りない共感があふれていたことを見落としてはならない。実はこの時期は、杜甫の代表作のひとつ「秦州雑詩二十首」が作られた時期でもある。この連作には全首に異様なまでに研ぎ澄まされた感覚と緊張感が漲っている。

秦州は、唐と吐蕃（唐代、西域の国名。今のチベット）との国境に近い辺境の地で、安史の乱が終結していない当時、吐蕃の脅威は増していた。杜甫は詩人の感受性の強い心にこの地に満ちる緊迫した空気をひしひしと感じ取り、また、自分自身のこれからの人生を思い悲壮感を抱いていたように思われる。これらの緊迫感の濃い先鋭的な作品が作られた同じ時期に、先述のように「狂」を詠じた詩が、一方で作られていたことは注目される。官職を辞め、都を去り、多くの知友と別れ、前途に希望を見いだせない時期に、一方では異常なほど張りつめた目差しで風景や心境を凝視し、また反面では、しきりに敬愛する知友を「狂」と詠じて慕っていたことになるのである。

安史の乱勃発から華州司功参軍の職にあった時期の「狂」は、心の平衡を失いそうな身体的な危機状況を詠じたものであった。それに対して、官職を辞し秦州に旅立って以後の「狂」は、主に敬愛する人物の超俗的な性情・生き方を表し、しかも根底に深い共感を込め、ユーモラスに詠じたものであった。そのような知友達の「狂」の生き方に傾斜し、志向する自分を認め始めていたといえる。

四

次に、第三期の杜甫の足跡を追い、「狂」の用例を考察することとする。

成都に着いた杜甫は、上元元年（七六〇）の春、成都郊外の浣花渓《かんかけい》のほとりに茅葺の草堂、いわゆる浣花草堂を築いた。以後、親戚や旧知の友人らの支援を受けて、しばらく平穏な日々を送った。翌年の十二月には、友人嚴武が西川節度使・成都尹《いん》として赴任して来た。この頃の作品には、美しい自然を親しみを込めて描いたものが多い。

江村

清 江 一 曲 抱 村 流　　清江一曲　村を抱いて流る

長夏江村事事幽
自去自來梁上燕
相親相近水中鷗
老妻畫紙爲棊局
稚子敲針作釣鉤
但有故人供祿米
微軀此外更何求

長夏　江村　事事幽なり
自づから去り自づから来たる梁上の燕
相親しみ相近づく水中の鷗
老妻は紙に画《えが》きて棊局《ききょく》を為《つく》り
稚子《ちし》は針を敲《たた》きて釣鉤《ちょうこう》を作る
但だ故人の祿米を供する有り
微軀《びく》　此の外に更に何をか求めん

（『詳註』巻之九）

寶應元年（七六二）七月、中央に召還されることとなった嚴武を送って、杜甫は綿州に赴いた。ところが、嚴武が成都を離れた直後に剣南兵馬使の徐知道が謀反を起こし、成都は大混乱に陥った。杜甫は帰ることができず、梓州に留まった。徐知道の乱は間もなく平定され、晩秋に妻子を迎えた。廣德二年（七六四）、嚴武が再び成都に赴任して来たのを聞いて、成都に戻った。六月、嚴武の推薦によって節度参謀・検校工部員外郎の官を受け、嚴武の幕府に出仕することとなった。しかし、早朝から夜遅くまで幕府の仕事は忙しく、同僚とはうまくゆかず、更に肺疾と中風が加わって、翌年の正月には官を退いた。ところが、思いもかけぬことが起こる。四月、唯一の頼りとしていた嚴武が急逝したのである。五月、留まる理由のなくなった成都を後に、杜甫は家族を伴って、長江を下る旅に出た。

さて、この時期は、本稿で四期に分けた中では、最多の十三例もの「狂」が見える。この時期の「狂」に最も特徴的なことは、自分についていうものが大部分を占めることである。実に十三例中九例が、自分を表現したものである。

そのなかでも、注目されるのが「狂歌」と「顚狂《てんきょう》」である。

「狂歌」の語は、第一段落で取り上げた「官定後戯贈」にすでに見えた語である。その時、聖朝に生まれあわせながら、才能を認められず放歌するほかないという批判が満ちていることを指摘した。この時期には三例の「狂歌」が見える。「望牛頭寺」（牛頭《ごず》寺を望む）の七・八句に、

休作狂歌老　狂歌の老と作《な》るを休《や》めて
回看不住心　回看せん　不住の心を

（『詳註』巻之十二）

とある。いい加減に狂歌している老人となるのをやめて、仏法の悟りの心をふりかえってみようと結ぶ。ここには、日々「狂歌」している自分から抜けでたい、あるいは「狂歌の老」を演じるのをやめたいという思いが読み取れる。高い理想を抱き続ける杜甫は、俗世間の中には収まりきらず、はみ出すしかない。今、しかし、仏教という、別の世界を見て、ここならば「狂歌」をやめられると感得したのではないか。これは、自分の生をみつめた必死の言葉であるとともに、またユーモラスな表現でもある。

このほか、「陪王侍御宴通泉東山野亭」（王侍御の通泉の東山の野亭に宴するに陪す・『詳註』巻之十一）、「陪章留後侍御宴南楼」（章留後侍御の南楼に宴するに陪す・『詳註』巻之十二）には、俗世間の中で「狂歌」するほかない杜甫が描かれている。杜甫はこの時期「狂歌」することを標榜し、「狂歌老」を演じようとしたのではないか。つまり、自分に唯一残された詩作に全精力を傾けようとしたのであろう。一面では懸命に自己の生存の意味を問わずにいられない衝動に駆られながら、一面でそうである自己を温かく見つめたり、ひそかに笑っている、そのような両面性があるようにみえる。

一方、「狂歌」（三例）と同数の用例が見えるのは、「顚狂」（三例）である。自らについていうものは、次の二例であ

る。

江畔獨歩尋花七絶句　其一　　江畔に独歩して花を尋ぬ　七絶句　其の一

江上被花惱不徹　　江上　花に悩まされて徹せず
無處告訴只顚狂　　告訴する処なく　只だ顚狂す
走覓南隣愛酒伴　　走りて覓《もと》む　南隣の愛酒の伴《とも》
經旬出飲獨空牀　　経旬　出飲して　独り空牀《くうしょう》あるのみ

（『詳註』巻之十）

「顚狂」とは、狂ったようにふるまうこと。花をめでつつ江畔を散歩すると、その美しさに悩ましい思いを抱くが、美しさを共に喜ぶ人が誰もなく、くるったようにふるまうばかりだと詠じている。具体的には、花をめでつつうかれ歩き、詩を作ることをいうのであろう。後半にいう南隣の酒の友が十日もどこかに飲みに出かけて留守であることも、くるおしさの間接的な原因である。しかし、「顚狂」するに至る理由には、さらに複雑なものがあろう。故郷を離れ、一応この浣花草堂にささやかな平安を見いだした彼ではあるが、政治の場で自分の理想を実現するという志はあきらめざるをえない状況にあったのである。政治の場ですぐれた働きをすることができない以上は、詩に全精力を傾注しようとする彼だが、やはりあきらめきれぬ思いが心にわだかまっている。初志を果たしたいという思いに加えて、故郷へ帰りたいとの思いも鬱勃とわきあがる。そう思い続ける彼を包む自然は刻々変化し、春はめぐり来る。心躍る春ではあるが、異郷にあり、世の中で無用ものとしか思えぬ自分はくるおしいばかりなのである。

戲題寄上漢中王三首　其三　　戯れに題して漢中王に寄せ上《たてまつ》る三首　其の三

群盜無歸路　群盗　帰路無く
衰顏會遠方　衰顔　遠方に会す
尙憐詩警策　尚ほ憐む　詩の警策
猶記酒顚狂　猶ほ記す　酒の顚狂
魯衞彌尊重　魯衛　彌々《いよいよ》尊重
徐陳略喪亡　徐陳　略《ほ》ぼ喪亡
空餘枚叟在　空しく　枚叟《ばいそう》の在るを余すのみ
應念早升堂　応に早《つと》に堂に升りしを念ふべし

（『詳註』巻之十一）

この詩は、漢中王に戯れに寄せた詩である。漢中王は、譲皇帝第六子の李瑀《りう》のこと。玄宗にとってはいとこに当たり、若い頃から才能が認められていた。杜甫は若い頃、他の詩人とともに李瑀のもとにも出入りしていたらしい。この時、王が梓州にやって来ていたので久しぶりに会見の機会を得た。漢中王は、身分に頓着せず文士と交わった人であったらしく、杜甫の詩には漢中王に送った詩がかなり見える。そのいずれもが、率直な友情を詠じたものである。

この詩においても、王への親愛の情が行間ににじみでている。あちこちに反乱軍が発生しているために、帰郷できずに、都から離れた地で老顔をお見せすることとなった。今もなお王は自分の詩のききどころ、優れた表現を愛してくださり、今も私の酒に酔ったときのくるいまわるようなはしゃぎようを覚えておられることでしょう、と第一句から第四句に述べる。心やすさの伺える詩である。「顚狂」は、酒に酔った後、緊張がほぐれての気ままなふるまいをいうのであって、酒癖が悪いというのではない。

右に取り上げた二例の「顚狂」は、花に悩まされたり、酒に酔ったりした自分の狂態を客観的に、しかも滑稽に詠じたものであった。ところで、同じ「顚狂」が、もう少し異なる使われ方をしている場合もある。「絶句漫興　九首其五」に見える例がそれである。

絶句漫興九首　其五
腸斷江春欲盡頭
杖藜徐步立芳洲
顚狂柳絮隨風舞
輕薄桃花逐水流

絶句漫興　九首　其の五
腸は断ゆ　江春　尽きんと欲する頭《ほとり》
藜《あかざ》を杖つき徐《おもむ》ろに歩みて芳洲に立つ
顚狂せる柳絮は風に随ひて舞ひ
軽薄の桃花は水を逐ひて流る

（『詳註』巻之九）

「柳絮」は、柳の花。春、白い綿のような花が一斉に飛び、あたり一面真っ白になる。転句は、柳絮が風に乗ってあちらこちらと飛び舞うさまを、くるいまわるようにと人間に喩えて「顚狂」と表現したものである。転句と結句では、対句を構成しているが、「顚狂」と対する「輕薄」は、桃花のひらひら散って川に流れるようすをやはり人間に喩える。杜甫は行く春に「腸が絶」えるような悲しみを抱いているのに、柳絮や桃花は無情なやつで、こちらの気持ちも知らず「顚狂」し、「輕薄」に次から次へと舞い散り流れていってしまうと、柳絮や桃花に文句を投げかける趣向になっている。

以上の「顚狂」の多く（「絶句漫興九首其五」は除く）は、憤懣と苦悩に懊悩する自分を温かく、ユーモラスに描く語である。「顚狂」には、「狂歌」よりもさらに一層、日常のもろもろの苦悩、しがらみから解き放とうとする志向が働いているようである。ものくるおしい思いを「顚狂」の語に託したのであろう。

成都時代の「狂歌」と「顚狂」について考えてきたが、本稿の冒頭にあげた「狂夫」の詩も同じ時期の作である。その結びの二句に、

欲 塡 溝 壑 惟 疏 放　溝壑に塡《うず》めんと欲するも惟《た》だ疏放なるのみ
自 笑 狂 夫 老 更 狂　自ら笑ふ　狂夫の老いて更に狂なるを

とあった。若い頃の自分は、天下国家を論じ、自分の理想を叫び、才能を発揮する場の得られない憤懣を訴える「狂夫」、つまり、はたから見れば常軌を逸した男だった。今はどうか。官職を辞して以後は、理想実現へのあふれる情熱を抱きながら、それを訴える場も相手も失った。やり場の無い情熱と世俗への憤懣が心にわだかまり、かといって自由気ままな性情を変えられず、「狂歌」し、「顚狂」するほかない自分。のたれ死にしようとしている深刻な状況の中で、狂おしい思いを詩にうたうほかない自分を外から客観的に温かく、ユーモラスに見つめた表現である。

成都時代は、杜甫の生涯の中では、比較的安定した生活を過ごした時期である。その時期に、生涯の中に詠じられた「狂」の半分近くが集中しているのはなぜなのか。成都の浣花草堂は美しい自然に包まれ、何ものにもとらわれずに、詩を作ることだけに生きようとの思いもあったであろう。なおかつ、政治の場での理想の実現の道が閉ざされてからは、杜甫は自分の存在を深く問い続けていた。煩悶したり葛藤したりしないではおれない自分を、温かく見つめ、ユーモラスに描くのが、この時期の「狂」である。自分の生の意味を問うという深刻な面と煩悶しつづける自分を笑う冷めた面の両面を有するのが、自分を「狂」とする心だろう。

五

ここでは、第四期の杜甫の生涯を追い、その「狂」の使われ方をみることとする。

永泰元年（七六五）秋、杜甫は戎州・渝州・忠州を経て雲安に到り、滞在の後、翌大暦元年（七六六）暮春、更に夔州《きしゅう》に移り、大暦三年（七六八）正月までここに住んだ。

その後、杜甫は夔州を発ち、更に長江を下った。江陵・公安を経て、大暦三年暮れ、岳州に到り岳陽楼に上った。更に洞庭湖に舟を浮かべ、湘水を遡って、南の潭州《たんしゅう》・衡州に到り、長安に帰ろうと岳州へ向かう途中、異郷の地で没した。時に大暦五年（七七〇）、杜甫五十九歳であった。

この時期の「狂」は、六例である。成都を去ってまもなく、嘉州（戎州よりも上流の地）での作が次にあげる「狂歌行贈四兄」（狂歌行、四兄に贈る・『詳註』巻之十四）である。この「狂」は、詩題として用いられた例である点が注目される。二十九例中、詩題に用いられた用例は、この詩と前述の「狂夫」のみである。

狂歌行贈四兄　　　狂歌行、四兄に贈る

與兄行年校一歳　　　兄と行年校すれば一歳なり
賢者是兄愚者弟　　　賢者は是《こ》れ兄　愚者は弟
兄將富貴等浮雲　　　兄は富貴を将《も》て浮雲に等しとし
弟竊功名好權勢　　　弟は功名を竊《ぬす》んで権勢を好む
（中略）

幅巾鞶帯不掛身　幅巾鞶帯《はんたい》　身に掛けず
頭脂足垢何曾洗　頭脂足垢　何ぞ曾て洗はん
吾兄吾兄巣許倫　吾が兄　吾が兄　巣許《そうきょ》の倫《ともがら》
一生喜怒長任眞　一生　喜怒　長く真に任《まか》す
日斜枕肘寝已熟　日斜めに肘を枕にして寝《い》ぬること已に熟し
啾啾唧唧爲何人　啾啾唧唧《しゅうしゅうしょくしょく》　何人とか為す

四兄については、排行が四であること、杜甫より一つ年上であること以外、詳細は分からない。「賢者」であり、富貴を軽んじ、身だしなみなど全く意にかけない。その天真爛漫さは、古代の堯の時代の隠者、巣父や許由の仲間だという。夕方、人目もはばからず、いびきをかいて眠る超俗のさまを詠じて、一編を結んでいる。この詩について、清の仇兆鰲は、四兄との再会を喜び、その嬉しさのあまり「狂歌」したものだと注している。(3) 一方鈴木虎雄は『杜少陵詩集』第三巻で(4)「狂歌　古道を進取するを狂といふ、狂者の意をうたふを以て狂歌といふ、精神の錯乱せる情態をいふにあらず」と解説している。いずれの説も首是できるものである。ここでいう「狂歌」は、両方の意味を合わせ持つのではないかと考える。志が大きく、超俗的な、つまり、古の狂者に似た四兄を詠じたうたであるから「狂歌」なのであり、同時に、四兄と交歓し、喜びくるったように唱応しあう歌（第十六句に「長歌短咏　迭《たが》ひに相酬す」とある）であることを「狂歌」と表現しているのである。ここには、四兄をも、自分をもひっくるめて、両方を笑う温かい視線があり、ユーモラスに詠じられている。

大暦三年（七六八）夏、江陵での作「遣悶」にも「狂」が見える。

遣悶　悶《もだ》えを遣る

倚著如秦贅
過逢類楚狂
氣衝看劍匣
穎脱撫錐囊
妖孽關東臭
兵戈隴右瘡
時清疑武略
世亂蹋文場
餘力浮於海
端憂問彼蒼
百年從萬事
故國耿難忘

倚著《いちやく》するは秦贅《しんぜい》の如く
過逢するは楚狂に類す
気衝　剣匣を看
穎脱《えいだつ》　錐嚢《すいのう》を撫す
妖孽《ようげつ》　関東臭く
兵戈　隴右瘡《きず》あり
時清くして　武略を疑ひ
世乱れて　文場に蹋《せぐくま》る
余力もて海に浮かばん
端憂　彼の蒼に問ふ
百年　万事に従ひ
故国　耿《こう》として忘れ難し

（『詳註』巻之二十一）

掲出句の最初に「倚著如秦贅、過逢類楚狂」とあり、自分が、放浪の先々で、人々の援助に頼っているのは、古の秦の国の入り婿のようであり、人を訪問して歩くさまは、古の楚の狂者接輿《せつよ》に似ているという。楚狂接輿のことは、『論語』（微之篇）に見える。楚の狂者接輿が、孔子の門を通り過ぎる時、乱世の政治に関わる危険を歌に託してうたった。それを聞いた孔子は、接輿とことばを交わそうとするが、接輿は走り去り、語ることができなかったという話である。(5) 楚狂接輿は、実は世俗を避けている隠者であるが、超俗的であり、常軌を逸していることから「狂」と呼ばれている。この詩で、杜甫は自分をこの楚狂接輿に重ねて見ている。この「狂」は、乱世に遭遇し、高い理想を抱きながらも放浪し、狂ったように詩をうたうしかない自分を楚狂のようだと笑うのである。成都時代と同じく自分を笑うには違いないが、ここの「狂」では、温かさ、ユーモアは影をひそめ、痛切さが響く。

大暦五年（七七〇）冬、耒陽あたりでの杜甫の絶筆とされる詩には、最後の「狂」が見える。

風疾舟中伏枕書懐三十六韻、奉呈湖南親友

風疾に舟中枕に伏し懐ひを書す、三十六韻、湖南の親友に呈し奉《たてまつ》る

（前略）

興盡纔無悶　　興尽きて纔《わず》かに悶え無きも
愁來遽不禁　　愁来りて遽《にわ》かに禁ぜず
生涯相汨沒　　生涯　相汨《こつ》没す
時物正蕭森　　時物　正に蕭森たり
疑惑樽中弩　　疑惑す　樽中の弩
淹留冠上簪　　淹留す　冠上の簪
牽裾驚魏帝　　裾を牽きて魏帝を驚かし
投閣爲劉歆　　閣に投ずるは劉歆が為なり
狂走終奚適　　狂走　終に奚《いずく》にか適《ゆ》かん
微才謝所欽　　微才　所欽に謝す

（後略）

この時、杜甫は舟の中で病にふせっており、結びに近い句に「葛洪尸定解」（葛洪　尸《し》定めて解けむ）（『詳註』巻之二十三）と自らの死に言及しており、早晩死が訪れることを予感していたようだ。その詩の中で、「狂走終奚適」と自問している。自分は目茶苦茶にくるったように走り回って、結局どこへ行こうとしているのかと。これは、一生を振り返って、その苦難に満ちた放浪の人生に対して投げかけられたものである。都長安にあるとき、皇帝に真率な諫言をし、そのため罪を得て、左遷された。以後は、心ならずも放浪に明け暮れた人生だった。この「狂」は、理想の実現が挫折した自分の人生をはるかに見渡して笑うものであり、そこには計り知れない無念さが込められているのである。

以上、最後の放浪の旅での「狂」についてみたが、この時期の「狂」は、故郷に帰り、政治の場ですぐれた働きをするという一縷の望みを最後まで抱き、しかも現実には詩を作りつつ放浪に明け暮れた自分の生きざまを冷ややかに笑うものといえよう。笑うのではあるが、それはあまりに悲しみに満ちたものであった。

六

本節では、詩語としての「狂」が、どのように詠じられているかを、杜甫の生涯を追いながら検討してきた。その結果、「狂」は、生涯にわたって自身や知友を評する語として使われていること、「狂」には、時代ごとに明らかに差異が認められ、変化していることがわかった。青年時代、官職を求めていた頃の「狂」は、自虐的な、焦燥感のにじむものであり、また権力者への批判の色が濃い。安祿山の乱を経て、動乱の時代の中で華州司功参軍にあったとき、すぐれた社会詩を作る一方で、精神的・身体的な危機を「狂」の語にこめた。官を辞し秦州へ旅だって後は、先鋭な詩を作る反面、権力に迎合せず、とらわれない生き方の知友を、「狂」と評し、しきりに詩に詠じて懐かしんだ。そして、成都時代は、とらわれなく、くるおしいほど詩作に明け暮れる自分自身を外から客観的に捉え、温かい視線で「狂」と評していた。最後の旅では、自分の人生を透徹した眼で、「狂」と評して振り返るものがあった。

横山伊勢雄は杜甫の「狂夫」詩について、「この詩は表面的には自己の狂態を自嘲的にうたっている。しかしよく読めば、厚祿や名声の社会と無縁となったこの詩人が、貧窮と孤独につつまれながら、自己を疎外する外界を睨み付けている眼が認められよう。（中略）ここにおいて杜甫は、「一小技なる文学」に自己の存在をかける生き方を確立したのである。それは当時の知識人の常識からすればまさに「狂夫」であった。」と述べている。(6) 成都時代は、最も「狂」が集中的に詠じられた時期である。その理由は、氏の指摘にあるように、この時期に杜甫が、自分の生の意味を問い、煩悶しながらも、詩に自分の全存在をかけようと思い定めていったからであろう。杜甫の詩にかける執念や抱負の語られた表現が、やはりこの頃の詩「江上値水如海勢聊短述」（江上水の海勢の如くなるに値ひ聊か短述す）の冒頭に見える。

爲人性僻耽佳句　人と為《な》り性僻にして佳句に耽《ふけ》る
語不驚人死不休　語　人を驚かさずんば死すとも休《や》まず
（『詳註』巻之十）

杜甫は文学に生きようと思い定めたのではあったが、その詩人の鋭い眼にうつる自分は、やはり「狂」と笑うほかなかったのでもあろう。しかし、杜甫は自分を「狂」と捉えながら、それでもやはり詩作に「耽」り、いよいよ励んだのであり、そのようなすさまじい詩への傾斜の中で、次第に最晩年の透徹した眼を獲得していったのではないだろうか。

今回は、杜甫以前の文学や思想に現れる「狂」については、特に言及しなかった。第二節・第三節において、それらとの影響関係についても考察してゆきたい。

【注】

(1) 松浦友久著『李白伝記論―客遇の詩想』(研文出版、一九九四年)

(2) 吉川幸次郎「杜甫と鄭虔」(『吉川幸次郎全集第十二巻』所収、筑摩書房、一九六八年六月)

(3) 喜兄弟相見、故興至而狂歌(兄弟相見るを喜び、故に興至りて狂歌す)。『詳註』巻之十四。

(4) 鈴木虎雄註解、『杜少陵詩集』(国民文庫刊行会、一九三一年)

(5) 楚狂接輿歌而過孔子、曰、鳳兮、鳳兮、何徳之衰、往者不可諫、來者猶可追、已而已而、今之従政者殆而、孔子下欲與之言、趨而辟之、不得與之言(楚の狂接輿《せつよ》歌ひて孔子を過ぐ。曰く、鳳よ、鳳よ、何ぞ徳の衰へたる、往く者は諫むべからざるも、來る者は猶ほ追ふべし。已《や》みなん已みなん、今の政に従ふ者は殆《あや》ふしと。孔子下りて之と言はんと欲するも、趨《はし》りて之を辟《さ》け、之と言ふことを得ず)。

(6) 「詩人における「狂」について―蘇軾の場合―」(『漢文学会会報』三十四号、一九七五年)。このほか、詩人の「狂」についての論文に次のようなものがある。宇野直人「詩語としての「狂」と柳耆卿の詞」(『中国文学研究』第九期、一九八三年)。保苅佳昭「蘇東坡の詞に見られる「狂」について」(『漢学研究』第二十七号、一九八九年)。

第二節　詩語「狂夫」の変遷と杜甫の「狂夫」

狂うというのは、精神に異常をきたすことである。それは、もちろん、肉体の病理としてとらえられる。だが、ここで問題にしようとするのは、病理の分野における狂気ではなく、文化の領域における「狂」の世界である。中国では古代から、思想または文化として把握されるべき「狂」の伝統があった。その最も顕著な例は、「佯狂《ようきょう》」、つまりいつわって狂人のまねをすることである。前節で先述のように、『論語』微子篇にはいう。楚狂接輿《そきょうせつよ》は孔子の車の前を通りながら次のように歌った。

鳳兮鳳兮、何徳之衰。往者不可諫。來者猶可追。已而已而。今之從政者殆而（鳳よ鳳よ、何ぞ徳の衰へたるか。往《ゆ》く者は諫むべからず。来る者は追ふべし。已《や》みなん已みなん。今の政《まつりごと》に従ふ者は殆《あや》ふしと）。

孔子は接輿と語ろうとしたが、接輿は小走りにこれを避けて、孔子は彼と語ることができなかった。接輿は楚の政治の無常に絶望し、佯狂となって世俗から逃避した人である。

また、同じく微子篇に見える箕子《きし》は殷の紂王《ちゅうおう》を諫めて聞き入れられず、被髪佯狂して奴となった。孔子は「殷に三仁有り」といって、箕子の行為を賞賛したという。接輿や箕子に見るように、危険な世の中をわたるために、「狂」を装う人々が、古代から見られた。そして、彼らの言葉は、神の啓示のように尊ばれた。「佯狂」がそのように捉えられたということは、本物の「狂」も、そのように捉えられる側面を持っていたことを意味しよう。本節では、「狂夫」という詩語を通じて「狂」そのものをとらえる意識の変遷が、文学の中にどのようにあらわれるかを、唐詩を中心として考えたい。

一

我が国では平安時代以来、宮中で疫鬼を追い払う追儺《ついな》の行事、いわゆる鬼やらいが行われて来た。この追儺の起源とされる行事が『周禮《しゅらい》』夏官に見える。

　方相氏掌蒙熊皮、黄金四目、玄衣朱裳、執戈揚盾、帥百隸、而時難以索室敺疫（方相氏は熊皮・黄金四目・玄衣朱裳を蒙《こうむ》り、戈《ほこ》を執《と》り盾を揚げ、百隷を帥《ひき》ゐて、時難を以て室に索《もと》め疫を敺《か》るを掌《つかさど》る）。

方相氏は、熊の皮をまとい、黄金の四つの目を持つ面をつけて古の神を演じ、災疫を追い払った。恐ろしい様相で、疫鬼を驚かせ、退散させるのである。

ところで、その方相氏は、「狂夫」であったという。同じく『周禮』夏官の序官によると「方相氏、狂夫四人」とあり、また、『春秋左氏傳』閔《びん》公二年には「先丹木曰、是服也狂夫阻此」（先丹木曰く、是の服や狂夫も此れを阻《あや》ぶむ）の孔穎達《くようだつ》の疏に引く後漢の服虔の説に「方相之士蒙玄衣朱裳、主索室毆疫、號之爲狂夫」（方相の士、玄衣朱裳を蒙り、室中に索めて疫を毆るを主《つかさど》る。之を号して狂夫と為す）とある。この役目を務める人は「狂夫」と呼ばれていたことがわかる。『周禮』の鄭玄《じょうげん》の注は「方相氏猶言放想、可畏怖之貌」（方相は猶ほ放想と言ふがごとし。畏怖すべき貌《さま》なり）としている。

方相氏が「狂夫」であったという事実をどう理解したらよいのか。おそらく古代中国において、狂うことや、狂気の人が、神と、それを信じかつ恐れる人々との仲介者の役目を果たしていた、と考えられるのではないか。方相氏となる人が実際に何らかの精神的な病理を持った人々であったかどうかは定かでない。だが、少なくとも神懸かりしやすい人であったということは想像できる。彼らは、古の神になりきり、憑依状態となって「儺《だ》、儺《だ》」という声を発しながら、ほこや盾を手に取って舞ったと想像される。いずれにしろ、狂ったような状態になることによって異能がそなわり、悪鬼を驚かせて追い払うことができると考えられていたことが注目される。このことはまた、当時の人々が狂気の人に対して、必ずしも蔑視をしていたのではなく、むしろその異能を認め、畏怖と敬意を抱いていたことをも物語っている。

方相氏の「狂夫」は、古代における狂・狂夫の一つのありようであった。そこには、狂うということが、すぐれて文化的な意味を持っていたこと、それゆえに人々はそのことに社会的な位置を与えていたことがわかるのである。そうした「狂」の文化的伝統のなかに、詩語としての「狂夫」はどのように展開したのか。

二

中国最古の詩歌集『詩經』齊風・東方未明に文学における最初の「狂夫」の例がみえる。

折 柳 樊 圃　　柳を折り圃《はたけ》に樊《まがき》せば
狂 夫 瞿 瞿　　狂夫も瞿瞿《くく》たり

柳の枝で果樹園にまがきがしてあれば、愚か者でもはいることはできないとためらう、という。「狂夫」については諸説紛々としているのだが、ともかくここでは、物事の判断力が低いものとして登場している。それは確かだとしても、はたしてそれだけであろうか。「狂夫」すなわち〝愚か者〟とするだけでは不十分ではないだろうか。諸説が全く指摘していないところではあるが、「狂夫」は、果樹園の中にまで足を踏み入れてしまいかねない〝うかれ歩く者〟とのイメージがあったのだろう。常軌を逸して放浪したり浮かれ出るという印象がこの語にはある。

「狂夫」は、このように『詩經』に用いられているのだが、以降唐代まで、詩歌にはほとんど見出せない。ただ、『玉臺新詠』には次のような用例が見える。

①自有狂夫在　　自ら狂夫の在る有り
　空持勞使君　　空しく持して使君を労せしむ（巻六、何思澄「南苑逢美人」）
②中人坐相望　　中人　坐《そぞ》ろに相望まん
　狂夫終未還　　狂夫　終《つい》に未だ還らず（巻六、呉均「和蕭洗馬子顯古意六首其六」）

①②ともに妻から夫を指していう語であり、同時に他者に対して自分の夫をへりくだっていう一種の謙辞である。だが、重要なことは、その夫は決して妻の側にはいない、という点である。つまり、遠くへでかけている夫なのである。だが、妻の側からすると、いつまでも帰らずに浮かれ歩いている夫として捉えているのだ。①は、作者が出会った美人について詠じている。「あの美人には狂夫（彼女から見た浮かれ男）がいるにちがいない。たとえ使君様がくどいても無駄骨を折るだけ」という。②は、玉門関に出征している夫が「中人（妻）はそぞろに私の方をのぞんで、『あの狂夫（浮かれ歩いている夫）はとうとう（秋になっても）まだお帰りにならない』と思っているだろう」と想像する意である。「狂夫」には、夫に対する親愛の情と、でていったままの夫をなじるような気持ちが見え隠れしている。
『詩經』の用例とは相当にかけはなれているが、にもかかわらず、〝浮かれ歩く者〟というイメージにおいて、通底しているのである。しかも、後述のようにこうした『玉臺新詠』の型の用例は、以後、唐代にいたっても数多く見られる。

三

一方、古代の散文には次のような用例がみえる。

①王曰、寡人非疑胡服。吾恐天下笑之。狂夫之樂、智者哀焉、愚者之笑、賢者戚焉（王曰く、寡人胡服を疑ふに非ず。吾天下の之を笑はんことを恐る。狂夫の楽しみは、智者焉《これ》を哀しみ、愚者の笑ひは、賢者焉《これ》を戚《うれ》ふ）。

（『戰國策』巻第六・趙策）

②廣武君曰、臣聞智者千慮必有一失、愚者千慮必有一得。故曰、狂夫之言、聖人擇焉（広武君曰く、臣聞く、智者も千慮に必ず一失有り、愚者も千慮に必ず一得有りと。故に曰く、狂夫の言も聖人焉を択《と》ると）。

（『史記』巻九十二・淮陰侯列傳）

①は趙の武靈王のことば。物事の本質の見極めができる智者・賢者の反対概念として狂夫・愚者が用いられている。一方②では、敗将となった広武君が韓信に献策を求められた時、謙遜することばに見える。狂夫のことばでも、聖人はそれを採用することがあるという。愚者―賢者、狂夫―智者が対立概念として拮抗している。しかし時と場合によって、「狂夫」の言が「聖人」に採用されうること、つまり、「賢者」や「智者」をこえた「聖人」に認められうることが述べられている。従って「狂夫」は、言うまでもなく、愚かな者、愚かな男をいう場合に用いられているのだが、潜在的に異能を有する存在として捉えられているのである。それはしばしば通常の知恵の持ち主たる「智者」「賢者」の対極にある「愚者」と同一視されるが、時に通常の知恵をこえた「聖人」に受け入れられる超越的な知恵の持ち主でもあった。それは、先に述べた『詩經』―『玉臺新詠』を通底してみられる〝浮かれ出る〟存在としての「狂

夫」とは一致しない。しかし日常の知恵から遊離した知恵の持ち主であるという点で、日常の生活から遊離した存在として描かれた『玉臺新詠』の「狂夫」とかすかに通じあっている。

ところで、愚かな者や狂ったような人を表すことばには、「狂夫」のほかにも「狂者」・「狂生」などがある。たとえば、『論語』子路篇には、次のように「狂者」の例が見える。

子曰、不得中行而與之、必也狂狷乎、狂者進取、狷者有所不爲也（子曰く、中行を得て之に与《くみ》せずんば、必ずや狂狷《きょうけん》か、狂者は進み取り、狷者は為さざる所有るなり）。

ここでは、「狂者進取」とあるように、「狂者」に対して、肯定的な評価がなされているのを見ることができる。「狂者」は、剛直かつ放恣な人や、志は大きいが行いが伴わない者を表している。つまり、日常的な規範からみれば逸脱していると見られるほど、強烈な個性をいうのである。

また、『史記』巻九十七・酈生陸賈《れきせい》列傳には、酈生が「狂生」と呼ばれていたことがみえる。

酈生食其者、陳留高陽人也。好讀書、家貧落魄、無以爲衣食業、爲里監門吏。然縣中賢豪不敢役、縣中皆謂之狂生（酈生食其《いき》は、陳留高陽の人なり。読書を好むも、家貧しくして落魄、以て衣食を為す業無く、里の監門の吏為り。然れども県中の賢豪敢へて役《えき》さず、県中皆之を狂生と謂ふ）。

酈生を県の人々が「狂生」と呼んだのは、彼が常識の枠にとらわれない奔放な思考・行動をとる人物だと見ていたからであろう。その後、酈生は後の漢の高祖沛公《はいこう》に拝謁を求める際、「自分は人々から狂生と呼ばれているが、自分では狂生ではないと思っている」と述べている。むしろ人々から受けた蔑称を逆手に取って、並みの人間とかけ離れた人物であることをアピールしたのである。「狂生」という一語に、自分が超越的な知恵の持ち主であることをこめて、沛公に伝えようとしたのだといえる。沛公は儒者ぎらいであり、その沛公をして会ってみようと思わせる響きが「狂生」にはあったのである。

これら散文にみる「狂夫」や「狂者」・「狂生」には、日常の規範からの逸脱、あるいは遊離の感覚が見られる。その点では、『詩經』や『玉臺新詠』における「狂夫」と一脈通じるものがみられる。同時に、さらにこれらの例には、異能や超越的な知恵に対する畏敬の念がうかがわれる。それは、古代の方相氏の「狂夫」が、人々の畏敬をうけていたことと、共通した認識ということができる。

しかしながら、古代から六朝期を通じて、詩語としての「狂夫」は用例がわずかであり、「狂」それ自体が積極的にとらえられることは少なかったと言わなければならない。

四

唐詩の世界に「狂夫」が盛んに使われ始めるのは、ほぼ盛唐からである。つまり、盛唐の詩人達が「狂夫」ということばを再発見し、新たな生命を吹き込んだといってよい。しかし、その用例の大半は、第二章で取り上げた『玉臺新詠』の型の用例である。次に、王維・李白の例をあげてみる。

①狂 夫 富 貴 在 青 春　　狂夫　富貴　青春に在り
意 氣 驕 奢 劇 季 倫　　意気　驕奢　季倫より劇《はげ》し
（王維「洛陽女兒行」）

②行 人 過 欲 盡　　行人　過《よ》ぎりて尽きんと欲す
狂 夫 終 不 至　　狂夫　終に至らず

③玉手開緘長歎息　玉手　緘《ふばこ》を開きて長歎息す
狂夫猶戍交河北　狂夫　猶ほ戍《まも》る　交河の北
（王維「羽林騎閨人」）

④妾本洛陽人　妾は本　洛陽の人
狂夫幽燕客　狂夫は幽燕の客
（李白「擣衣篇」）

⑤窺鏡不自識　鏡を窺《うかが》ひて自ら識《し》らず
況乃狂夫還　況んや乃ち狂夫の還るをや
（李白「代贈遠」）
（李白「閨情」）

いずれも、妻が他者に対して、遠くに離れている夫を指していう謙辞である。「拙夫」に似るが、遠くに離れている夫を、嘆きや非難をこめて「浮かれ歩いている夫」と呼ぶことばであろう。こうした用法は、上記の例のほとんどが宮体詩・閨怨詩の流れをくむ歌謡であったことから推測されるように、俗語的・口語的なニュアンスが響いていたことがわかる。また、中唐の劉禹錫が「竹枝詞」や「浪淘沙」といった歌謡にこの語を用いていることは、その推測を補強するものである。

一方、『玉臺新詠』の型ではない「狂夫」の使い方も現れはじめる。王維の次の用例がその一つである。

楚國有狂夫　楚国に狂夫有り
茫然無心想　茫然として心想無し

散髪不冠帯　散髪して冠帯せず
行歌南陌上　行歌す　南陌の上
孔丘與之言　孔丘　之と言はんとするも
仁義莫能奬　仁義　奬《すす》むる能はず
未嘗肯問天　未だ嘗《かつ》て肯《あ》へて天に問はず
何事須撃壌　何事ぞ　撃壌を須《もち》ゐん
復笑採薇人　復た笑ふ採薇の人
胡爲乃長往　胡為《なんす》れぞ乃ち長往する

（「偶然作六首其二」）

この「狂夫」は、楚狂接輿である。この詩は、本節の冒頭に述べた接輿の故事をふまえている。第一～第四句は、接輿の佯狂ぶりである。第二句は、狂気の人の様子とも、あるいはまた忘我の超越的境地とも読める表現である。「散髪」は「被髪」と同じ意で、異形のさまであり、「不冠帯」とともに、礼にのっとらず世間を捨てた生き方をあらわす。この異形の人は、孔丘とも語り合わず、天に問いかけることも、地をうって大平をことほぐこともせず、伯夷・叔齊をさえ笑う。明らかなように、この詩は、王維が接輿をテーマとして、彼の振る舞いや心情を解釈したものである。王維は、接輿を「狂夫」ととらえている。接輿は「狂夫」という、日常生活の空間や規範から遊離し、逸脱した人物であった。人には真似のできないその生き方を選んだことと引き換えに、何物にもとらわれぬ超越的な境地を得たのである。この詩は、そのような接輿の世俗を超越した生き方に対する王維の憧憬がうかがわれる作品である。同時に、「狂夫」という語を積極的に捉え返し、「狂」の語に超俗の精神と力を見ようとしているのだろう。同様の例が李白にもみえる。李白の「贈僧朝美」（僧朝美に贈る、『李白集校注』巻十二）詩に次のような表現がある。

誰人識此寶　誰が人か此の宝を識《し》らん
竊笑有狂夫　竊《ひそ》かに笑ふ　狂夫有るを

「此寶」は、悟りの心。わが尊敬する僧朝美は余人の得難い悟りを得ているが、振る舞いが変わっているために俗人はそれに気づかず「狂夫」といって笑う。「狂夫」は、ここでは、深い悟りを秘しながら、表面的には変わった人としか見られない人物、異常と見えるほど強烈な個性を持った人物である僧朝美をいう。李白は肯定的なニュアンスを「狂夫」の語に付しているといえよう。

李白には、「狂夫」ではないが、「楚狂人」の語で、楚狂接輿の典故を用いた作品もある。

廬山謠、寄廬侍御虛舟　廬山《ろざん》の謡《うた》、廬侍御虚舟に寄す

我本楚狂人　我は本　楚の狂人
鳳歌笑孔丘　鳳歌して孔丘を笑ふ
手持綠玉杖　手に持つ　緑玉杖
朝別黃鶴樓　朝に別る　黄鶴楼
五岳尋仙不辭遠　五岳に仙を尋ねて遠きを辞さず
一生好入名山遊　一生　好んで名山に入りて遊ぶ

（『李白集校注』巻十四）

李白は「我は本　楚の狂人」と自らをうたっている。反俗・脱俗の境涯を接輿にみて、それをたたえているという点では、王維の「狂夫」と通じている。だが、李白は、接輿という比喩的な形象を通じて自己を語っているのである。

王維が「狂」を肯定的にとらえているのを継承しながら、更に一歩を進めて、「狂」そのものに自己の生き方としての価値をみとめ、自己を「狂」ととらえ表現する姿勢がみられるのである。

五

しかし、「狂」を直接に自己のあり方としてとらえ、もはや接輿という比喩形体を介さず、自分自身の心情や境涯を指して用いる姿勢が、李白に続く世代に生まれてきた。杜甫がそれである。彼は「狂」の語を三十例以上用い、盛唐以前の中国詩史に対して、隔絶した用い方をしている。中でも、自己の内面を客観的に「狂夫」と捉えた例が次の作品である。

狂夫

萬里橋西一草堂
百花潭水卽滄浪
風含翠篠娟娟淨
雨裛紅蕖冉冉香
厚祿故人書斷絕
恆飢稚子色淒涼
欲塡溝壑惟疏放
自笑狂夫老更狂

狂夫

万里橋西　一草堂
百花潭水　即ち滄浪
風は翠篠を含んで娟娟《けんけん》として浄らかに
雨は紅蕖《こうきょ》を裛《うるお》して冉冉《ぜんぜん》として香る
厚禄の故人　書断絶し
恒に飢ゑたる稚子　色凄涼たり
溝壑《こうがく》に塡《うず》めんと欲するも惟《た》だ疏放なるのみ
自ら笑ふ　狂夫の老いて更に狂なるを

（『詳註』巻之九）

第一章第一節でも触れたように、この詩は、杜甫が官職を辞して、家族を連れて旅立ち、成都に浣花草堂を建て、穏やかな日々を過ごしていた頃の作である。「狂夫」は詩題ともなっており、この詩の中心をなす語である。ここでは、王維の「偶然作」や李白の「廬山謠、寄盧侍御虚舟」とは違って、特に何らかの典故を踏まえた表現ではない。「自ら笑ふ　狂夫の老いて更に狂なるを」という結句からは、以前から自分を「狂夫」だと思っていたが、近頃はさらに狂気じみてきたという自嘲がみられる。そして、注目されるのは、李白・王維の「狂夫」の用い方との大きな相違である。それは、自分自身を直接に「狂夫」と認識するという姿勢であろう。そのような態度で「狂夫」という詩語を用いたのは、杜甫が最初である。

　彼が、官職を去る原因となった房琯事件（七五七年）の際、粛宗が三司（司法機関の刑部・御史台・大理寺）に杜甫の罪を問わせた時、御史大夫の韋《い》陟《ちょく》は「甫言雖狂、不失諫臣體」（甫の言は狂なりと雖も、諫臣の体を失はず）と奏上して、それゆえ粛宗は杜甫を許したという（『新唐書』巻一百二十二・韋陟列傳）。そして、杜甫がその時書いた「奉謝口敕放三司推問狀」（口勅もて三司の推問を放《ゆる》さるるを謝し奉る状）にも「不書狂狷之過、復解網羅之急」（狂狷の過ちを書さず、復た網羅の急を解かる）と述べている。自らが後先を考えず房琯を弁護したこと、なおかつその「狂狷」の振る舞いを韋陟がとがめなかったこと、さらに粛宗が杜甫の罪過を問わなかったことへの感謝が述べられているのである。「狂狷」は前述のように『論語』子路篇にみえ、周囲の情況をあれこれと考えず理想を貫いて行動することをいうことばであった。自己の行為を「狂狷」と表現したことは、杜甫が自分のとった行為すなわち房琯を弁護した行為自体は——世間からどのように非難されようとも——誤りではなかった、との思いを抱いていたことを示している。房琯事件に際しての杜甫の言動は、外から見ても「狂」であり、彼自身の内側から見ても「狂狷」であったのだ。

杜甫が、この「狂夫」詩を制作したのは、それから三年後の成都時代であった。おそらくは、そのように自ら人生を選び進み、結果としては官職を辞せざるを得ず、今は一介の無位無官の男となっている自らの生き方を、「狂夫」という語にこめて表現したのであろう。「夫」は、ただの地位もなく名誉も無い男をいうからである。たとえば、杜甫の「秋雨歎三首其二」（秋雨の歎き　三首　其の二）詩に「農夫田父無消息」（農夫田父　消息無し）というときの「農夫」、「義鶻」詩に「此事樵夫傳」（此の事樵夫伝ふ）というときの「樵夫」や、「劍門」詩に「一夫怒臨關」（一夫　怒りて関に臨む）というときの「一夫」などがそうである。杜甫がみずからを「狂夫」と表現したとき、そこには苦い自嘲があった。また、みずからを戯画化しているとも見える。

だが、より重要なことは、根本に自らを客体化して「狂夫」と認識する鋭い眼差しがあることである。自己に向けられたその眼差しは、詩全体の明るい穏やかさとは裏腹に、冷酷なまでに鋭い。横山伊勢雄は、「この詩は表面的には自己の狂態を自嘲的にうたっている。しかしよく読めば、厚祿や名声の社会と無縁となったこの詩人が、貧窮と孤独につつまれながら、自己を疎外する外界を睨み付けている眼が認められよう。」とすでに「詩人における『狂』について――蘇軾の場合――」で述べている。(1) その読解の鮮やかさを継承し、さらに進めて考察するならば、外なる世間への鋭い眼差しのみならず、自己に向けられた眼差しの鋭さ、すなわち狂なる自己を発見した語としてこの「狂夫」をとらえ直したいと私は思う。杜甫の「狂夫」によって、詩語「狂夫」は文学のことばとして格段の深まりを見たといえよう。

六

盛唐の王維、李白、そしてさらに杜甫にいたって、詩語としての「狂」「狂夫」は広まりと深まりを得たのであった。その「狂夫」を継承した中唐の詩人は、白居易（七七二〜八四六）である。中唐の詩人の中で、白居易ほど「狂」を多用した詩人は他に見られない。また、「狂夫」を『玉臺新詠』の型ではない用法で、用いた中唐の詩人もほとんど白居易一人である。たとえば、次のような「狂夫」の用い方が見られる。

又戲答絶句　　　又た戯れに答へる絶句
狂夫與我世相忘　　狂夫と我と 世と相ひ忘れ
故態些些亦不妨　　故《もと》の態 些些《ささ》 亦た妨げず
縱酒放歌聊自樂　　酒を 縦《ほしいまま》にし放歌して 聊《いささ》か自ら楽しむ
接輿爭解敎人狂　　接輿 争ひて解《よ》く人をして狂せしむ

（『白居易集箋校』巻三十四）

この詩は、牛僧孺の詩への答えとして作られた詩である。この時の応酬の作すべてに「狂」の語がちりばめられている。白居易の「狂」の語は、この頃から急に多用され、いわば詩作の興趣を高め、詩想を活性化する働きを帯び始めたのであった。日常から解き放たれて、現実とは異なる次元としての文学の中に遊ぶ時、白居易とその周囲の人々は自らを「狂」と呼んだ。そこには日常から遊離する古代以来の「狂」の意識が生きており、自己を「狂」と呼ぶ杜甫の想念も受け継いでいるだろう。しかし、杜甫の持つ求心的な厳しさからは離れて、非日常性をゆとりをもって見るとともに楽しむ感覚がかすかに生まれている。そして、この傾向は、やがて宋代の詩人にも受け継がれていったのであった。

【注】

（1）『漢文学会会報』三十四号、一九七五年。

第三節　盛唐詩人と「狂」の気風――賀知章から李白・杜甫――

一

盛唐時代の初め、賀知章（六五九～七四四）は自身を「狂客」と称した。彼より少し遅れて文壇に登場した李白（七〇一～七六二）や杜甫（七一二～七七〇）らは、そのような賀知章の「狂」の気風から大きな影響を受けた。彼らが共有した価値観「狂」とはどのようなものだったのかを考察し、さらに彼らの「狂」がその文学とどのような関わりを持っていたのかを探りたい。

本節で、論じようとしているのは、盛唐の文化的気風の一つとして、「狂」という語でくることのできる一つの価値観があったということである。盛唐の詩人たち、少なくともその一部に共通の「狂」という語でしめされる価値観があり、それが盛唐の詩人やその時代の文化に大きく関与していたのではないかと思われるのである。

盛唐の「狂」の伝統の出発点に立ち、またその中心でもあったのは、賀知章ではないだろうか。賀知章が年齢の点で盛唐の詩人に先行していたことは別としても、「狂」の気風を先駆的に示し、みずから「狂客」と名のる自己認識の大胆さによって盛唐の詩人に大きな影響をあたえたことは否定できない。

二

賀知章の伝記は、『舊唐書』巻一百九十中、文苑中、および『新唐書』二百九十六、隠逸伝、『唐才子傳』巻三に見える。ここでは、『舊唐書』に主としてよりながら、彼の生涯をみておきたい。

賀知章は會稽永興の人で、太子洗馬徳仁の族孫である。少《わか》い頃より文詞を以て名を知られ、證聖の初め（六九五）に進士となる。超抜群類科に擢げられ、国子四門博士を振り出しに官途についた。礼部侍郎兼修賢院学士を初めさまざまな官職についた後、太子賓客、銀青光祿大夫兼正授秘書監に遷る。知章は性放曠で、善く談笑し、当時の賢達は皆これを敬慕した。工部尚書の陸象先は知章の族姑の子だが、知章と甚だ親しく、常に人にこういっていたという。「賀兄の言論はとらわれがなく真に風流の士と謂うべきである。……一日賀兄を見なければ、こころにいやしさが生じる」と。知章は晩年さらに縦誕を加え、規検がなかったという。自ら「四明狂客」と号し、又「祕書外監」と称して、里巷に遨遊した。酔後に文章をつづれば、筆はとどまることなく、文は点を加えることがなかった。又、草・隷の書を善くし、呉郡の張旭《ちょうきょく》（六七五〜七五〇）と親しんだ。張旭も書を善くして、酒を好み、酔後号呼して狂走し、筆を索めて揮毫した。時人は号して張顚《ちょうてん》と呼んだという。天寶三載、知章は病に因って、上疏して度して道士となることを請い、郷里に還ることを求めたところ、勅許を得た。年八十六。

このように賀知章は自ら「四明狂客」と号し、また「祕書外監」と称していた。「四明」とは、山の名で、浙江省にある道教の霊山。賀知章の故郷會稽に程近く、東方にそびえる山である。「狂客」とは、放誕でとらわれのない人物、常軌を逸した奇行のある人をいう語である。この熟語は「客」の漢字を含み持っていることから、「俠客」「墨客」「仙客」の「客」がそうであるように、固定された社会体制からはなれた人士というニュアンスがあり、高踏的な響きが感じられる。「祕書外監」も、反骨精神とユーモアにあふれる呼称である。彼は、実際は秘書監の職にあったわけだが、しかし、いわば自分はその官職の埒外にあり、その枠にとどまらないと宣言したのである。

『舊唐書』の右の伝記には、賀知章の生涯とその「狂客」たる所以が遺憾なく記されている。ところで、これら伝記の記述に先立ち、賀知章の「狂客」たる姿が活写されているのは、有名な杜甫の「飲中八仙歌」である。「飲中八仙歌」は、八人の酒飲みの狂態を詠じた詩であり、詠じられている八人は賀知章をはじめ、汝陽王李璡《りしん》、左丞相李適之、崔宗之、蘇晉、李白、張旭、焦遂《しょうすい》のいずれも豪放な人物たちである。この詩は酒を飲んでの酔狂を詠じてはいるものの、当時の文人が共通して抱いていた「狂」という価値観が、この酒という存在を媒介として、その行為、動作の傾向に如実に表れている点が興味深く思われる。

飲中八仙歌

知章騎馬似乘船
眼花落井水底眠
汝陽三斗始朝天
道逢麴車口流涎
恨不移封向酒泉
左相日興費萬錢
飲如長鯨吸百川
銜杯樂聖稱避賢

飲中八仙の歌

知章の馬に騎るは船に乗るに似たり
眼に花さき井に落ちて水底に眠る
汝陽は三斗にして始めて天に朝す
道に麴車《きくしゃ》に逢はば口に涎《よだれ》を流し
恨むらくは酒泉に移封されざることを
左相は日興に萬錢を費やす
飲むこと長鯨《ちょうげい》の百川を吸ふが如し
杯を銜《ふく》んで聖を楽しみ賢を避くと称す

宗之蕭灑美少年　宗之は蕭灑《しょうしゃ》なる美少年
擧觴白眼望青天　觴《さかづき》を挙げ白眼もて青天を望む
皎如玉樹臨風前　皎《きょう》として玉樹の風前に臨むが如し
蘇晉長齋繡佛前　蘇晉は長斎す　繡仏の前
醉中往往愛逃禪　酔中　往往逃禅を愛す
李白一斗詩百篇　李白は一斗　詩百篇
長安市上酒家眠　長安市上　酒家に眠る
天子呼來不上船　天子呼び来たれども船に上らず
自稱臣是酒中仙　自ら称す　臣は是れ酒中の仙と
張旭三杯草聖傳　張旭は三杯にして草聖伝わる
脱帽露頂王公前　帽を脱ぎ頂《いただき》を露《あら》はす　王公の前
揮毫落紙如雲煙　毫《ふで》を揮ひ　紙に落とせば雲煙の如し
焦遂五斗方卓然　焦遂は五斗にして方に卓然たり
高談雄辯驚四筵　高談雄弁　四筵《しえん》を驚かす

（『詳註』巻之二）

この詩の冒頭の第一・第二句は、賀知章を詠じている。

知章騎馬似乘船　知章の馬に騎るは船に乗るに似たり
眼花落井水底眠　眼に花さき井に落ちて水底に眠る

賀知章が酔って馬に乗っているさまは、まるで舟に乗ってでもいるかのようにゆらゆらと前後左右にゆれている。そして、挙句の果てには、眼に花が咲いたように眼を回し、井戸の中に落ちて、水底で眠っている。第一句は泥酔して乗馬するさまを描いているが、賀知章が、呉の出身で船には慣れていても乗馬は不得手であることを踏まえたユーモラスな表現である。井戸の水底で眠るという行為は、実際には危険極まりない愚劣な行為のはずである。しかし、賀知章の姿は、酔態を通り越して、放誕で、また滑稽だが愛すべき逸脱・脱俗の姿として描き出されている。ここに、洒脱な賀知章への作者杜甫の敬愛、また親愛の情を読み取ることができる。とともに、この詩句を読んだ同時代の人々が共感をもって受け止めたであろうことが想像される。この詩に描かれた賀知章は、まさしく盛唐時代の「狂」の代表的存在であったのである。そして、この詩に杜甫は、先の賀知章の伝記にも言及されていた張旭の「顚狂」ぶりを詠じている。また、後述のように「狂客」の賀知章にもっとも共鳴していた李白も詠じられていることから、この詩は賀知章を代表とする「狂」の価値観を共有していた人々への共感を歌うものということができるのである。

このように賀知章の「狂客」の気風は、周囲の文人や芸術家達に影響を及ぼし、またその気風に同調する人々をひきよせずにはいなかった。先に見たとおり、友人の一人に張旭がいた。(1)「狂草」という極度に自由な草書をはじめた書家として知られる人物である。彼は「張顚」と呼ばれていたという。「顚」とは、気が違うことであり、『急就篇』四の「疝瘕顚疾狂失響。」の顔師古の注に「顚疾、性理顚倒失常。」（顚疾は、性理の顚倒して常を失ふなり）とあるように、やはり常軌を逸しているさまをいう語である。その張旭と賀知章がよしみを通じていたというのは、互いに自由奔放な生き方を共有し、あるいは影響を与え合っていたからであると考えられる。

三

ところで、賀知章は『唐才子傳』巻三に「少きより文詞をもって名を知らる」（少以文詞知名）とあるように詩文に秀で、若い頃から相当数の詩を制作したと考えられるが、現存するものは二十首と少ない。『全唐詩』巻一百十二にはわずかにその詩一巻を収めている。また、たとえば唐、蔽挺章《へいていしょう》撰の『國秀集』には、「偶游主人園」（偶々《たまたま》主人の園に游ぶ、『全唐詩』では「題袁氏別業」に作る）が選ばれており、賀知章の詩の中でも有名なものといえる。

偶游主人園　　　偶々主人の園に游ぶ

主人相不識　　　主人　相識らず
偶坐爲林泉　　　偶坐するは林泉のためなり
莫謾愁酤酒　　　謾《みだ》りに酒を酤《か》ふを愁ふるなかれ
囊中自有錢　　　囊中《のうちゅう》　自づから銭有り

詩題に、「偶」然この主人の庭園に遊んだとあり、第一句には、この主人とは互いに面識が無いという。全く見ず知らずの家に、庭園の林泉の景観に心ひかれて立ち寄ったというのである。主人は突然の来客にふるまう酒の心配をするが、賀知章は酒代の心配などなさるなと歌っている。「林泉」をこの上なく愛好し、金銭に頓着のない風流人賀知章の面目躍如たるものがうかがわれる詩である。

また、「回郷偶書」（郷に回《かえ》りて偶々《たまたま》書す）の第一首には、若くして郷里を離れ老年になって帰郷した賀知章の複雑な心情が飾らずに詠じられている。

回郷偶書　二首其一

少小離鄕老大回
鄕音無改鬢毛衰
兒童相見不相知
笑問客從何處來

郷に回りて偶々書す　二首其の一

少小にして郷を離れ　老大にして回る
郷音改まること無く　鬢毛《びんもう》衰ふ
児童　相見て相知らず
笑って問ふ　客は何処《いずこ》より来たるかと

呉の方言は改まっていないが、いつしか鬢の毛も白くなっている。郷里の子どもらは自分のことを誰か知らず、屈託なく「お客さんはどこから来たの」とたずねると。都で秘書監を務め、玄宗をはじめ百官に見送られて帰郷した彼ではあったが、郷里では一介の旅人にすぎないと、竜宮から戻った浦島太郎のような心情を諧謔交じりに描いている。

また「答朝士」（朝士に答ふ）にも賀知章の高逸ぶりが表れている。

鈒鏤銀盤盛蛤蜊
鏡湖蒓菜亂如絲
鄕曲近來佳此味
遮渠不道是吳兒

鈒鏤《そうる》の銀盤に蛤蜊《こうり》を盛り
鏡湖の蒓菜《じゅんさい》　乱れて糸の如し
郷曲近来　此の味を佳しとす
遮渠《さもあらばあれ》　是れ呉児なりと道《い》はず

詩題に「答朝士」（朝士に答ふ）とあることから、帰郷後自身の自由な境涯を朝廷にある人々に答えた詩であろう。ここには、都から故郷に帰った賀知章が、鏡湖の名産を賞味するさまや、呉の出身でありながらどこか呉児らしからぬ自分を自覚するユーモラスさが歌いこまれている。この詩に見える自己を客観的に捉える姿勢は、自身を「狂客」と第三者的に捉える覚醒感や諧謔性と通底しているように思われる。

このほか、柳を擬人化して艶やかに描く「詠柳」（柳を詠ず）などにも、闊達自由な賀知章の精神が息づいている。(2)

このように賀知章自身の現存する詩においても、賀知章の自由奔放さが垣間見られる。賀知章は、自由な文化人として、当時の人々から敬われ、多方面の分野の人々と交流があった。なかでも、詩人李白は、そのような賀知章を敬慕していた。次に李白の詠ずる賀知章の「狂」をみたい。

四

賀知章は自ら「狂客」と号していたのだが、それを賀知章への呼称として、つまり対称（二人称）として用いたのは李白だった。『全唐詩索引　李白』(3)によれば、李白の「狂」字の用例は二十八例である。ちなみに杜甫が二十七例であり、盛唐詩人の中では、他の詩人より詩数そのものが多いということもあるがこの両者の用例の多さが際立っている。さて、その李白の用例の中で、賀知章について詠じるものは、次の三首である。ほかの人物についての言及において、「狂」という評はこれほどみられないことから、賀知章の「狂」に対する李白の共感の深さがうかがわれる。

①　送賀賓客歸越　　　　賀賓客の越に帰るを送る

鏡　湖　流　水　漾　清　波　　　鏡湖の流水　清波を漾《ただよ》はせ

狂　客　歸　舟　逸　興　多　　　狂客の帰舟　逸興多し

（『李白集校注』巻十七）

②　對酒憶賀監二首　其一　　酒に対して賀監を憶《おも》ふ二首　その一

四　明　有　狂　客　　　四明に狂客有り

風流賀季眞　　風流なる賀季真
長安一相見　　長安にて一たび相見て
呼我謫仙人　　我を謫仙人《たくせんにん》と呼ぶ
昔好杯中物　　昔は杯中の物を好み
今爲松下塵　　今は松下の塵と為る
金龜換酒處　　金亀を酒に換《か》へし処
却憶涙沾巾　　却《かえ》って憶へば　涙　巾を沾《うるお》す

（『李白集校注』巻二十二）

①には、賀知章が玄宗の許しを得て、朝廷を去り、故郷の越に帰るときの情景が詠じられている。[4]「鏡湖」とは、今の浙江省紹興県にある湖で、玄宗が退隠する賀知章に賜った景勝地である。賀知章を「狂客」と称するのは、もちろん賀知章自身が「四明狂客」と称していたからであるが、それだけでなく、その自由不羈な生き方への共感が込められているからだろう。「逸興」は、世俗を脱した風流な興趣、超俗の豪放な意興をいう語であり、李白を初め、唐代の詩人に愛された語である。[5]第二句で李白は、官界を離れ、故郷の自然の景物に心を遊ばせている賀知章の心中を想像して表現しているのである。静かな鏡湖に「狂客」が帰って行く。長安においては「狂」は規範からの逸脱という奇矯な行動にいろどられていたが、今はそれは静かな自然の中に帰り、本来の自由な空間のなかに溶け込んで行くのである。超俗の心が本来の場にもどってゆくことへの讃美が感じられる表現である。

②では、賀知章の没後に、その人を偲んでいるのであるが、「風流」という賞賛の語をもちいていることが注目される。[6]「風流」には、時代によりいくつかの意味があるが、ここでは文学や芸術を愛する自由で闊達な精神活動・態度を

いう。『舊唐書』の賀知章傳では、陸象先が、賀知章を「風流之士」と評したとする。賀知章の自由不羈なさまを当時の人々が「風流」と捉え、そしてその処世のあり方に共感し、かつ敬愛したことがうかがわれる。「狂客」と「風流」との間には非常に密接な関係があるということができる。李白がそれを確実にとらえて表現していることに注意しなければならないと思われる。

②の詩には序文があり、運命的な出会いを物語る有名なエピソードを伝えている。

太子賓客賀公、於長安紫極宮一見余、呼余爲謫仙人。因解金龜換酒爲樂。歿後對酒、悵然有懷。而作是詩（太子賓客の賀公は長安の紫極宮にて余《よ》を一見し、余を呼びて謫仙人《たくせんにん》と為す。因りて金亀を解きて酒に換へ楽しみを為す。歿後に酒に対せんとするに、悵然《ちょうぜん》として懐《おも》ふ有り。而してこの詩を作る）。

いわば賀知章は李白の才能を最初に見出した人物であった。賀知章が李白を「謫仙人」と評したのは、李白の詩人としての抜群の才能を、仙界から地上に流されて来た仙人のようだ、と最大級の賛辞でたたえたものである。この序文から、賀知章によるこの賞讃の語を李白が誇りにしていたことがうかがわれる。李白にとって、賀知章は自分の詩才を認め、見出してくれたかけがえのない人物であり、またそれだけでなく、賀知章自身の「狂客」としての自由不羈な言行と生き様は敬慕と憧憬の対象であったのである。ともあれ、李白は賀知章の「狂」を風流に接近したものとしてとらえていることが分かる。賀知章の内面にある文化的な闊達さ、自由さを、彼の奇矯な行動の中に一貫しているものとして感じ取っていたのであろう。そこに、行為の中に流れる豊かな芸術性を重んじる盛唐の気象、美意識を見ることができる。

五

次に、杜甫の詩にみえる賀知章に対する「狂」の用例をみてみたい。先に揚げた「飲中八仙歌」においては、「狂」の語句こそみえないものの賀知章の逸脱と奔放さへの共鳴がみられた。そして、杜甫の詩には二十七例の「狂」がみえるが、このうち、二例が賀知章を詠ずるものである。

① 寄李十二白二十韻　李十二白に寄す　二十韻

昔年有狂客　昔年　狂客有り
號爾謫仙人　爾《なんじ》を謫仙人と号す
落筆驚風雨　筆を落とせば風雨を驚かし
詩成泣鬼神　詩成りて鬼神を泣かしむ
聲名從此大　声名　此れより大なり
汩沒一朝伸　汩没《こつぼつ》　一朝伸ぶ
文彩承殊渥　文彩　殊渥《しゅあく》を承《う》く
流傳必絶倫　流伝は必ず絶倫なり

（『詳註』巻之八）

② 遣興五首　其四　興を遣《や》る　五首　その四

賀公雅吳語　賀公は雅なる呉語

在位常清狂　在位　常に清狂

（『詳註』巻之七）

①では、李白の詩作のすばらしさを賞讃している。しかし、その詩はまず、「狂客」賀知章を登場させ、その才能が認められる契機となった先述のエピソードに言及しているのである。「狂客」、すなわち賀知章が「謫仙人」と評した通り、李白が筆を落とせば風雨を脅かすかと思われ、また完成した詩は、鬼神をさえ感激で泣かせるほどのできばえである、と。この詩は賀知章没後に制作されたと思われるが、杜甫の中では、賀知章を「狂客」と親しく捉えているのであり、李白の先の用例と同じ趣向といえる。ただ注目されるのは、李白の詩の異常な力を「驚風雨」「泣鬼神」ととらえる、その感覚が賀知章を「狂客」と呼ぶことから連動している点である。(7)「狂客」に見出された李白の詩が「泣鬼神」であるというとき、遡行して、「狂客」に、凡俗を超えた異常な力を感じとっている、といえるだろう。それは主に賀知章の芸術性であるとはいえ、その芸術創造に傾斜する異様なまでのエネルギーの方を感得しているといえるだろう。

また、②では、賀知章の出身が古代の呉の地方であり、その方言があったことを詠じ、官職に在った当時から「清狂」であったと評している。(8)

「清狂」は、奔放不羈のさまをいう語である。官僚世界に身を置きながら、詩人や画家、書家などと親しく交流し、影響を与え、また才能を見出した賀知章に対して、杜甫は李白と同様に、憧憬・敬慕を抱いていたのだった。だが、杜甫は、李白とはやや違って、「清狂」の人として賀知章をとらえる。それはひとことで言うならば、官僚世界とは別次元の価値観、反俗・超俗の姿勢、奔放不羈の精神を表す言葉であった。杜甫は、ここでも賀知章の行為の中にある異様な力に注目していることがみえよう。朝廷に連なりながらも標準語ならぬ「呉語」で通した賀知章に、(9)中央の官僚体制におさまらない反骨性を見ていることと、対応する。

盛唐の初め、開元の治と称され天下泰平を謳歌していた時代において、反俗・超俗の「狂客」賀知章は、天下に広く崇敬された。すなわち、「狂」が積極的に捉えられる一つの価値観として、根付いていたのである。そしてそれは、李白がとらえていたような、自由・闊達な超俗的な芸術性と、杜甫が感得したような、官僚世界に対する反俗的な行動性が結びついたものだった。

六

賀知章は、いわば盛唐を代表する「狂客」であった。一方、賀知章ほどには有名ではないものの、杜甫が「狂」と称した親友に鄭虔《ていけん》がいた。杜甫には、鄭虔について詠じた詩が数多く見え、「陪鄭廣文、遊何將軍山林　十首」（鄭広文に陪して、何《か》将軍の山林に遊ぶ。十首、『詳註』巻之二）以下八首に及ぶ。その中に「狂」字を使ったものや、鄭虔を「狂」と詠じた以下の作が見えることは注目するべきであろう。

①　陪鄭廣文遊何將軍山林十首　其八
　　鄭廣文に陪して何将軍の山林に遊ぶ　十首　其の八

憶過楊柳渚　　憶ふ　楊柳の渚《なぎさ》を過《よ》ぎり
走馬定昆池　　馬を定昆池に走らせしを
醉把青荷葉　　酔ひて把《と》る　青荷葉
狂遺白接䍦　　狂して遺《のこ》す　白接䍦《はくせつり》

刺船思郢客　船を刺《さおさ》すには郢客《えいきやく》を思ひ
解水乞呉兒　水を解すには呉児を乞《もと》む
（『詳註』巻之二）

② 有懐台州鄭十八司戸　台州の鄭十八司戸を懐ふ有り

天台隔三江　天台　三江を隔て、
風浪無晨暮　風浪　晨暮無し
鄭公縦得歸　鄭公　縦《たと》ひ帰るを得るも
老病不識路　老病　路を識らず
昔如水上鷗　昔は水上の鷗の如きも
今爲罝中兎　今は罝中《しやちゆう》の兎と為る
性命由他人　性命は他人に由《よ》る
悲辛但狂顧　悲辛　但だ狂顧するのみ
山鬼獨一脚　山鬼　独《た》だ一脚
蝮蛇長如樹　蝮蛇《ふくだ》　長きこと樹の如し
呼號傍孤城　呼号して孤城に傍《そ》ひ
歳月誰與度　歳月　誰とともにか度《わた》らん
從來禦魑魅　従来　魑魅《ちみ》を禦《ふせ》ぐは
多爲才名誤　多く才名の為に誤まらる

夫子嵆阮流　夫子は嵆阮《けいげん》の流
更被時俗悪　更に時俗の悪《にく》しみを被《こうむ》る

（『詳註』巻之七）

①では、鄭虔が何将軍の山林に遊ぶのに杜甫が従ったときの様子を詠じている。第三・四句は、酔って青い蓮の葉を手に取り、ふざけて白接䍦を忘れたりする、奔放な遊びを詠じている。特に第四句は、『晋書』山簡の故事を踏まえる。山簡は、竹林の七賢の一人山濤《さんとう》の子。太子舎人を始め、様々な役職を歴任したが、非常に酒好きで、赴任先によい園池があれば、常に遊びに出かけ、池のほとりで酒を飲んだ。酔った山簡は酩酊すると、さかさまに乗せられて帰ってきたり、また馬に騎っては、白接䍦という頭巾をさかさまにかぶっていた、と。「白接䍦」は、白鷺の羽の飾りのついた白い帽子。山簡の酔態・狂態ぶり、礼教にこだわらぬ放逸さを伝えるエピソードである[10]。ここでは、鄭虔と杜甫との自然の中での自由気ままな遊びを山簡になぞらえて詠じたものである。つまり、この詩の「狂」は、何ものにも捉われない精神、奔放不羈の姿勢を表しているのである。これは、先に取り上げた賀知章の「狂」と同じ系譜のものであるといえよう。

一方、②の詩では、台州に左遷された鄭虔に寄せる思いを詠じている。鄭虔は安禄山の乱時、賊軍に捉えられ、偽官を受けたため、乱収拾後、罪に問われた。結局は、死刑はまぬがれたが、台州に左遷されたのである。その鄭虔が台州の地で、悲辛のあまり落ち着きなく、左右をふりかえっているだろうと杜甫はその心痛を推し量っている。「狂顧」は、『楚辞』九章、抽思の乱に「長瀬湍流、泝江潭兮、狂顧南行、聊以娯心兮。」（長瀬《ちょうらい》湍流、江潭を泝《さかのぼ》り、狂顧して南行し、聊《いささ》か以て心を娯しましむ）と見えることばで、漢北に左遷された屈原が南方の都、郢を恋い慕うさまである。屈原は懐王に直諫したことがもとで左遷されたのであり、その悲憤を表す語を用いることで、杜甫は鄭虔の真意が当路の人々に理解されず左遷されたことを傷み、憤る気持ちを込めているのである。「夫子嵆阮流」の句は、「先生の反俗的な生き方は嵆康や阮籍の流れに連なる」の意である。魏末の嵆康《けいこう》や阮籍《げんせき》がそうであったように権力との激しい衝突を辞さない鄭虔を深く理解しているのだが、左遷による煩悶の中で「狂顧」しなくてはならないことを、また深く洞察している。

このように、①の例は、安禄山の乱勃発以前の平和で自由を謳歌していた時代に、その自由奔放さ・脱俗ぶりを表す語としての「狂」であり、一方②の例は、安禄山の乱後、左遷された鄭虔の悲痛な心情を捉えた表現といえよう。杜甫が「狂顧」という語を使った背景には、かの屈原がそうであったように、鄭虔が要路の人にその真情を理解されないことへの憤懣を込めているように思われる。また、一方、「狂顧」の語は次の用例に見るように、魏の嵆康も用いている語である。詩の文脈から明らかなように、杜甫は強く嵆康・阮籍を意識している。

　此由禽鹿少見訓育、則服従教制、長而見羈、則狂顧頓纓、赴踏湯火。（此れ由《な》ほ禽鹿少《わか》くして訓育せらるれば、則ち教制に服従し、長じて羈《つな》がるれば、則ち狂顧し纓《えい》を頓《す》て、湯火に赴き踏むがごとし）。

（『文選』巻四十三、嵆康「與山巨源絶交書」）

この嵆康の「狂顧」がそうであったように、世俗に束縛されることを忌避しながら、現実には世俗に束縛され逆境にある鄭虔に対して同情する思いが込められている。

鄭虔の人生には、二つの危機があったようだ。一つは、国史を私撰したかどでとがめられたこと、そして、二つ目は、安禄山の乱時に偽官を受けたという理由で罪に問われたことである。その一方、彼の名声は高かった。学問でも同時代に彼にならぶ者がないほどで、広文館博士に任ぜられたこともあり、「鄭廣文」と称されていた。反面、いつも貧しく、それでいて彼はいつも淡々としていた。『唐才子傳』では「高士」としている。こうした鄭虔の高雅な行為を

「狂」と呼んだ杜甫の意識には、その自由闊達な芸術性への共感があるだろう。しかしまた鄭虔の逆境での苦しみを「狂顧」と表現したところには、世俗への同調を拒んで生きるものの抱えなくてはならない異様な力と孤独とを理解している杜甫の認識があったに違いない。

七

鄭虔を陰で支え、また杜甫の親友でもあった蘇源明について、みておきたい。『新唐書』文芸中、蘇源明傳に、
　源明雅善杜甫、鄭虔、其最稱者元結、梁肅。（源明は雅《つね》に杜甫・鄭虔と善し。其の最も称する者は、元結・梁肅なり。）

とある。源明はかねがね杜甫・鄭虔と親しかったというのである。[11]

では、蘇源明自身は、どのような人物だったのだろうか。字は弱夫。若くして孤児となり、徐州・兗州《えんしゅう》に寓居した。文辞に巧みで、すでに天寶年間に名が知られていたという。そして進士に及第、更に集賢院に試用され、太子諭徳に累遷し、東平太守に出された。在任中に生じた郡県の整理についての上申が納れられ、天寶十二載（七五三）七月、源明は東平太守から国子司業に召されることとなり、離任の宴会のときに「秋夜小洞庭離讌詩幷序」（秋夜　小洞庭、離讌の詩　幷びに序）を作った（『全唐詩』巻二百五十五）。この序文の中に次のようなエピソードが記されている。宴席で酔った蘇源明が「所不與君子及四三賢同恐懼安樂。有如秋水。」（君子及び四三の賢と恐懼・安楽を同にせざるところなり。秋水の如き有り。）と言ったところ、酔いが醒めたときある人がその言葉を持ち出したので、次のようにくすくす笑って答えたという。

（蘇）源明局局然笑曰、狂夫之言、不足罪也。（源明　局局然として笑ひて曰く、「狂夫の言にして、罪するに足らざるなり」と。）

「狂夫」とは、常軌を逸した男の意。蘇源明は、「酔って常軌を逸した者の言うことだから、罪にはならないよ。」と、軽くいなしているのだが、「狂客」でも「狂生」でもなく、一介の常軌を逸した男「狂夫」だと、自分を醒めた眼差しで捉えている。この「狂夫」の言葉には、反俗的で放誕な、しかし醒めた精神を持つ蘇源明の姿勢が垣間見える。

蘇源明が、鄭虔や杜甫と親しかったことは先に述べたが、蘇源明という人物も、やはり「狂」の精神を持つ人だった。蘇源明は尊敬していた鄭虔の「狂」的な性格からおそらく影響をうけているだろう。蘇源明が自身を「狂夫」と称したのは、先の事件のとき、即ち天寶十二載（七五三）七月のことである。ところで、蘇源明と親しかった杜甫には「狂夫」と題する詩があるが、あるいは蘇源明の影響をうけて、自身を「狂夫」と称したことが推測される。

いずれにせよ鄭虔・蘇源明、そして杜甫は、世俗とあわず不遇な状態であったが、その中で自らや友人を「狂」と評していたのであり、自らを「狂夫」と呼んだ蘇源明の表現には、一抹の覚醒感があり、杜甫はそれを踏まえて、「狂夫」の詩をつくった可能性がある。

八

杜甫は先述の「有懐台州鄭十八司戸」（台州の鄭十八司戸を懐ふ有り）詩の中で、鄭虔を「夫子は嵆・阮の流」と詠じ、反俗の生涯を送った嵆康や阮籍の流れを汲むものと位置づけている。また、「題鄭十八著作丈故居」（鄭十八著作丈の故居に題す、『詳註』巻之六）の中では、「禰衡實恐遭江夏、方朔虚傳是歳星」（禰衡実に恐る江夏に遭ふを、方朔虚しく伝ふ是れ歳星なるを）と詠じて、鄭虔を「東方朔」になぞらえてもいる。東方朔は漢の武帝に仕え、滑稽と博識・雄弁で知られた人物である。(12)『文選』（巻五十一）に収められている東方朔の「非有先生論」には、接輿や箕子の「佯狂」を積極的に評価する姿勢が見える。

先生曰、接輿避世、箕子被髪佯狂。此二子者、皆避濁世、以全其身者也。（先生曰く、接輿は世を避け、箕子は被髪して佯狂す。此の二子は、皆　濁世を避け、以て其の身を全うせる者なり、と）。

（『文選』巻五十一、東方朔「非有先生論」）

「佯狂」は、いつわって狂人を演じることである。東方朔は接輿や箕子の「佯狂」を濁世を避け、わが身を保全するためのものであったと捉えている。

このように、嵇康や東方朔における「狂」は、自分の生を貫くためのぎりぎりの選択と捉えられるが、杜甫が鄭虔の「狂」を描くとき、嵇康・東方朔に似た非常に切迫した状況を見据えているのである。一方、賀知章の「狂客」は、もっと自由奔放な生き様をむしろ楽しむゆとりがある。それらは鄭虔・賀知章の個性によるのだが、時代の変化も背景にあったのだろう。賀知章のゆとりは、彼が玄宗の開元の治の頃に宮廷にあったことが背景として考えられる。しかし、そのようなゆとりは、安史の乱後急速に失われていった。杜甫はそうした変動の荒波をかぶりながら、またその荒波を正視していたのだと思う。

杜甫が自分自身を、そして李白を「狂」と称した前述の例を再度あげたい。

狂夫

（前半省略）

厚　祿　故　人　書　斷　絕　　厚祿の故人　書断絶し

恆飢稚子色凄涼　　恒《つね》に飢ゑたる稚子　色凄涼
欲塡溝壑惟疏放　　溝壑《こうがく》に塡《うず》めんと欲するも惟《た》だ疏放なるのみ
自笑狂夫老更狂　　自ら笑ふ　狂夫老いて更に狂なるを

（『詳註』巻之九）

不見　　見ず

不見李生久　　李生を見ざること久し
佯狂眞可哀　　佯狂　真に哀れむ可《べ》し
世人皆欲殺　　世人　皆殺さんと欲するも
吾意獨憐才　　吾が意　独り才を憐れむ

（後半省略）

（『詳註』巻之十）

「狂夫」詩はすでに第一章でも言及しているが、杜甫が蜀の成都に家族とともに客遇していた時期に制作された詩である。ここで杜甫は世俗に合わず、家族を満足に養うこともできず、世間から次第にはじき出されていく自分を外から客観的に見つめている。若い頃から「狂夫」のような激しさをもっていたが、年とともにいよいよ「狂夫」じみてきた、と自嘲的に詠じた詩である。「狂客」ではなく、「狂夫」であるところに、杜甫の自己に向けられた辛辣で鋭い眼差しが感じられる。杜甫の「狂夫」は、蘇源明の中にあった醒めた感覚を引き継ぎつつ、現実の中で更に重い体験を経た自己の厳しい孤独と内面の異様な力を突きつめてとらえた語というべきだろう。(13)

一方、「不見」は、永王璘《えいおうりん》の幕下に参加したかどで、李白が左遷されたことをいたんだ作品である。杜甫は「佯狂」

――狂ったふり――という語で、李白を捉えている。そして「世人皆殺さんと欲す」と詠じていることから、杜甫には、李白が粛宗によって罪人とされたことに対する憤懣があったと考えられよう。もちろんやはりそのことを直言することははばかられ、それゆえ「佯狂」と表現したと考えられる。しかしそれにしても、「佯狂」という語を脱俗性・超俗性の象徴として用いていた用例とは比べものにならない重々しい表現である。東方朔の「非有先生論」においては、名君にめぐり合えなかった接輿や箕子が「佯狂」したと捉えられている。杜甫は、李白がやはり要路の人々に真意を理解されず「佯狂」していると、捉えたのであるが、それは接輿の自由さよりは箕子の切迫感をにじませているといえるだろう。

盛唐時代の「狂」は、その前半の開元の治における賀知章を代表とする文化的・芸術的に自由奔放で不羈の生き方を表すものから、安史の乱を経て、玄宗治世の崩壊、粛宗の治世へと歴史的な大転換を経る中で、より深刻な内容を持つものへと変化した。それを先取りし、またそれをもっとも重く受けとめたのは、杜甫だった。こうして詩人の「狂」に対する見方・考え方も変化したように思われる。安史の乱以降、特に李白や杜甫においては時代に対する鋭い眼差しが「狂」に込められている――ことに杜甫にそれが明らかである――と思われるのである。しかしまた、それとともに、盛唐を通じて、杜甫と関係の深かった人々――賀知章・鄭虔・李白・蘇源明ら――に自称・他称を含め、「狂」の認識が通底していたことは、杜甫の文学、ひいては盛唐の文学を考える上で、重要であると考えられる。杜甫は「狂」においても時代の激動と向き合った表現を生み出したが、しかしそれを可能にしたのは、賀知章以下の「狂」の精神の気風が根底にあったからだといえるのである。

【注】

（1）源川進「張顚素狂の優劣論」（『二松学舎大学人文学論叢』第二十三輯、一九七八年）に、張旭の顚狂についての言及があり、また同氏の「狂の思想」（『二松学舎大学論集昭和六十年度』、一九八五年）において、賀知章・張旭・李白・杜甫・蘇軾などを挙げて、その狂の思想に言及している。特に、杜甫・蘇軾に「狂の思想のめざめ」を指摘する点は示唆に富む。

（2）
詠柳　　　　柳を詠ず
碧玉粧成一樹高　　碧玉粧成りて一樹高し
萬條垂下綠絲縧　　万条垂下す　緑の糸縧《しとう》
不知細葉誰裁出　　細葉　誰か裁《き》り出だしたるかを知らず
二月春風似剪刀　　二月の春風は剪刀《せんとう》に似たり

（3）『全唐詩索引　李白』（現代出版社、一九九五年）

（4）賀知章を詠じた李白の作品にはこのほか「送賀監歸四明應制」（賀監の四明に帰るを送る応制）（『李白集校注』巻十七）がある。この詩も①の詩とほぼ同時の詩であるが、①が個人的な思いを詠じているのに対して、こちらは応制（天子の命に応じて作った詩文）であり、公的な性格を持っている。

（5）李白が、「宣州謝朓樓餞別校書叔雲」（宣州の謝朓楼にて校書叔雲に餞別す）（『李白集校注』巻十八）に「倶懷逸興壯思飛、欲上青天覽明月」（倶《とも》に逸興を懐きて壮思飛び、青天に上りて明月を覧《み》んと欲す）と、飄逸で捉われのない意興を詠じていることが思いあわされる。

（6）李白は、やはり尊敬する孟浩然に対しても「贈孟浩然」（孟浩然に贈る）『李白集校注』巻九の中で、「風流」と評している。次の「風流」は、俗事にこだわらず自然や芸術の世界に遊ぶさまをいう。
吾愛孟夫子　　吾は愛す　孟夫子《もうふうし》
風流天下聞　　風流　天下に聞こゆ

（7）唐、孟棨《もうけい》著『本事詩』「高逸第三」（『本事詩・續本事詩・本事詞』上海古籍出版社、一九九一年四月）には、李白が賀知章に見出された前掲のエピソードの次に、賀知章が李白の「烏棲《うせい》曲」を見たときのエピソードとして、次のように記している。

賀又見其烏棲曲、歎賞苦吟曰、「此詩可以泣鬼神矣。」故杜子美贈詩及焉。（賀　又其の烏棲曲を見て、歎賞し苦《ねんご》ろに吟じて曰く、「此の詩以て鬼神を泣かしむべし」と。故に杜子美の贈詩は焉《これ》に及べり）。

これによれば、杜甫は賀知章が李白の詩を評した「烏棲曲は鬼神をも感激のあまり泣かせるだろう」という言葉を踏まえて、詩に「泣鬼神」と表現したことになろう。

（8）「清狂」の語は『文選』巻六所収の左思「魏都賦」に見え、それを踏まえ、杜甫は「壮遊」（『詳註』巻十六）詩の中でも用いている。

放蕩齊趙間　　放蕩たり　斉趙の間
裘馬頗清狂　　裘馬《きゅうば》　頗《すこぶ》る清狂

（9）前掲のように、賀知章の「回郷偶書」（郷に回りて偶々《たまたま》書す）詩には、老年にいたって官を辞すまで呉の方言を、直すことのなかったことが詠じられている。

少小離郷老大回　　少小にして郷を離れ　老大にして回る
郷音無改鬢毛衰　　郷音改まること無く　鬢毛衰ふ

（10）李白はこの山簡の故事を大変好み、次のように詠じている。

襄陽曲四首　其二
山公醉酒時　　山公　酒に酔ふ時
酩酊高陽下　　酩酊す　高陽の下
頭上白接䍦　　頭上には白接䍦《はくせつり》
倒著還騎馬　　倒著して騎馬もて還る
（『李白集校注』巻五）

このほかに「襄陽歌」にも山公の放誕さを共感をもって描いている。李白もまた山簡の自由奔放さ・反俗ぶりを敬愛していた。

（11）杜甫「戯簡鄭廣文兼呈蘇司業」（戯れに鄭広文に簡し、兼ねて蘇司業に呈す）詩は、鄭虔・蘇源明への杜甫の温かいまなざしがうかがわれる詩である。

廣文到官舎　　広文　官舎に到り
繫馬堂階下　　馬を繫《つな》ぐ　堂階の下
醉則騎馬歸　　酔はば則ち馬に騎《の》りて帰る
頗遭官長罵　　頗《すこぶ》る　官長の罵《ののし》りに遭《あ》ふ
才名三十年　　才名　三十年
坐客寒無氈　　坐客　寒くして氈《せん》無し
賴有蘇司業　　頼《さいわ》ひに蘇司業有り
時時乞酒錢　　時時　酒銭を乞《あた》ふ

（『詳註』巻之三）

(12) 東方朔自身、宮廷に仕える人々から狂人と見られていたことが『史記』巻百二十六、滑稽列伝に収める東方朔伝（漢の褚少孫による補筆部分）に見える。

人主左右諸郎半呼之「狂人」。（人主の左右の諸郎、半ば之を「狂人」と呼ぶ。）

(13) 第二節ですでに言及したように、杜甫が宰相房琯を弁護し、粛宗の逆鱗に触れたいわゆる房琯事件（七五七）の際、粛宗は三司（司法機関。御史台・刑部・大理寺をいう）に杜甫の罪を問わせた。その時、韋陟《いちょく》は「甫言雖狂、不失諫臣體」（甫の言は狂なりと雖も、諫臣の体を失わず）と奏上し、そのため粛宗は杜甫を許したという（『新唐書』巻百二十二、韋陟列伝）。また、この時、杜甫が感謝を述べた「奉謝口敕放三司推問狀」（口勅もて三司の推問を放《ゆる》さるるに謝し奉る状）にも「不書狂狷之過、復解網羅之急」（狂狷の過《あやま》ちを書せず、復た網羅の急なるを解かる）とある。「狂狷」は、中庸からははずれているが、態度の方向が一貫した激しい行いをいう。ここで杜甫は自身の房琯を弁護した行為は、世間から非難されようとも誤りではなかった、との思いを抱いていたことを示しているだろう。

第二章　表現手法としての「戲」

一

杜甫の詩に詩題に「戲」の字をもつ、いわゆる「戲題詩」が多く存在すること、また、それが文学的に独特の意味を持つことについては、すでに先行の論文が幾つかある。(1) 本章ではそれら先行の論文の考察を踏まえつつ、あらためて杜詩における「戲」の意識を問い直したい。杜甫の「戲題詩」は、「戲」の本旨或いは「戲題詩」中にみえる一見滑稽な表現のために、従来あまり重要視されなかったが、実は杜甫の詩の本質と深くかかわっており、杜甫の全体像を理解する上で疎かにできないことを明らかにしたいのである。

確かに杜甫には「戲題詩」が少なくない。杜甫の集には三十三首の「戲題詩」があり、(2) 杜甫以前の詩人達を始め、杜甫とほぼ同時代の李白の二首、王維の八首と比べてみると、その数がひときわ多いことは、すでに指摘されている通りである。よく杜甫は「一生憂う」と言われるように辛苦に満ちた人生の苦悩や憂愁をうたいつづけたとされ、一般に生真面目な面貌を持つが、一体何故、「戲題詩」という一見遊戯的に見える詩をこれほど多く作ったのであろうか。杜甫が詩題に「戲」を付したのには当然それなりの動機があったにちがいない。本章の検討はその動機の考察を主とし、特に幾つかのケースが考えられる「戲題詩」の中でも、(3) 詩のモチーフに「戲」が深くかかわっている場合について、「官定まりて後、戲れに贈る」（『詳註』巻之三）詩を中心に論じることとする。

二

先ず、簡単に杜甫以前の「戯題詩」について述べておく。管見では、「戯題詩」の黎明は梁代である。(4) 梁から隋に至るまでの該当作品は十三首。『文選』には一首も採録されていないが、西本巌も指摘しているように『玉臺新詠』にはうち八首が選録されている。このことからも推察されるようにその多くは梁の簡文帝を中心とするサロンで作られた。『玉臺新詠』は、その序に「艶歌を撰録し、凡そ十巻と為す」とあるように、男女の情愛、女性に関することを「綺麗」な文体で描いた「宮体詩」を主としているが、この時代の「戯題詩」もその枠組を出るものではなかった。人、特に多くの場合は女性をからかう詩、或いは、滑稽でその上綺艶な詩を作る才能を競う、極めて遊戯性の強い詩であった。(5)

隋、そして初唐から杜甫以前の時期の「戯題詩」も、多くは六朝時代の遊戯性を継承している。注目されるのは、門閥貴族の没落や科挙制度の導入によって、いわゆる六朝風の貴族サロンは姿を消し、新しい知識人層が形成されるのに伴い、かつてのような艶詩は作られなくなって、からかいの対象は目上の官僚や知人、或いは同輩が多くなったことである。(6) また、一部には「戯である」という信号を詩題に示し、象徴的な、或いは滑稽な表現法で、自己の内面の苦悩を吐露する詩も現れた。このように、この時期は宮廷サロンの遊戯的、修辞主義的な詩からの脱皮が進められて、個人の内面に根ざす問題を詩の題材とする詩境が獲得されつつあったといえる。「戯題詩」全般を見渡すならば、やはり、人をからかう遊戯性の強い詩が多い中で芽生えに留まっているとはいうものの、杜甫の「戯題詩」を生む土壌はもうかなり準備されつつあった。

三

杜甫の「戲題詩」三十三首の中でも、「戲」が杜甫独特の意識で用いられていて、しかもモチーフに深くかかわっているものが、「官定後戲贈」（官定まりて後戲れに贈る）である。すでにこの詩は第一章第一節において取り上げ、この詩の中の「狂歌」について考察したものである。ここでは「戲」の字が題された点に注目して再び取り上げたい。

不作河西尉　河西の尉とならざるは
凄涼爲折腰　凄涼　腰を折るが為めなり
老夫怕趨走　老夫は趨走を怕れ
率府且逍遙　率府に且《しば》らく逍遙せん
耽酒須微祿　酒に耽《ふけ》るには微祿を須《ま》ち
狂歌託聖朝　狂歌　聖朝に託す
故山歸興盡　故山　帰興尽き
回首向風飇　首を回らして風飇に向かふ

（『詳註』巻之三）

私は河西の尉にはならなかった。(7) それは、むかし陶淵明が「五斗米のために腰を折ることはできない」と退隠したのと同じく、下っぱ役人に腰を折ることになれば、その空虚さにたえきれないと思ったからだ。年老いた私は、せめて、走り使いのない、率府の職にまあしばらくぶらぶらしていよう。酒にふけるのにはわずかな給与を当てにし、狂人ぶりの歌を歌って尊い御代に我が身を寄せるばかりだ。以前はあれほどに故郷洛陽に帰りたいと思ったものだが、その気持ちも失せてしまい、今はただふり返り、つむじ風に顔を向ける。

この詩は、「戯題詩」の中で最も早く、天寶十四載（七五五）十月に作られた。この時まで、杜甫は「君を堯舜の上に致し、再び風俗をして淳《あつ》からしめん」（「奉贈韋左丞丈二十二韻」『詳註』巻之一）という志を抱き続けて、この前年にも「封西岳賦」（西岳に封ずる賦）（『詳註』巻之二十四）を皇帝に献じて仕官を求めている。その杜甫がやっと任命されたのは、最初河西の尉であった。題下の自注に「時に河西の尉を免ぜられ、右衛率府兵曹と為る」とあるが、詩の冒頭には「河西の尉とならず」とあり、実際に一旦河西の尉となったかどうかははっきりしない。もし、杜甫が自らの意志で辞退したのならば、それは何故か。もちろん、家族をかかえての窮乏生活の中にはあったが、彼の希望は、長安で自分の志が活かされるような官職、つまり、中央政治のそれも中枢部に就くことであった。西本が指摘するように、彼はまた、自分はそうあるべき人間だという自負と使命感も人一倍強かったから、河西の尉のような地方の一微官など思いもよらなかったにちがいない。兵曹参軍事も文官ではなく、ましてや年来の志を果たすことが望めるような高官ではない。胸中には不如意の憤りがうず巻いていたが、とりあえず、一地方官となることを拒んで、一応は中央の官職に就いたのであった。

この詩は「戯れに贈る」と題しながら、贈る対象を示していない。一体誰に贈ったのであろうか。この点については「贈」字の可否をめぐり、後述のようにすでに一応の検討がなされているが、ともかく『詳註』に引用する『杜臆』（王嗣奭撰、林非聞蔵鈔本）には、「戯れに贈るとは、公自ら贈るなり。晩唐の人の自貽《じい》、自贈等の題は此れに本づく」（戯贈、公自贈也。晩唐人自貽、自贈等題本此）と注している。[8] この『杜臆』の説のように、杜甫は自分白身に詩を贈ったと私も考えるが、それでは何故ほかでもない自分に詩を贈らねばならなかったのか。或いは、詩を贈るというポーズが必要だったのか。この問題は非常に重要な意味を含んでいる。しかし、ここでは問題を提起するに留め、詩の内容及び表現の具体的な検討の後、再び考察することとしたい。

先ず、首聯は言うまでもなく『晉書』隠逸伝の陶潜伝に見える故事――淵明が県令であった時、「吾、五斗米の為に腰を折ること能はず。拳拳《けんけん》として郷里の小人に事《つか》へんや」と印綬を解いて隠退した――を踏まえている。

陶淵明は、杜甫が先人の中でも特に尊敬していた詩人であるが、このように潔く彭澤《ほうたく》縣令を辞して退隠している。その淵明と同じく、杜甫もまた河西の尉は辞退したのであるが、結局、兵曹参軍事となった。それが、かれをこの詩の制作に駆り立てた苦悩の発端である。ようやく官職に着くことができたのであるから、他人から見れば喜ばしいことにちがいないのだが、杜甫の心情は屈折している。「凄涼」の語は河西の尉を辞退した時の心情であるが、それは兵曹参軍事となった今もなお消えることはなかった。長い苦節を経たあとに、今ようやく現実のものとなった官界への参入を、かれは「凄涼」の心情で受けとめなければならなかったのである。一体、杜甫は「凄涼」という語によって、どのような心情を表出しようとしたのか。同年の作、「去矣行」（『詳註』巻之三）では、

君不見韝上鷹　　君見ずや　韝上《こうじよう》の鷹の
一飽卽飛掣　　一たび飽《あ》かば即ち飛掣《ひせい》するを
焉能作堂上燕　　焉《いずく》んぞ能く堂上の燕の
銜泥附炎熱　　泥を銜《ふく》んで炎熱に附すを作《な》さん
野人曠蕩無靦顔　　野人曠蕩《こうとう》として靦顔《てんがん》なし
豈可久在王侯間　　豈《あ》に久しく王侯の間に在るべけんや

――野人の私は権力にこび諂うのはまっぴら、いつまでも、王侯の間にはいられない――と辞職を望む気持ちを詠

じている。いかに杜甫がこの仕官を不如意に思っていたかが分かる。杜甫が「凄涼」で表そうとした心情も、これとそう遠くはない。

この語は、私見では従前の詩にあまり用例がなく、わずかに庾信に一例、李白に一例見える。そして、杜甫はここで特に庾信の「擬詠懐詩二十七首」の第十一の冒頭に、「揺落　秋の気為り、凄涼　怨情多し」とあるのを意識してこの語を使ったのであろう。この詩は祖国梁の滅亡という辛酸を嘗めた庾信が、北周にやむなく帰順した後、梁の亡国の怨みをうたっているのだが、この二句で「庾信はまずもの悲しい秋の到来を描いて、やがて訪れる亡国の序曲としている(10)」のである。「凄涼」は秋の荒涼とした、ものさびしい情景描写であると同時に、凄絶なまでに冷たく寂しい庾信の心象風景と言ってよい。杜甫には十二例の用例があり、例えば、この詩の二年後、至徳二載（七五七）の作とされる「自京竄至鳳翔喜達行在所三首」（京より竄《のが》れて鳳翔《ほうしょう》に至り、行在所《あんざいしょ》に達するを喜ぶ三首）（『詳註』巻之五）には、

愁思胡笳夕　　愁思す　胡笳《こか》の夕
凄涼漢苑春　　凄涼たり　漢苑の春

とあり、また、「北征」（『詳註』巻之五）にも、

凄涼大同殿　　凄涼たり　大同殿
寂寞白獣闥　　寂莫《せきばく》たり　白獣闥《はくじゅうたつ》

とある。従来、これらは「ものがなしい」などと訳されて来た(11)。なるほど、この二例は共に安禄山の乱によって天子及び百官が成都へ逃れたあとの荒涼としたさびしい都の情景を詠じたものである。しかし、単にその状況を描写しただけではなく、杜甫の心のフィルターを通した深い喪失感をも表出したものなのである。

「官定まりて後戯れに贈る」詩の場合も単に「ものがなしい」ではなく、やはり喪失感を表しているのに違いない。

かれは河西の尉は辞退したものの、兵曹参軍事の官職に就いたのであった。しかし、官に就いたがゆえに、むしろ以前から「君を堯舜の上に致したい」と念願していた志も、使命感も、また強い自負心も尽く打ち砕かれてしまった。その心の痛みが表現されているのである。杜甫が、陶淵明のように潔く官を辞して節を守り抜き得なかったのは、長く仕官を懇願し続けて、ようやく与えられた官職を二度までも捨て切れなかったためであり、また、生活の窮乏から家族を救うためでもあっただろう。それは、おそらくさんざん迷った挙句の選択であった。しかし、そうであっても、自分が守り貫いてきた志を貫けなかったという自責の念からは逃れようはずがない。杜甫は、自ら節を捨てたに等しいと考えたがゆえに、その喪失感を「凄涼」という言葉で表現したのである。それは、杜甫にとって精神面での自殺行為とも言うべき精神基盤の喪失であり、とても日本語の「ものがなしい」では言い尽せぬ空虚感と、胸の内から突き上げてくる身を苛むような悲しみであったに違いないからである。

頷聯では自分を「老夫」といい、頸聯では「狂歌」すると表しているのをはじめ、これからいよいよ官職に就くというのに、しばらく率府にぶらぶらしていよう（「率府且逍遙」）とか、そうかと思えば、まるで酒を飲むために働くかのよう（「耽酒須微祿」）にいうなど、この二聯は自分の姿を諧謔的、滑稽に描出している。「凄涼」な気持ちに塞がれていればこそ、あえて自分の本音を吐露しようとすれば、滑稽を演じるというポーズをとり、いわば自己を仮面で覆って、なお自嘲する以外になかったということなのではないか。この自己に向けられた笑いの中にこそ、杜甫の言いしれぬ悲しみを読み取ることができる。

中国には古来、楚狂接輿や箕子をはじめとする〈佯狂〉、つまりにせ気ちがいの伝統があり、彼らは世の乱れを風諫したが聞き入れられず、狂人を装ったのであった。杜甫の「狂歌」もやはり、狂したふりをすることで、自己の心情を開陳することである。

すでに杜甫の「狂」および「狂歌」については前章で述べたところであり、自分を客観的に捉えて「狂」と表現することが杜甫の「狂」の特徴であった。この詩で杜甫が「狂人ぶりの歌を歌って、尊い御代に我が身を寄せるばかりだ」と詠ずるのは、自分の懊悩や失望・悲嘆などをすべて捨象し、自らを一たび突き放して、更に生きざまを問い直そうとする表現ではなかったか。それは、容赦のない苛酷な自己省察の営みである。しかし、そのような緊張した表現であるからこそ、その表層における滑稽さの中に、胸に迫るような杜甫の嘆きや失望の深さが感じられ、また、己のような俊逸な才能を抜擢しない為政者への痛烈な批判が暗示されるのである。

さて、最後の句の「風飇」は何を表現しているのだろうか。他の杜甫の用例六例中、五例までが、夷狄の軍や賊軍、戦乱などを、直接、或いは暗に表していること、また、第二句の「凄涼」の場合と同様、やはり庾信が梁陥落の様と亡国の怨みを詠じた「哀江南賦」に二度も使用されていることなどを考え併せると、この「風飇」も、次第に唐朝内部を侵食しつつある政治の腐敗への暗い予感、やがて乱世が訪れるのではないかという危機感を象徴していると言えば穿ちすぎであろうか。この一句は、それをどうするすべもなく、砂を嚙むような思いを懐きながら、しかしなおかつ、現実社会を見つめずにおれない、そのような運命的な存在としての自分の姿を象徴させていよう。まさに、安禄山が蜂起したのは、この年の十一月のことであった。

以上、詩の表現に沿って考察してきたが、高い理想と人並みはずれた自負を懐いて、長年仕官を求めて来た杜甫は、今更、このような微官を与えられたことに、非常な打撃を受け、また、そのような職を甘んじて受けた自分に対してもやりきれぬ思いを懐いていた。しかし、このような状況に耐えかねて、どうでも一度自分を突き放して客観的に見つめようとする時、詩題に「戯」と冠して、滑稽の仮面を被るほかなかったのであろう。それをカムフラージュだと批難するのは簡単である。しかし、杜甫にとってはカムフラージュ以上に抜き差しならぬ重い意味を持っていたのである。不遇の嘆き、自ら志を曲げたことへの自責などに杜甫は打ちひしがれていたにちがいない。そうであるからこそ、この「戯題詩」は、懊悩する自分自身を詩作を通して客観視し、そこから再生への活路を模索する詩であり、換言すれば、自分の営みの根蔕を問う詩とならざるをえなかったのである。

四

「戯簡鄭廣文兼呈蘇司業」（戯れに鄭広文に簡し、兼ねて蘇司業に呈す）（『詳註』巻之三）は、やはり前詩と同年の天寶十四載（七五五）の作である。すでに第一章第三節において指摘したように、杜甫は鄭虔の自由な精神性に対して深い共感を抱いていた。

廣 文 到 官 舍　　広文　官舎に到り
繫 馬 堂 階 下　　馬を繫ぐ　堂階の下
醉 則 騎 馬 歸　　酔ゑば則ち馬に騎りて帰り
頗 遭 官 長 罵　　頗《すこぶ》る官長の罵《ののし》りに遭ふ
才 名 三 十 年　　才名　三十年
坐 客 寒 無 氈　　坐客　寒くして氈《せん》無し
賴 有 蘇 司 業　　頼《さいわ》ひに蘇司業有りて
時 時 乞 酒 錢　　時時　酒銭を乞《あた》ふ

ここでは、前詩の自己描写が友人の描写に置き変わってはいるが、やはり滑稽な描写である。この時、友人鄭虔は広文館博士であった。広文館博士の官職は、『舊唐書』（巻四十四・志二十四。職官三）によれば、正六品上であるが、天寶九載（七五〇）に初めて置かれ、至徳（七五六―七五七）にはもう廃されている。更に『新唐書』（巻二百二・列伝第一百二十七・文芸中）によると、玄宗は鄭虔の才能を愛して新たに広文館を設けて初代の博士に任命したが、鄭虔は、その役所がどこにあるのかを知らず、宰相に訴えたというから、名前だけの閑職だったのであろう。

志を同じくする親しい友人の不遇なあり様は、わが身のそれと重なって、杜甫を苛んだにちがいない。その友人の不遇への嘆きは、杜甫の中で高じて、己の嘆きや憤りと一体化し、ストレートに表現するには痛切すぎる生々しい感情となっている。しかし、詩にせずにはいられない、それを強いて詩にするには、「戯」と題して滑稽に描くことで直接の抒情性を削り落として初めて、表出が可能になったのであろう。また、そのような秀れた才能を抜擢しない権力者への、痛烈な批判ともなっている。しかし、それが、友人の姿に自分自身を重ね合わせ、滑稽を演ずる者として貶め、笑うことを通して生まれていることを見落としてはならない。

次に挙げる「戯贈閿郷秦少府短歌」（戯れに閿郷《ぶんきょう》の秦少府に贈る短歌）（『詳註』巻之六）も、やはり前述の二首と同じ「戯」の意識によって作られたと考えられる。この詩は、先の二首の作られた三年後の乾元元年（七五八）、左拾遺から華州司功参軍事に赴任していた杜甫が、冬、華州より東都へ向かう折の作である。『元和郡縣圖志』（巻第六、河南道）によると、閿郷はもと漢の潮県の地で、貞観八年（六三四）より、河南道の虢州《かくしゅう》に属する、潼關よりやや東の地である。そこの県尉（従九品上）の秦氏に贈った詩である。

去年行宮當太白　　去年　行宮《あんぐう》　太白に当り

朝回君是同舍客　　朝より回《かえ》れば　君は是れ同舎の客

同心不減骨肉親　　同心　骨肉の親に減ぜず

毎語見許文章伯
今日時清兩京道
相逢苦覺人情好
昨夜邀歡樂更無
多才依舊能潦倒

毎語　文章の伯を許さる
今日　時に清し　両京の道
相逢はば　苦《はなは》だ覚ゆ　人情の好きを
昨夜　歓を邀《むか》へて　楽しみの更なる無し
多才　旧に依りて　能く潦倒す

末二句は、「昨夜のあなたの歓迎ぶりと言ったら、これ以上の楽しさは考えられないほどでした。あなたは才能が豊かなのに、（県尉を務めておられる今も）昔のままおっとりしておられて、それが私には嬉しく感じられることです。」

この末二句に「戯」の意識がはっきりと表れている。特に「能く潦倒す」の「潦倒」という語は、全篇の眼目と言えるだろう。

「潦倒」は杜甫の詩では「登高」をはじめ他に三例見えるが、通説では、老いさらばえて放慢なさまや、官に就けぬままに落ちぶれているさまを表現していると言われている。後世も多くは、老衰や落ちぶれたさまを意味する語として用いられて来た。

しかし、「潦倒」には、実は「長緩」なさまと解する説、「醞籍」と同意とする説などがある。「潦倒」の語についての詳しい考察は第四章で後述するが、杜甫は、ここで「潦倒」という言葉の両義性を利用していると思われる。つまり、閿郷の県尉である秦氏に、「あなたは多才でありながら、以前のままに（官吏らしいとは言えぬ）緩慢な性格を守っておいでなのですね」と言っているのである。これは深層においては心からの賞讃なのである。「潦倒」は官吏の適性として考えれば、とても有能、俊敏とは言えぬ性格を言う語であり、世間の常識ではマイナスイメージを帯びている。ところが、それを転じて、官吏でありながら、しかもその人のおおらかで奥ゆかしい本性を保っていると誉め言葉とした点が「戯」なのである。かと言って、杜甫以前の「戯題詩」のように、言葉遊びに堕しているわけではない。それどころか、この「戯」こそ儀礼を越えた旧情に裏打ちされた友情の発露であって、友にわが身を重ねて笑いながら、実はまた、世俗の名誉や権勢を得るために齷齪している輩をむしろ暗に笑うものと言えるのである。

以上、「官定りて後戯れに贈る」「戯れに鄭広文に簡し、兼ねて蘇司業に呈す」「戯れに閿郷の秦少府に贈る短歌」の三首の各々について「戯」の意識を追求してきた。杜甫は「戯題詩」で、多くの場合、自分自身、或いは、自分と志や思想を同じくし、置かれた境涯に違いはあっても同じような感懐を抱いている人物に「戯」れるのである。生きる苦悩や権勢、世俗への憤りが胸に突き上げてくるから、自分、或いは自分と同じ状況に生きる親しい人物を滑稽化し、からかうのである。しかし、その笑いはいつの場合も究極的には自己に向けられている。「笑われ側の文学」と言うことができよう。からかい、笑いは前時代の詩人達のように外に向かって放たれたままのもの、つまり、「笑い側の文学」ではあり得ない。すべて、自分に還ってくる思索的、自省的な詩である。このように常に自己の痛みを伴った笑い、滑稽化であり、また、個人的感情を捨象しようとする表現であったからこそ、そこはかとなく読者の胸に迫る、泣き笑いに似た感懐を与えるのである。また、権力者への批判、世俗批判としても、普遍性、説得力を持ち得たといえる。

先の「官定まりて後、戯れに贈る」詩に戻ると、結局、杜甫は詩題に「戯」と加えることによって、これは「遊びである」、「からかいである」という信号を読者に発していたのである。杜甫の場合、何故、とりわけそのような信号を必要としたのだろうか。杜甫はその信号を発することによって、自ら滑稽を演ずる者、或いは狂者だという仮面をかぶる。それは、杜甫がどうしようもない憂愁に胸塞がれ懊悩し、煩悶せざるを得ない状況に置かれた時、一たび世間の拘束や常識や、自分の面目などというものをかなぐり捨てて、それらを剝ぎ取ってなお残る自分の根蔕を見つめ直そうとする行為だったに違いない。そして、そのような赤裸裸な自分を見すえ、根蒂の、本来あるべき自分自身の姿を模索することを通して憂愁の淵からの再生をはかり、新生面を切り開こうとしたのであった。

五

さて、詩題に「戯」を加えた動機について一応考察したところで、本章「三」において提出した問題――杜甫は何故、自分に詩を贈らねばならなかったのか。また、詩を贈るというポーズが必要だったのか――について考えたい。前述のように、「官定まりて後戯れに贈る」という詩題に、王嗣奭は「戯れに贈るとは、公自ら贈るなり」と注している。西本巌はすでにこの注に着目して、次のように結論している。

「戯れに贈る」は、「戯れに題す」の誤まりでもなく、また「自らに贈る」と言う狭い範囲に止るものでもなく、広く社会、要路の人々に訴えると共に、激しい自己自身の「自笑」「自嘲」を内蔵した、外向性と内向性との、屈折混合した彼の心情の詩に外ならないと考える。（中略）大切なのは、「杜臆」が「贈」字を特に「題」字と訂正し、この詩に広く社会、為政者に訴える意識が表明せられていると、たとえ一時にせよ考察したという事実である。

この説に概ね賛同できるのであるが、詩題に何故「戯」を付さねばならなかったのか、という「戯」の意識にもっとこだわる必要があると思われる。

王嗣奭が、王孫旦抄本『杜臆』にあるように「『贈』字誤り有らん。当に是れ『戯れに題する』なるべし」と考えたことがあったにしても、それよりも、先に挙げた「戯れに贈るとは、公自ら贈るなり」とする説の方がはるかに優れると私は考える。「戯贈」する対象はやはり自分自身でなければならない。自分自身に贈るというのは、人に詩を贈るという贈答詩の形式、或いはポーズを借りて、自己の内面に蟠り渦巻いている情念を客観化しようとする営みだったのではないか。志を得ぬ失望感、自分をそのようにしか遇さぬ体制、為政者への激しい憤りも勿論あった。それは、滑稽な描写によって、確かに真の諷刺と言うべき体制批判、世俗批判となっている。それはそれで非常に意義のあることなのだが、しかし、副次的産物であって、それにあまり重きを置いた理解は、杜甫の真意を見誤ることになるだろう。杜甫のこの詩の創作の動機はまず、何よりも、凄惨な心情にある自分自身を見つめようとする心の働きに求められる。杜甫の胸には失望感・虚脱感・慷慨などのない混ぜになった感情が塞がり、それは杜甫自身にも捉えどころのない、煩悶を強いる情念であったからこそ、彼は詩の創作へとかきたてられ、また、心情を表出するために詩題に「戯」と付さねばならなかったのである。しかし、この「戯」はもちろん本旨のままに用いられたのではなく、「戯れである」というポーズ、言いかえれば、本音を吐露するための、自己の内面を追求するための「仮面」である。ピエロは顔に彩り仮装することによって、日常性や現実のあらゆる拘束から自らを解放し、滑稽の中に普遍的な人間感情や人生の真理を表現しようとする。それと同様に、「戯」と題するのは、いわば「仮面」を被る営みといえる。そして、詩題に「戯」と題すること、つまり「仮面」を被ることは、裏返せば、この詩の創作が、自己を冷めた目で凝視し、自分が今遭遇している状況を問い直そうとするものだ、と暗示しているのである。このような苛酷な試練を課して、しかもなお詩を作らねばならないほどに、杜甫にとってこの時の懊悩は耐え難く深いものであったのだろう。

一般に、仮面を被るという行為は、本心・本性を隠して偽りの姿や態度をつくろうことを意味するが、杜甫においては反対に、「仮面」を被ることが、虚飾をすべて剝ぎとって、本然的な自分を問い直す営みだったと考えられるのである。

六

そもそも、杜甫における「戯」とはどのような精神であるのか。杜甫の「愁」（『詳註』巻之十八）の自注に「強ひて戯れに呉体を為る」とある。とすれば、杜甫にとって「戯」は「強いる」ものである。また、

老去悲秋強自覺　老い去《ゆ》きて秋を悲しみ強《し》ひて自ら寛《ゆる》うす
興來今日盡君歡　興来たりて今日君が歓を尽くす

「九日藍田崔氏莊」（『詳註』巻之六）

故林歸未得　故林　帰らんとするも未だ得ず
排悶强裁詩　悶《もだ》えを排《はら》はんと強ひて詩を裁す
寛心應是酒　心を寛うするは応に是れ酒なるべく
遣興莫過詩　興を遣るは詩に過ぐるは莫《な》し

「江亭」（『詳註』巻之十）

「可惜」（『詳註』巻之十）

と詠じられた句もある。ここで思い合されるのは、『詩經』衞風・淇奥《きいく》の「善く戯謔すれども、虐を為さず」である。その解釈は、毛伝では「寛緩弘大」と捉え、鄭玄《じょうげん》は「君子の徳は張有り弛あり、故に常には矜荘ならずして、時に戯謔す」、孔穎達の疏は「其の張弛の中を得たるを言ふなり」と注している。杜甫の「戯」も「張」の揺り戻しとしての「弛」つまり「ゆるめる」ことであろうか。それを額面通りに受けとることはできない。杜甫の「戯」は強いて「寛う

す」というポーズである。言い換えれば、物事を真正面から、正攻法によってのみ捉えることに行き詰まった時に、意識的に常軌を離れて、少しはすかいに見ることといえる。真の姿は、物事を一面的でなく多面的に見ようとして始めて捉えられるからであり、また、常軌を離れることは、常識や社会の慣習、世俗の価値観に慣性的に従う、膠着した生から自らを解放し、自己の本然的な生を取り戻し、更に切り開く営みであるからだろう。こうしてみると「戯」の精神は、反骨、或いは革新の精神である。例えば「戯れに六絶句を為る」（『詳註』巻之十一）は、当時、近体詩が一般に定着しはじめると早くも詩人達が、初唐のような詩の革新への意欲を失っていると、痛烈に批判し、警鐘を鳴らすものであるのがその一例である。また、「戯れに題して漢中王に寄せ上る三首」（『詳註』巻之十一）、「戯れに作りて漢中王に寄せ上る二首」（『詳註』巻之十二）は、共に睿宗の長子譲皇帝憲の子、瑀《う》に贈った詩である。その詩において、杜甫は、瑀の才能が秀れているが故に疎んぜられ、実権の伴わない名誉職ばかり空しく与えられているその不遇の境遇に、我が身を重ねて、官僚社会の枠組みや、或いは世俗的な垣根を越えた友情を詠じている。ここにも、反骨・革新の精神は躍如としている。この他、社会矛盾を痛烈に批判するもの、画賛の通念に一石を投ずるものなど、また、詩体の改革を試みる詩もある。本章では「戯題詩」の中でも、初期のわずかに三首を中心として、多くの詩に言及することができなかったが、今わずかに触れたように杜甫の「戯題詩」の大部分は、現実の世界や現状に、また既成のすべての物事になずまず、新生面を切り開こうとする精神に貫かれているのである。

【注】

（1）大矢根文次郎「杜詩における、遺興・戯題の詩とその風趣」（『東洋文学研究』第六号、早稲田大学東洋文学会、一九五七年十二月）。西本巌「杜甫における『戯題詩』——『官定まりて後　戯れに贈る』詩について——」（『小尾博士退休記念中国文学

論集』所収、第一学習社、一九七六年三月）

（2）西本巌は前掲の論文の中で、杜甫の「戯題詩」の作品数を三十一首としているが、同論文五六八頁、五六九頁に一覧された作品は三十三首である。数え誤りか。さらに、これらに準ずる作品としては「愁」（『詳註』巻之十八、自注に「強ひて戯れに呉体を為る」とある）がある。

（3）『お茶の水女子大学中国文学会報』第四号（一九八五年四月）の交流欄において少し述べたように、杜甫にはこの他に、「愁」（注（2）参照）・「戯れに俳諧体を作り、悶を遣る二首」（『詳註』巻之二十）・「風雨、舟前の落花を看て戯れに新句を為る」（『詳註』巻之二十三）など、杜甫の最晩年に作られた、詩題に「戯」の字が付され、制作動機に詩体が関わっていると見られる一群の詩がある。その場合の「戯」の意識は、主として詩体の改革に求められ、本章で探求するもっぱらモチーフに関わる場合の「戯」意識と、根底に流れるものは共通していると思われるが、詳しくは別の機会に考察したい。

（4）西本は「詩題に「戯」字を付することは何も杜甫に始まったことではない」としながら、具体的にその時期には言及していない。丁福保編『全漢三國晉南北朝詩』及び逯欽立輯校『先秦漢魏晉南北朝詩』によって検索したところでは、「戯題詩」は梁の武帝の「戯れに作る詩」（『先秦漢魏晉南北朝詩』梁詩巻一、『玉臺新詠』巻七は「戯れに作る」に作っている）に始まる。ただし、本章で問題とするのは、作者の「戯」の意識であるから、ここでいう「戯題詩」も、それに直接関わらない作品は考察の対象から除いた。たとえば、戯字が名詞の場合（「観抜河俗戯」など）、また、単に名詞を修飾する場合（「賦得戯燕倶宿詩」など）や、具体的動作を表す動詞本来の意味で使われる場合（「與江水曹至干濱戯」などは取り上げない）。

（5）この時代の「戯題詩」は、大まかに言うと、対象の人物をからかう場合と、必ずしも対象を持たず、作者の創作の遊び心を表わす場合の二つのグループに類別できるだろう。西本の挙げる例は、後者のグループの傾向が強く、楽府にもっぱら多く見られる虚構性の強い作品であり、いずれも、最後の聯は独白で結ばれている（例えば「今の懐ひは固《もと》より已《や》むことなく、故情、今も余り有り」・「意を託す風流子、佳情　詎(なん)ぞ肯て私せん」）。前者のグループでは、例えば、梁の武帝の「戯れに作る詩」は、妓女を古の美人に比してひとしきり誉めた後、次のように結んでいる。

徒 聞 殊（珠）可 弄　　徒《いたず》らに聞く　珠《たま》弄す可しと

定自乏明璫　定めて自ら明璫《めいとう》に乏しきならん。

『列仙伝』に見える二人の江妃が漢水のほとりで出会った鄭交甫に佩玉を与えたという故事を踏まえて、「玉を贈られると聞いたのも無駄だったなぁ。あなたたち妓女は貧乏できっと玉の耳飾りさえ持っていないにちがいない」とからかった作品である。ただし、この時期の例外的作品に、北魏の褚緭《ちょい》の「戯れに為る詩」（『先秦漢魏晉南北朝詩』北魏巻二）があり、これは梁から北魏に出奔した作者が、北魏の風俗を痛烈に批判したもので、唯一、自己の生きざまに関わる詩といえる。

（6）西本はこの時期について、李白の「戯れに鄭栗陽に贈る」と「姪の良が二妓を携へて会稽に赴くを送り、戯れに此の贈有り」とを挙げて、六朝、斉梁の余習を出るところは少しもないと述べている。しかし、例えば隋の魏澹《ぎたん》の「園樹に巣くふ鵲《かささぎ》有り、戯れに以て之を詠ず」（『先秦漢魏晉南北朝詩』隋詩巻二）は、北斉・北周・隋の三朝に仕えた彼の人生さながらに屈折した心情を鵲に投影して詠じている。それは、直言のはばかられる時人への批判であると同時に、客観的に描写することで、自己の生きざまを問う詩であったのではないか。それゆえ、「戯」であるというポーズが必要だったのであろう。

（7）河西の尉の解釈には、河西節度使の尉官とする説、今の雲南省河西県の尉官とする説などがあるが、『中國歴史地圖集』第五冊（譚其驤主席、一九八二、地図出版社）には、今の陝西省合陽の東約三十キロの地にも河西と記し、これは『元和郡縣圖志』の夏陽県の項の「武徳三年、郃陽を分けて、此に河西県を置く」との記載に一致する。考を待ちたい。いずれにしても、地方官であることには変りがない。

（8）西本の同論文に、この『杜臆』に関する詳細な調査がある。それによると、『杜臆』には二系統のテキストがあり、『詳註』を著した仇兆鰲は林非聞蔵鈔本によってこの語を引用しているが、上海図書館所蔵の、王嗣奭の孫、王孫旦の抄本による通行本には見えない。

（9）次に挙げる二首を含めて、陶淵明の名を詠み込んだ詩だけでも十首を数える。

寛心應是酒、遣興莫過詩。此意陶潛解、吾生後汝期。（「可惜」『詳註』巻之十）

爲人性僻耽佳句、語不驚人死不休。（中略）焉得思如陶謝手、令渠述作與同遊。（「江上値水如海勢聊短述」『詳註』巻之十）

（10）興膳宏著『望郷詩人　庾信』（集英社、一九八三年十月、二〇四頁）

（11）「ものがなしき貌」（鈴木虎雄訳解『杜少陵詩集』「官定後戯贈」の注、続国訳漢文大成）
「さむざむと淋しい」（黒川洋一注『杜甫（上）』「喜達行在所三首其二」の注、岩波書店）
「ものさびしい」（『同右（下）』「北征」注）
「…そのさびしさに堪えられなかった」（目加田誠著『杜甫』「喜連行在所三首其二」の訳、集英社）
「ものさびしい」（『同右』「北征」注）

（12）一方、蘇司業（源明）は国子監司業で、従四品下。

（13）『北史』（巻二十四）崔瞻伝は次の通り。
瞻性簡傲、以才地自矜、所與周旋、皆一時名望。（中略）性方重、好讀書、酒後清言、聞者莫不傾耳。自天保以後、重吏事、謂容止醞籍者爲潦倒、而瞻終不改焉。

（14）柳田国男著『不幸なる芸術・笑いの本願』（岩波書店、一九八四年六月第五刷）の「戯作者の伝統」（五五頁。ただし、初出は一九三八年八月『文学』六巻八号）に次のように述べられている。
笑いが文学のおもてに記録せられて、今の世に伝わっている様式には、二通りの岐れが古くからあったと思われる。単なる滑稽文士とか戯作者とかいう類の、偏よった名称をもって総括し得ないわけは、その笑いを筆にしようとする動機、乃至は笑いに対する態度に、かなり著しい相異が認められるからである。仮に簡便にその一つを笑われ側、また他の一つを笑い側の記録と名づけておいて話を進めるが、後々に多分もっと心理学的な、尤もらしい名ができることであろう。

第三章　自己認識としての「拙」

一

杜甫の詩には、「拙」という語の用例が二十六例ある。それは、同時代の王維に用例がなく、李白に六例（うち、「拙妻」二例）、孟浩然に一例、韋應物に十例あるのにとどまるのと比べて、極めて多いといわなければならない。

杜甫の「拙」に着目した先行の論文としては、安東俊六に「杜甫における『懶』と『拙』」がある。[1]「懶」・「拙」は、単に杜甫のものぐさな性格や処世のまずさを言ったものでなく、積極的な主張をこめたものである、という鋭い指摘をはじめ、意味深い発見と示唆に富む。ただ、安東は、乾元二年の作「發秦州」（秦州を発す）詩以後の用例にのみに注目して、以前の作品には全く言及していない。しかし、私は、それ以前のいくつかの作品にあらわれる「拙」は、杜甫の生き方そのものに、以後のどの時期よりも最も深く係わるものであると考える。特に、安祿山の乱の勃発した天寶十四載（七五五）から、乾元二年（七五九）の四年間には、「自京赴奉先縣詠懐五百字」（京より奉先県に赴くときの詠懐五百字、『詳註』巻之四）・「北征」（『詳註』巻之五）・「發秦州」（秦州を発す、『詳註』巻之八）・「發同谷縣」（同谷県を発す、『詳註』巻之九）など、重要な作品に必ず見えるのが印象深い。たとえば、「自京赴奉先縣詠懐五百字」は、天寶十四載（七五五）十一月、安祿山の乱の直前、杜甫が、長安から奉先県に疎開させていた家族を見舞うために旅立った時の作である。あるいは、安祿山の反乱をすでに伝え知っていたのか、全詩に緊張感と危機感がみなぎり、中ほどには、その当時、温泉のある華清宮に行幸していた玄宗に対する鋭い諷諫が述べられる。

そして、その詩の冒頭は、

杜陵有布衣　　杜陵に布衣《ふい》有り
老大意轉拙　　老大　意　転《うた》た拙なり

とうたいだされる。つまり、「拙」の語は、杜甫の代表作である「自京赴奉先縣詠懷五首字」詩の冒頭から重要な意味を荷っているのである。従って「拙」という語に現れた杜甫の意識をさぐることは、杜甫の詩を理解する上で重要な意味を持つであろう。

本章は、右に掲げた詩などを中心に、杜甫における「拙」という語の用例を検討し、表現意識を追求しようとするものである。

二

まず、初めに、杜甫以前の文学に現れる「拙」の用例中、主だったものを、詩を中心として考察する。

後漢の許愼の『說文解字』によると、「拙」は、「不巧也。从手。出聲。」であり、段玉裁は、「不能爲技巧也。」（技巧を為す能わざるなり。）と注している。「拙」は、「巧」の対立概念であることが分かる。「巧」は、同書に「技也。」と説明するように、自然のなりゆきにまかせるのでなく、物事に人の手を加えることである。従って、「拙」は、物事に人の手を加えないこと、あるいは加える能力の無いこと、つまり「つたない」ことを表す。本来、人間の技術や手の働きについて形容する言葉である。

だが、文学において「拙」の語は、自分を評価する場合に用いられることが圧倒的に多い。その上、特定の詩人が頻繁に用いて、その詩人を特徴づける大きな要素となっている。以上の二点が、詩歌に現れた「拙」の著しい特色であり、このことから、自分自身を「拙」と評した詩人の系譜とでも言うべきものを考えることができさえする。

管見では、自分自身を評価する語として、「拙」を意識的に用いた最も早い例は、西晋の潘岳（二四七〜三〇〇）である。『晋書』潘岳伝などによると、潘岳は幾度か仕宦したが、志を達することができず、そこで「閑居賦」を作った。そして、「閒居賦　并序」には、「拙」の語が、計八回も用いられているのである。これは、『文選』の「拙」の用例二十三例[2]の三分の一にのぼる。

序の冒頭には、次のように述べる。

岳嘗讀汲黯傳、至司馬安四至九卿、而良史書之、題以巧宦之目、未嘗不慨然廢書而歎、曰、嗟乎巧誠有之、拙亦宜然。（岳　嘗て汲黯《きゅうあん》伝を読み、司馬安の四たび九卿に至り、良史　之を書して、題するに巧宦の目を以てするに至るごとに、未だ嘗て慨然として書を廃して歎ぜずんばあらず。曰く、嗟乎　巧誠に之有り、拙も亦た宜しく然り、と。）

司馬安についての記述は、『史記』汲黯伝の末尾に付されている。司馬遷は、主君に対しても直言をはばからない政治家である汲黯に対して、同じく九卿となったが、「善宦」、つまり、うまく立ちまわって官を得た人物として司馬安を描いている。「善宦」のもとの意味は、「宦人」として職務をうまく遂行することであるが、ここで司馬遷が、司馬安を評した「善宦」という言葉には、権力者に迎合する者への痛烈な批判と憤りがこめられている。しかも、潘岳は、それを「巧宦」と言いかえて司馬安への批判を鮮明にした。そして、その上で、「巧誠有之、拙亦宜然」と述べる。ここでの「拙」は、「拙官」の意味である。「官途に拙い者がいるのも当然なのだ。」

潘岳は続いて、司馬安と対比すべき自分の官僚生活をふり返って叙述する。

自弱冠、渉乎知命之年、八徙官而一進階、再免一除名、一不拜職、遷者三而已矣。雖通塞有遇、抑亦拙者之效也。（弱冠自《よ》り、知命の年に渉《わた》るまで、八たび官を徙《うつ》りて一たび階を進み、再び免ぜられ一たび名を除かる。一たび職を拝せず、遷る者三たびのみ。通塞には遇有りと雖も、抑《そもそ》も亦た拙なる者の效《しるし》なり。）

潘岳は、「巧宦」（善宦）司馬安に対して、自らを「拙」き者と評価している。これらの「拙」の例は、官界でうまく立ちまわることができない自己を捉えたものであり、あくまでも「巧宦」の反義語としての「拙」である。「閒居賦并序」に見えるほとんどの「拙」はこの用法である。これらは、「拙」であること自体に積極的価値を見出しているわけではない。

しかし、同賦の次の三例には、屈折した心理を読み取ることができる。

①何巧智之不足、而拙艱之有餘也。（何ぞ巧智の足らずして、拙艱の余り有るや）

②拙者可以絶意寵榮之事矣。（拙き者は以て意を寵栄の事に絶つべし）

③仰衆妙而絶思、終優遊以養拙。（衆妙を仰いで思ひを絶ち、終に優遊して以て拙を養はん）

「意を絶つ」・「思ひを絶つ」と、繰り返し、ことさら述べなければならなかったように、逆に潘岳は、栄達への強い願望を捨てきれなかったにちがいない。その葛藤を経て、最後に作者は、一つの決心へこぎつける。それは、「拙を養」う——官界でうまくたちまわったり、へつらったりできない自分の人間性を大切にしよう——というものである。

つまり、潘岳にあっては、閒居を決意するに至る葛藤の中で、自らを「拙」と評価して、「拙」いとされる生き方こそ、実は逆に人間にとって本質的なものであることに思い至ったのである。

このように、潘岳は、多くの場合、官途に拙い自己の現状を外面的に表す語として「拙」を用いており、そこに内面的な価値を見出そうとする「拙」の用例は、突きつめると「養拙」一語のみである。
約一世紀のち、東晉の陶淵明は、作品の中で繰り返し「拙」を詠じた（詩文あわせて八例）。淵明四十二歳の作に、「歸園田居五首其一」（園田の居に帰る　五首　其の一、『陶淵明集校箋』巻二）がある。

少無適俗韻　　少くして俗に適《かな》ふ韻《しらべ》無く
性本愛邱山　　性は本　邱山を愛せしも
誤落塵網中　　誤りて塵網の中に落ち
一去三十年　　一たび去ること三十年
羈鳥戀舊林　　羈鳥《きちょう》は旧《もと》の林を恋ひ
池魚思故淵　　池魚は故の淵を思ふ
開荒南野際　　荒を開く　南野の際[3]
守拙歸園田　　拙を守りて　園田に帰る
（中略）
久在樊籠裏　　久しく樊籠《はんろう》の裏《うち》に在りしも
復得返自然　　復た　自然に返るを得たり

「塵網」・「樊籠」は、人々が利害・栄達を求めて汲汲とし、陰謀をめぐらす、いわばことさらに「巧」を尽す俗世間、官僚社会である。そのような世界に「誤」って落ち、長くいたが、「拙を守」って「園田に帰」って来たと述べる。「拙」は、俗世間に合わせることなく、自然を愛する本性をいい、「守拙」は、世わたりのまずさを守り通して、つまり、根帯にあるあるがままの自分の本性・生き方を大切にすることを意味している。次の諸例もほぼ同じである。

①人事固以拙　人事は固《まこと》に以て拙なるも
聊得長相従　聊《いささ》か長く相従ふを得ん
「詠貧士七首其六」（『陶淵明集校箋』巻四）

②人皆盡獲宜　人皆尽く宜しきを獲たるも
拙生失其方　生に拙くして　其の方を失ふ
「雑詩十二首其八」（『陶淵明集校箋』巻四）

③寧固窮以濟意　寧《むし》ろ固窮《こきゅう》以て意を済《な》し
不委曲而累己　委曲して己を累《つな》がず
卽軒冕之非榮　既に軒冕《けんべん》の栄に非ず
豈縕袍之爲恥　豈に縕袍《おんぽう》を恥と為さんや
誠謬會以取拙　誠に謬会《びゅうかい》以て拙を取る
且欣然而歸止　且つ欣然《きんぜん》として帰止せん
「感士不遇賦」（『陶淵明集校箋』巻五）

④性剛才拙　性は剛にして才は拙
與物多忤　物と忤《もと》ること多し
「與子儼等疏」（『陶淵明集校箋』巻七）

これら「拙」は、いずれも、世俗の価値観では、世わたりがへたなこと、生き方が不器用なことをいうが、淵明は、そこに独自な価値を盛り込んで、自分を「拙」と評しているのである。③の「感士不遇賦」の用例にも見える「固窮」

は、『論語』衛靈公に「君子固窮」（君子も固《もと》より窮す）とあるのを転じて、困窮の中にあっても自分の本志を守りぬくことを意味する。この語の用い方・内容ともに、「拙」語に類似する。

いずれにせよ、潘岳にあっては、多く、官途に拙い自己の外面的な状況を表す用語であった「拙」が、陶淵明においては精神的な価値観を表す語に変化してきているのである。

「拙」の語の用い方において、陶淵明は潘岳の用い方をひきつぎながら、それを大きく進めて、内面的な価値観を示す言葉として用いるようになった、と言うことができよう。そして、杜甫は、潘岳においては未分化だったが、陶淵明において、顕在化してきた「拙」の積極的な意味内容を受けついだのだと私は考える。

三

天寶十載（七五一）、献上した「三大禮賦《れいふ》」が玄宗の目にとまり、杜甫は集賢院に待制を命じられた。秋、長い貧窮生活がたたったのか、折からの長雨に苦しみ、杜甫は病に臥した。回復後、同年冬に作られた「投簡咸華兩縣諸子」（咸（寧）・華（原）両県諸子に投簡す）には、まず、赤県（都）たる長安の高級官僚達の美々しいいでたちと、それに対して、無残な自分の困窮生活を描く。

1　赤縣官曹擁才傑　　赤県の官曹　才傑を擁し
2　軟裘快馬當冰雪　　軟裘《なんきゅう》　快馬もて　氷雪に当る
3　長安苦寒誰濁悲　　長安の苦寒　誰か独り悲しむ
4　杜陵野老骨欲折　　杜陵の野老　骨折れんと欲す

5　南山豆苗早荒穢　　南山の豆苗　早《つと》に荒穢《こうあい》
6　青門瓜地新凍裂　　青門の瓜地　新たに凍裂す
7　郷里兒童項領成　　郷里の児童　項領成り
8　朝廷故舊禮數絶　　朝廷の故旧　礼数絶ゆ
9　自然棄擲與時異　　自然　棄擲《きてき》されて時と異なる
10　況乃疏頑臨事拙　　況んや乃ち疏頑にして事に臨むに拙きをや
11　飢臥動即向一旬　　飢臥　動《やや》もすれば即ち一旬に向ふ
12　敝衣何啻聯百結　　敝衣《へいい》　何ぞ啻《ただ》に百結を聯《つら》ぬるのみならん
13　君不見空牆日色晩　　君見ずや　空牆《くうしょう》　日色晩《くれ》しとき
14　此老無聲涙垂血　　此の老　声無く　涙血を垂るるを

（『詳註』巻之二）

この詩の十句目に「拙」という表現があらわれる。「自然　棄擲されて時と異なる。況んや乃ち事に臨むに拙きをや」（9・10句）という形で。作者は「杜陵野老」を「疏頑（世間の道理にうとく頑《かたく》なである）・「臨事拙」（時局にうまく対応できない）と、あざわらう。しかし、その深部には、社会的矛盾（「南山豆苗早荒穢、青門瓜地新凍裂」）にみちた現実をあまりにも鋭敏に見つめてしまう目があることを杜甫は自覚している。また、それ故に、高い政治的理想を持たずにいられぬ自己があり、その結果として官僚世界で「事に臨むに拙」い自我が屹立してしまう。その自負をこめながら「拙」という自嘲の語を用いたのであろう。

ここで注目したいのは、作者が自分自身を「杜陵野老」（4句）・「此老」（14句）と、三人称で呼んでいることである。

「杜陵」は、長安東南郊の地名。杜甫の旧居があったので、このように呼んだもの。「野老」は、いなかおやじの意。杜甫は「杜陵に住むいなかおやじ杜甫」というこの人物を主人公として、一首を展開する。何故、杜甫は、自らを三人称で描かなければならなかったのだろうか。

まず、気付くのは、冒頭の一～四句を見ると、「赤県の官曹」――官僚――（1・2句）と、「杜陵の野老」――自分――（3・4句）という鮮明な対比がされていることである。自分を無位無官、在野の一人の人間として、長安の高級官僚に拮抗させている。「官曹」と「野老」の厳しい対比が、詩の枠組みとなっているのである。

当時、集賢院に待制を命じられていたのであるから、官僚に連なる位置にあったことは明らかなのだが、作品世界において、杜甫は官僚ではない者の視点から状況をみているのである。

このように、官僚社会、さらに世界全体を見通すことのできる、拘束のない地点に自らを位置づけようとする意識が、ことさらに杜甫にはあったのではないか。自らを三人称で描いたのは、作品世界において、官僚ではない一人の人間として、自分を位置づける意識が、強く杜甫にあり、しかも、そういう自己を客体化して見つめなおす視点を獲得するためであったといえるだろう。

ところで、先述の「疏頑」（10句）・「臨事拙」（10句）は、いずれも、人間の生き方を批評する言葉である。自己を客体化しようとする試み――即ち自らを三人称で語ろうとする試み――が、自己を「拙」と捉える詩の中に強くあらわれているのは興味深い。三人称で自らを語ることと、自己を「拙」と批評したこと、この二つには、深層においてつながる意識があると思われる。

事実、重大な問題と思われるが、その後の「拙」という表現をもつ詩には、繰り返し、自己の三人称による表現があらわれるのである。

「投簡咸華兩縣諸子」から四年後の「自京赴奉先縣詠懷五百字」詩（天寶十四載、七五五）にも、また「北征」詩（至徳二載、七五七）にも、「拙」という語と、自己の三人称あるいは、客体化した呼称による表現があらわれる。

まず、「自京赴奉先縣詠懷五百字」をみてみよう。

1　杜陵有布衣　　杜陵に布衣有り
2　老大意轉拙　　老大　意　転《うた》た拙なり
3　許身一何愚　　身に許すこと　一に何ぞ愚かなる
4　竊比稷與契　　窃《ひそ》かに　稷《しょく》と契《せつ》とに比す

（『詳註』巻之四）

「杜陵に一人の無官の男がいる。その男は年をとって、ますます世の中にうまく合わせようという気持ちがなくなってきた。」ほかでもない自分自身のことを「余」とか「我」と一人称では語らず、「杜陵有布衣」と他人を描くように、杜甫は表現する。それについて、吉川幸次郎は『杜甫詩注』（第一冊、五二四頁）で、次のように述べている。

五百字の長詩、この一句をもっておこるのは、痛烈に無遠慮な〔詠懐〕を展開するのの冒頭として、批評者としての自己を確認する。

自分を物語の主人公のように描く、この三人称的な表現は、吉川幸次郎の指摘するように、「批評者としての自己を確認する」行為といえる。しかし、さらにそれにつけ加えて言うならば、自己を突き離し、客体化して捉えようとする行為だった、と言えるのではないか。吉川幸次郎は、批評者である自分を「布衣」として位置づけたと考えておられる。だが、さらにつきつめて言うならば、表現者である自分が、作品世界の中で、批評者としての自己を客体化するものではないか。換言すれば、作品世界の中での自己＝布衣と、現実の自分＝表現者とを分かち、両者を自立させる試みだったと私は考える。自らを突き離すことによって、激動の（同年の十月に安禄山の乱が勃発）同時代の世界の中に位置づけ、自分自身及び、自分自身を含めた世界を捉え直す意図を、この詩の冒頭の三人称的表現は、暗示しているといえよう。だからこそ、杜甫は、官僚社会に対峙する存在としての無官の一人の人物として、自己を位置づけたのである。

「自京赴奉先縣詠懷五百字」詩より二年後の至徳二載（七五七）に制作され、「拙」の表現をもつ「北征」詩を見てみよう。

この詩は『錢注杜詩』では題下に、「歸至鳳翔、墨制放往鄜州作」（帰りて鳳翔《ほうしょう》に至り、墨制もて放《はな》たれて鄜州《ふしゅう》に往きての作）と注する。安祿山の賊中より鳳翔の行在所にかけつけ、その功績によって、杜甫は一度左拾遺の職を授けられた。だが、房琯を弁護したために、皇帝の怒りを招き、鄜州の家族のもとへ帰ることを命ぜられた。その時の作である。

1　皇帝二載秋　　皇帝　二載の秋
2　閏八月初吉　　閏八月　初吉
3　杜子將北征　　杜子　将に北に征《ゆ》き
4　蒼茫問家室　　蒼茫　家室を問はんとす
（中略）
35　青雲動高興　　青雲　高興を動かし
36　幽事亦可悅　　幽事も亦た悦《よろこ》ぶ可し
37　山果多瑣細　　山果　瑣細《ささい》多く

38 羅生雜橡栗　羅生　橡栗《しょうりつ》を雑《まじ》ふ
39 或紅如丹砂　或は紅きこと丹砂の如く
40 或黑如點漆　或は黒きこと点漆の如し
41 雨露之所濡　雨露の濡《うるお》す所
42 甘苦齊結實　甘苦　斉《ひと》しく実を結ぶ
43 緬思桃源内　緬《はる》かに思ふ　桃源の内
44 益歎身世拙　益々《ますます》　身世《しんせい》の拙なるを歎く

（『詳註』巻之五）

この詩の四十四句に、「拙」という表現があらわれる。北の鄜州へ向けて旅立った「杜子」が、道途の自然に喚び起された感慨を描く場面である。なかでも、ふと目にした「山果」（山の木の実）は、紅い小さな実やら、ぷつりと黒い実、甘いもの苦いもの多種さまざまでありながら、いずれも秋雨に鮮やかな実りを輝かせている。それを見て、人間と自然とが調和したかの桃源郷へと「緬かに思」いを馳せるのである（四十三句）。しかし、現実は桃源郷とはおよそかけ離れており、理想を抱けば抱くほど自己は官僚社会からはじき出されてゆく。「益々身世の拙なるを歎く」ほかないのである。ここでの「拙」は、官界でのわが身の拙さだけをいうのではなく、自己の抱く政治的理想の実現に全く近づけない「拙」さを痛みをこめて言う語であろう。ここでも杜甫の「拙」は、社会的関心と政治的理想を軸としているのである。

「北征」詩の三句には、「杜子将北征」とあって、自己を「杜子」と称している。一般には自称とみなされている言葉である。しかし、「杜子」は、男子の敬称「子」を加えた語で、日常に自称として用いることは絶対に無い。むしろ先述の二首の三人称表現と同様に、作品の主人公として表現していると思われる。だから、「杜子」は、三人称表現に極めて近い、自己を客体化した呼称と考えられる。では、何故、自己を客体化した呼称で表現したのだろうか。

『詳註』（巻之五）が注するように、「北征」の詩題は、後漢の班彪《はんぴょう》の「北征賦」（『文選』第九巻）を意識して題されたものと考えられる。「北征賦」は、王莽の反乱のために漢の亡んだ時、班彪が難を避けて、長安から北の安定へ向かって旅立った時の作である。杜甫も、この時、鳳翔から、東北方向に当る鄜州へ赴く旅をしているので、「北征賦」を意識して「北征」と題した。そして、そのことが象徴するように、表現の面においても内容面においても、辞賦の特色が見える。

「北征賦」の冒頭を見てみよう。

1　余遭世之顚覆兮　　余　世の顚覆《てんぷく》するに遭ひ
2　罹塡塞之阨災　　塡塞の阨災に罹《かか》る
3　舊室滅以丘墟兮　　旧室　滅びて以て丘墟となり
4　曾不得乎少留　　曾《かつ》て少《しばら》くも留まるを得ず
5　遂奮袂以北征兮　　遂に袂《たもと》を奮って以て北に征《ゆ》き
6　超絶跡而遠遊　　超として跡を絶ちて遠く遊ぶ

「北征賦」と「北征」詩とは、主人公（或いは作者）を取りまく状況―乱世―が極めて似ている。また、冒頭に旅立ちの目的を述べる点で、「北征」詩は、「北征賦」を受け継いでいるだろう。しかし、「北征賦」の冒頭は、「余」という一人称で始まり、表現者と作中の「余」とは未分化で、ことさらに区別されてはいない。一方、「北征」詩では、三句に「杜子將北征」と描く。自己を「杜子」と敬称つきの姓で呼び、現実の作者からは切り離しているのである。杜甫のこのようなうたい出しは、かと言って全く新しいというわけではない。潘岳の「西征賦」（『文選』第十巻）の冒頭に、既にその雛形を見ることができる。

1　歳次玄枵　　歳は玄枵《げんきよう》に次《やど》り
2　月旅蕤賓　　月は蕤賓《ずいひん》に旅す
3　丙丁統日　　丙丁　日を統《す》べ
4　乙未御辰　　乙未　辰《とき》を御《つかさど》る
5　潘子憑軾西征　　潘子　軾《しよく》に憑《よ》りて西に征き
6　自京徂秦　　京より秦に徂《ゆ》く

「杜子」に類似した表現の「潘子」が、「西征賦」に見えること、また、作者が自己を「杜子」と表現した意味については、すでに吉川幸次郎の指摘がある（『杜甫詩注』第四冊、二六五頁）。

やはり荘重の語気。〔杜子〕の〔子〕は孔子、孟子、老子とともに、男子の重重しい美称。それを自称とするのは、知識人の自負。杜詩ではここのみに見えるが、かつての散文では、長安の書生であったころの「雑述」、「秋述」に、「杜子曰わく」、「杜子、病に長安の旅次に臥す」など。自称をも、議論の散文のごとく、重重しくした、前引の潘岳「西征の賦」歌い出しの自称も「潘子」。

吉川幸次郎は、「杜子」を、荘重にするための自称と捉え、議論の散文のように歌い出しの自称も重々しくした、と説明している。しかし、「杜子」を単なる自称と捉えることには疑問が残る。既に「西征賦」の中で、潘岳が自らを「潘子」と呼んだ意識そのものが、錯踪し危機的な情況にあった現実に対して、自己を確立しようとするものだったと考えられる。(4) それを継承しながら、杜甫は自己の客体化をも試みて、自己を「杜子」として詩中に登場させたのだろう。

その意味で、先述の二詩の表現「杜陵野老」・「杜陵有布衣」に極めて近い表現といえよう。吉川幸次郎につけ加えて言うならば、自己を客体化して凝視しようとする意識が杜甫にはあったのではないか。

ここで、一本の糸が明らかに浮かびあがる。見てきたように、天寶十載（七五一）から至德二載（七五七）の七年間に、杜甫が自ら「拙」と評した詩は、いずれもまた、自らを三人称ないしは、それに類似する呼称で表現している。これらは全て、自己の三人称的表現によって、批評者として自己を自立させたのであり、そのような視点の獲得こそが、切迫した情況下に生きる自己を「拙」なる存在として確認することを可能にしたのである。

杜甫の「拙」は、政治的理想の実現の意志を貫こうとするがゆえに、官僚世界と齟齬を生じる自己を認識する語である。また、さらに「拙」は、理想の実現を希いながら、少しも近づきえない痛みをこめて自己を評する語でもある。

四

杜甫は、「自京赴奉先縣詠懷五百字」・「北征」をはじめ、安祿山の乱の前後七年間の重要な作品において、たびたび「拙」と自らを評して来た。だが、その時期だけに限らず、杜甫はこの語を多用する。そして、その中で特に重要な意味を持つのは、秦州・同谷の流浪の時代に、この語がしばしばあらわれることであろう。まず、「發秦州」詩を中心として、「拙」と評した意識を考察する。この詩は、原注に述べるように(5)、乾元二年（七五九）、秦州をあとにして、南の同谷へ旅立つ時、杜甫四十八歳の作である。

1　我衰更懶拙　　我　衰へて更に懶拙《らんせつ》

2　生事不自謀　　生事　自ら謀《はか》らず

3 無食問樂土
4 無衣思南州
（中略）
17 此邦俯要衝
18 實恐人事稠
19 應接非本性
20 登臨未銷憂
21 谿谷無異石
22 塞田始微收
23 豈復慰老夫
24 惘然難久留
25 日色隱孤戍
26 烏啼滿城頭
27 中宵驅車去
28 飲馬寒塘流
29 磊落星月高
30 蒼茫雲霧浮
31 大哉乾坤內

食無くして楽土を問ひ
衣無くして南州を思ふ
此の邦　要衝に俯し
実に人事の稠《おお》きを恐る
応接　本性に非ず
登臨　未だ憂ひを銷《け》さず
谿谷　異石無く
塞田　始めて微収あり
豈　復た老夫を慰めん
惘然《ぼうぜん》　久しくは留まり難し
日色　孤戍《こじゅ》に隠れ
烏啼《な》きて　城頭に満つ
中宵　車を駆りて去《ゆ》き
馬を寒塘の流れに飲《みずか》ふ
磊落《らいらく》として　星月高く
蒼茫として　雲霧浮かぶ
大いなる哉《かな》　乾坤《けんこん》の内

32　吾道長悠悠　吾が道　長《とこし》へに悠悠たり

（『詳註』巻之八）

旅の直接の原因は、第三・第四句に述べるように衣食の欠乏であった。しかし、それは、二次的な原因だったのではないか。先述のように、批評者として、自己を位置づけてきた杜甫は、ここでも、秦州をたつ動機を自ら分析する。それが、冒頭の二句である。「私は老いさらばえて、一層何事につけうまくしようという気になれず、暮らし向きを自分であれこれ工夫することさえしなくなった。」これこそが旅立ちの本質的な動機であった。では、旅立ちの動機となった「懶拙」とは、どのような意識で表現された言葉なのだろうか。

先述の論文の中で、安東は、「發秦州」・「發同谷縣」の「懶拙」は、離俗の志向を主張した用法とは言えず、「發秦州」詩では、「主張とはむしろ逆に、自らの性格あるいは処世の仕方の欠点として、『懶』・『拙』を後退的否定的な意味で用いているといってよい。」と述べている。しかし、「懶拙」の語は、管見では、先例を見出できない語であり、杜甫の詩においても、ただこの詩とほかでもない「發同谷縣」詩にのみ見える。そのことからも、後退的否定的な意味とのみ片づけることのできない言葉であると考えられる。

それは、先述の「杜陵有布衣、老大意轉拙」の意識に通ずるものがあるが、また、かつて杜甫が左拾遺の職にあった時の作「曲江對酒」（曲江にて酒に対す、『詳註』巻之六）の次の用例にもやはり通ずるであろう。

縱飲久判人共棄　飲を縦《ほしいまま》にして　久しく人の共に棄つるに判《まか》す
懶朝眞與世相違　朝するに懶《らん》なるは真に世と相違《たが》ふ

「朝するに懶」とは、自己の脱俗性を言う表現だろうが、そこには、官僚社会の腐臭への反感と、放逸の上に開きなおったふてぶてしさがある。「拙」が政治的理想に固執するのに対して、「懶」はそのような自己を認め受け入れようとする意識といえよう。

さて、「發秦州」の十七句から二十四句には、具体的に秦州を去らなければならない理由を陳べる。その中で、「人事の稠きを恐る、応接は本性に非ず」（18句・19句）と、自己の生のあり方を評し、確認している。これは、とりもなおさず冒頭の「懶拙」を言いかえたものにほかならない。「拙」は、政治的理想に固執し、そのために実際の官僚世界ではうまく立ちまわれない自己を表現したものであり、進んでその自己を社会的な批判者として作品世界に確立しようとするものであったが、現実の杜甫は、房琯事件以降も、政治的挫折はなお重なり、華州司功参軍の地位さえも捨てねばならなかった。そうした厳しい情況の中で、「拙」なる自己を包容し、一見放逸に開きなおった形でいつくしもうとするのが「懶拙」だったのではないか。それこそ、人間の本来あるべき姿を回復したものなのだという意識がある。杜甫が、自己を「懶拙」と批評するとき、その深部には、このような重層的な意識があったにちがいない。

結びの二句（31・32句）

大哉乾坤內　　大いなる哉　乾坤の内

吾道長悠悠　　吾が道　長へに悠悠たり

「吾道」は、これからの実際の道途と、杜甫の人生の前途に横たわる一すじの道との両義を合わせもつ。つまり、「發秦州」詩の旅立ちは、単に実際の秦州から同谷への旅立ちであるにとどまらず、杜甫の内面的な人生の新たな旅立ちでもあったのである。「惘然」（茫然自失のさま、24句）と、どのように生きるべきかを見失いかけていた杜甫が、「懶拙」という表現で自己を確認し、批評者としての自己を選びとって、どのように生きてゆくかを模索する旅であったといえるのではないか。不安と期待を抱えつつ、批判者としての自負を胸に旅立つのであった。

同年十二月、今度は、同谷県を後にして、成都へと旅立つ。その旅立ちに際して作られたのが「發同谷縣」である。

1　賢有不黠突　賢にも黠突《けんとつ》ならざる有り
2　聖有不煖席　聖にも煖席《だんせき》ならざる有り
3　況我飢愚人　況んや　我　飢愚の人
4　焉能尚安宅　焉《いずく》んぞ能く安宅を尚《ねが》はん
5　始來茲山中　始めて茲《こ》の山中に来たり
6　休駕喜地僻　駕を休めて　地の僻《へき》なるを喜ぶ
7　奈何迫物累　奈何《いかん》せん　物累に迫られ
8　一歳四行役　一歳に四たび行役《こうえき》す
9　忡忡去絕境　忡忡《ちゅうちゅう》として　絶境を去り
10　杳杳更遠適　杳杳《ようよう》として　更に遠く適《ゆ》く

（中略）

17　平生懶拙意　平生《へいぜい》　懶拙の意
18　偶値棲遁跡　偶々　棲遁の跡に値《あ》ひぬ
19　去住與願違　去住　願ひと違《たが》ひ
20　仰慚林間翮　仰ぎて　林間の翮《かく》に慚《は》づ

いささか旅立ちの事情には、違いがあるものの、やはり、旅立ちに臨んで、自らを「懶拙」と評している。「平生」常日頃、「懶拙」の心ばせを抱いているが、この同谷では偶々、「懶拙」なる自己を包容する隠棲場所に出合ったと述べる。

ここでの「懶拙」はやはり、うまくたちまわろうという意志のないこと。「發秦州」詩から一歩進めて、ここでは、そういう本性に基づく「意」（こころばえ）を「平生」持ちつづけていることをより積極的に確認している。その望みは、物累に迫られて、同谷でも果たせなかった。しかし、十七句から二十句の表現からは、反対に、世の中にうまくたち回ろうとあくせくすることのない本性そのままを保つ生き方への願望を「懶拙」の言葉の奥に読みとることができる。このように、「發同谷縣」詩においても、「發秦州」詩と同様に、旅立ちに臨んで、自己を「懶拙」と作品中で批評しているのである。自己を客体化して、自負とともに捉えた表現が、「懶拙」の語にほかならないといえよう。

「發秦州」詩・「發同谷縣」詩を見てきたが、いずれも、自己を「懶拙」という語によって捉えていた。さらに興味深いのは、いずれも旅立ちに際して詠じられた詩であり、しかも、その旅立ちは、実際上の旅であると同時に、内面的な人生を模索する旅であったことである。旅立ちに、必ず自己を突き離して「懶拙」と作品世界に位置づけているのである。

振り返ってみると、「自京赴秦先縣詠懷五百字」詩・「北征」詩においても、自己を客体化して「拙」と表現し、同時に、「三人称」で自己を表現することによって、批判者としての自己を確立してきたのであった。そして、「自京赴奉先縣詠懷五百字」詩・「北征」詩が、また、やはり旅立ちに際して詠じられたものであったことは、注目される。つまり、「自京赴奉先縣詠懷五百字」詩・「北征」詩・「發秦州」詩・「發同谷縣」詩四首は、いずれも、激動の情況の中で、自己を客体化して、「拙」あるいは「懶拙」と捉え、作品世界に確立したのであった。そして、自己の根蒂を問い、批判者としての自己を選びとって、杜甫は新たな人生の旅に出発したのだといえよう。

【注】

（1）『中國文學論集』第十一号（九州大学中国文学会、一九八二年十月）がある。
（2）斯波六郎編『文選索引』（唐代のしおり、京都大学人文科学研究所、一九五八年）による。
（3）『陶淵明集校箋』では、「開荒南畝際」（荒を開く南畝の際）に作るが、今、通行本により「開荒南野際」とした。
（4）元康元年（二九一）に、楊駿が賈后に殺される事件が起こっている。潘岳は、幸い難を逃れた。この賦は、その翌年の作。瞿蛻園選注『漢魏六朝賦選』は、この賦について次のように評している。
『西征賦』便是潘岳在元康二年赴長安時所記述的旅途見聞。（中略）特別在宏大的結構中、運用各種的語調、充分表現生動變化的斬新風格、顯然已經超越了漢賦的陳規、而開啓了後來作家的許多門徑。
（5）「乾元二年、自秦州赴同谷縣紀行」

第四章　詩語「潦倒」にみる表現の重層性

一

永泰元年（七六五）春、親友嚴武が亡くなると、生涯のうちで比較的平安な日々を過した蜀の地をあとにして、杜甫は長江を東に下る旅に出た。大暦元年（七六六）には夔州《きしゅう》（今の四川省奉節県）に至っている。「登高」は、仇兆鰲『詳註』（巻之二十）によると、大暦二年（七六七）、五十六歳のとき、その夔州での作である。[1]

風急天高猿嘯哀　　風急に天高くして　猿嘯《えんしょう》哀し
渚清沙白鳥飛迴　　渚《なぎさ》清く沙白くして　鳥飛び迴《めぐ》る
無邊落木蕭蕭下　　無辺の落木は蕭蕭として下り
不盡長江滾滾來　　不尽の長江は滾滾《こんこん》として来たる
萬里悲秋常作客　　万里　悲秋　常に客と作《な》り
百年多病獨登台　　百年　多病　独り台に登る
艱難苦恨繁霜鬢　　艱難《かんなん》　苦《はなは》だ恨む繁霜の鬢《びん》
潦倒新停濁酒杯　　潦倒新たに停《とど》む濁酒の杯

明の胡應麟は『詩藪』の中（内篇巻五、近体中、七言）で、然此詩自當爲古今七言律第一、不必爲唐人七言律第一也。（然るに此の詩自ら当に古今七言律の第一為るべし。必ずしも唐人七言律の第一為るのみにあらざるなり。）

と絶讃したが、晩年の杜甫の詩が到達した詩境を最も如実に示すのがこの詩であろう。

だが、従来の解釈は詩の表現の表層を追うことに性急で、杜甫の認識のあり方にまで考察が及んでいなかったように思われる。とりわけ、この七言律詩の尾聯の、中でも「潦倒」の意味が充分に理解されていなかったために、杜甫のつむぎだした思念を読み落として、この詩の核心に迫ることができていなかったと思う。まずその点を検討するために、「潦倒」についての従来の代表的な解釈を挙げる。

①「潦倒麤疎」潦倒。（中略）久客於萬里之外、而方獨登台、以多病之人、而對景悲秋。其惟艱難潦倒甚矣。安得不添白髮而廢酒杯乎。（元、張性『杜律演義』前集）

②「絶交書」「潦倒麤疎」又「濁酒一杯。」時公以肺病斷飮。（清、朱鶴齡『杜工部詩集』巻十七）

③久客則艱苦備嘗、病多則潦倒日甚。下二句亦用分承、時公以肺病斷飮。（清、楊倫『杜詩鏡銓』巻十七）

④絶交論、潦倒粗疏。魏文帝樂府、「嘉餚不嘗、旨酒停杯。」[2]朱注、時公以肺疾斷酒、曰新停。絶交論、濁酒一杯。（清、仇兆鰲『詳註』巻之二十）

以上、いずれも、結句の「潦倒」は晉の嵇康《けいこう》の「山巨源に与えて交わりを断つ書」（與山巨源絶交書）の「潦倒麤疎《そそ》」を踏まえ、「新停濁酒杯」は、この時、杜甫が肺病のために飲酒をやめたことを詠じていると解釈している。この理解は、現代の注釈者も同じである。

①末二句用當句對法、艱難對苦恨、潦倒對新停。（中略）潦倒、猶衰頽、因多病故潦倒、《夔府詠懷》詩云、「形容眞潦倒」、可證。時杜甫因肺病戒酒、故曰新停。消愁借酒、今又因病不能擧杯、豈不更可恨。（蕭滌非『杜甫詩選注』[3]、

一九七九年、人民文学出版社）

②詩人備嘗艱難潦倒之苦、國難家愁、使自己白髮日多、更加上因病斷酒、悲愁就更排遣。（『唐詩鑑賞辭典』、上海辞書出版社、一九八三年。陶道恕の解釈。）

③零落のうちにこのごろはからだのぐあひから濁酒の杯を手にすることさへやめてしまった。（注・潦倒…零落不振のさま。）（鈴木虎雄訳注『杜少陵詩集』、一九一七年、続国訳漢文大成）

④私はちかごろ病気のため濁酒の杯をくむことをやめてしまったが、いよいよなげやりな気持にならざるを得ない。（注・潦倒…老いぼれること。落ちぶれること。転じて投げやりになって、どうでも物にかまわぬさまにも用いることば。）（目加田誠訳『杜甫』、一九六五年、漢詩体系、集英社）

従来の解釈は以上のように、「潦倒」が嵆康の「與山巨源絶交書」の用例を踏まえて用いられているという理解に立ちながら、「落ちぶれること」、或いは「何事もなげやりになる」と解している。ところが実際には、嵆康の「潦倒」は従来の解釈のような「落ちぶれること」「何事もなげやりになる」意を表す言葉ではないのである。

二

詩語として「潦倒」を用いた例は、杜甫以前には見当たらない。(4) つまり、最初にこの言葉を詩に用いたのは杜甫ということになる。このことからも、「潦倒」がいかに杜甫の詩を考える上で重要な言葉であるか、がわかる。ここでは、まず杜甫に先行する散文の用例の意味を確認しておきたい。

『文選』には嵆康の「山巨源に与えて交わりを絶つ書」（第四十三巻）の一例しか見えず、今のところこれが最も早い例である。

> 濁酒一盃、彈琴一曲、志願畢矣。足下若嬲之不置、不過欲爲官得人、以益時用耳。足下舊知吾潦倒麤踈、不切事情。自惟亦皆不如今日之賢能也。

「あなたは昔から私が『潦倒麤疎』つまり、挙措がのろくてしまりがない大まかな性格で、しかも現実の事情に疎いことをご存知のはずです」と、嵇康は自分が役人にふさわしくないことを説いて、官僚に就けようとする山巨源に辞退を表している。『文選集注』に「『(文選)鈔』に曰く、潦倒は長緩の貌なりと」(鈔曰潦倒長緩貌。)とあるように、挙動のゆっくりとしたさまである。だが、ここでは更に政治的社会の現実と自己の生との間のへだたりを意識しつつ、自己の生き方を自負に満ちて突きつけており、反語的ニュアンスを帯びている。

次に、『抱朴子』百里(外篇、巻之二十八)には、「或有潦倒疏緩而致弛壞者矣」の例が見え、この「潦倒」も、嵇康の「與山巨源絶交書」の例と同様に、政治の実務に機敏に対処できない、挙動の遅い性格をいう。ここで並列されている「疏緩」は『北齊書』王晞《おうき》傳に「我性實疏緩、不堪時務」と見え、やはり政治の実務にうとい性格をいう語であるが、そのことも「潦倒」の意味する所を暗示するだろう。

また、『北史』崔瞻《さいせん》傳(巻二十四)には、次のような例がある。

> 瞻性簡傲、以才地自矜、所與周旋、皆一時名望。(中略)性方重、好讀書、酒後清言、聞者莫不傾耳。自天保以後、重吏事、謂容止醞藉者爲潦倒、而瞻終不改焉。

崔瞻という人物は、「醞藉《うんしゃ》」[5](気高く奥ゆかしい)な人物であったのだが、北齊の天保(五五〇―五五九)年間に官吏の実務が重要視されると、挙措のおおらかで奥ゆかしい彼のような人物は「潦倒」と批判されるに至ったという。この「潦倒」も、やはり効率を求められる実務には不向きな、挙措ののろいさまである。

以上の三例から次のように言えよう。「潦倒」は、官僚体制の実務の機能重視の立場からは、要領が悪く、行動・挙措ののろい性格を表す否定的な評価の言葉である。しかし、反面、嵆康が「濁酒一盃、弾琴一曲にて志願畢る」と述べるように、また崔瞻がそうであるように、充溢した生を自己の中に抱いた、おおらかで奥深い性格をも表す。このように「潦倒」は、否定的評価と肯定的評価とが重ね合わされた言葉なのである。

初唐の王績の「程道士に答ふる書」（答程道士書、『全唐文』巻一百三十一）も同様に解することができる。

吾受性潦倒、不經世務、屛居獨處、則蕭然自得、接對賓客、則茶然思寢。

自分の本性について、官僚体制側の視点では、実務に疎く、挙動がのろいかもしれないが、本来の人間的な視点では、世俗の権威や名利を超えた真に充実した生き方であると反語的に述べて、そこに強い自負をこめているのである。

このように、晉から初唐に至る「潦倒」は、意味に大きな変化がなく、ほぼ一貫している。「潦倒」とは、表層では、実務に疎い挙措ののろい性格を表すが、深層、または根源において、官僚体制の価値観に支配されることなく、人間本来の充溢した生を志す態度・生き方を表す言葉なのである。

三

詩語に初めて「潦倒」の語を取り込んだのは杜甫であるが、では前段に挙げた先行の「潦倒」をどう受け継ぎ、どう変化させたのかを次に検討する。杜甫の用例は四例あるが、それは以下のとおりである。

①「戯れに閿郷の秦少府に贈る短歌」（戯贈閿郷秦少府短歌、『詳註』巻之六）②「秦州にて勅目を見れば、薛三璩は司議郎を授けられ、畢四曜は監察に除せらる。二子と故有り、遠く遷官を喜び、兼ねて索居を述ぶ、凡そ三十韻」

（秦州見敕目薛三璩授司議郎、畢四曜除監察、與二子有故、遠喜遷官兼述索居凡三十韻、『詳註』巻之八）③「夔府書懐四十韻」（『詳註』巻之十六）④「登高」（『詳註』巻之二十）

①の詩は、乾元元年（七五八）、杜甫四十七歳の作。本論第二章において、「戯」の意識がこの詩の結句にあることを論じた際、すでにその手掛かりとしてこの「潦倒」の重要性について指摘しておいた。この詩は左拾遺より華州司功参軍事に貶されていた杜甫が赴任先から東都へ向かう折、閿郷（河南省峡県の西）の県尉の秦氏に贈ったものである。

去年行宮當太白　去年　行宮　太白に当たる
朝回君是同舍客　朝より回れば　君は是れ同舎の客
同心不減骨肉親　同心　骨肉の親に減ぜず
毎語見許文章伯　毎語　文章の伯を許さる
今日時清两京道　今日　時に清し　両京の道
相逢苦覺人情好　相逢わば人情の好きを覚ゆ
昨夜邀歡樂更無　昨夜　歓を邀《むか》えて　楽しみの更なる無し
多才依舊能潦倒　多才　旧に依りて能く潦倒たり

第一・二句は、前年（至徳二載）四月、賊中より、杜甫が粛宗の鳳翔の行在所に馳せ参じた功によって左拾遺に任ぜられ、秦氏と同じ宿舎に身を寄せたことをいう。

末二句は、「昨夜のあなたの歓迎ぶりは、これ以上の楽しさは考えられないほどでした。あなたは才能が豊かなのに、（県尉という激務にある今も）昔のままに、このように潦倒として実務に疎い様子で、しかし根源でゆったりと本来の充実した生を営んでいらっしゃる」と結んでいる。この「潦倒」を含む一句は、秦氏に向かって発せられたと同時に、我が身を投影したものではないか。左拾遺として房琯の罪を弁護したために、皇帝の怒りに触れたのはこの詩の前年であり、華州司功参軍事に貶せられたのもそれが原因であった。その無念さと、官僚政治への憤懣・失望とを懐きながらも、それを理由にやすやすと現実を切り捨てて、見てみぬふりをして退隠するなど杜甫には到底できないことであった。強い自負と人間への信頼ゆえに絶望すまいとする。その、いわば使命感と失望とのはざまで生き抜こうとする生きざまが、この「潦倒」であろう。

②は、乾元二年（七五九）、杜甫四十歳の秋の作。杜甫は官を辞して秦州にたどりついていたが、勅目（官吏を任命する詔書）には旧友の名があった。次は、その五言排律の冒頭四句。

大 雅 何 寥 濶　　大雅　何ぞ寥濶《りょうかつ》
斯 人 尚 典 型　　斯《こ》の人　尚ほ典型
交 期 余 潦 倒　　交期　余《よ》は潦倒
材 力 爾 精 靈　　材力　爾《なんじ》は精霊

第二聯で、杜甫は「あなた方と私は以前親交がありましたが、私の事務に疎く、挙措ののろい性格であるのに対して、あなた方の能力には、秀れた霊妙な気がそなわっていました」と述べる。「潦倒」は、材力（能力）を評する畳韻の「精靈」と対に用いられている。ここでもやはり、「落ちぶれたさま」ではなく、実務能力を要求する官僚体制と、要領が悪く、挙措が遅い自分の性格との間のずれを感じとって、官吏に適しないと認めながら、むしろそこに独自の自負を抱いていることを表す。

③の「夔府書懐四十韻」は、大暦元年（七六六）五十五歳の秋、夔州での作。自らの来し方を追懐する形で詠じているが、次はその第四十五句から第四十八句。

廟算高難測　　廟算　高くして測り難し
天憂實在玆　　天憂　実に玆《ここ》に在り
形容眞潦倒　　形容　真に潦倒
答效莫支持　　答効　支持する莫し

「私のありさまが、『潦倒』だという理由で、私がいくら君恩に報いたいと望んでも、私を支持する者などいない。」この「潦倒」は、表層では実務に疎く、要領の悪い自らの性格を表す。しかし深層には、無限の自負と悲憤が込められている。それは、政治社会の現実が理想からへだたってしまったことを憂え、かつなおも正そうとする杜甫をせせら笑うように現実に屈している官僚達への悲憤であった。

以上、三例の「潦倒」は、表層では自己の性格を否定的に評しているが、逆に深層には、官僚体制に迎合せず、自分の心の命ずる真に充実した生のあり方を肯定する強い自負が見え隠れしている。とりわけ①の例は、嵆康「與山巨源絶交書」や『北史』崔贍傳の用例を用いながら新しく創出された杜甫独自の用法といえよう。先行用例では、表層に対する深層の意味は文字通り内包されていた。だが、杜甫は、「潦倒」を、一人の人物の性格について、官僚体制の視点と人間の視点との両面から描出する言葉として、詩中に初めて登場させたのである。そこには自嘲を含みつつ、官僚体制に妥協することなく対峙して、自らの信じる真の生を生き抜こうとする姿勢が提示されている。

四

杜甫の「潦倒」についての従来の解釈は、本章の「二」で検討した通り、先行用例には見出せなかった。従って、杜甫の「潦倒」に従来のような解釈が成立しないことは明らかである。では、何故、そのような解釈が生じたのであろうか。実は「潦倒」の語は、むしろ杜甫以後に、「落ちぶれたさま」「衰老のさま」を表す言葉として用いられるようになった経緯がある。おそらく、杜甫を境目として、「潦倒」の意味する内容は変化していった、と考えられる。

その理由を考察するなら、まず第一に、先述のように、杜甫の用法そのものが重層的な意味を持っていることが挙げられよう。その重層性のために、杜甫が「潦倒」の語で把握した内容を、すぐ他の一つの言葉に置き換えることが不可能であり、いかにもそれらしいがあいまいな解釈が生じたのではないか。

第二に、「潦倒」(lao dao) が、オノマトペアの一つ、畳韻の擬態語であり、そのために口語的で、他の複合語以上に派生的な意味が生じやすかったことが考えられる。(6) 符定一・『聯綿《れんめん》字典』では、「潦倒」について「①擧止跌宕不自檢攝也。②轉爲落度。潦・落聲同。倒・度聲近。」と解説している。しかし、現代語でこそ「潦倒」(liao dao, lao dao) と「落度」(luo duo, lao duo) とは発音が似ているものの、前者と後者の韻尾は言うまでもなく異なる。「潦倒」が上声の韻尾を持つのに対して、「落度」は、「落拓」「落託」「託落」などとともに、入声音の韻尾の畳韻語で、意味もほぼ等しい。これら「落度」系の語にはまず、(1)「失意・寂寞」の意があり、転じて、六朝時代には已に (2)「奔放不羈で、拘束されないさま」の意が生じていた。(7) このことから一つの推測が可能である。初めは「潦倒」と「落度」系の言葉は、発音が異なり、意味にも明白な差異があった。ところが「潦倒」(実務に疎く、挙措ののんびりしたさま) と「落度」の②の意味とは近似していると意識されるようになり、その上、両者とも畳韻の擬態語で、発音も似ていた。八世紀後半より入声韻尾の弱化傾向が進んでいたとすれば、(8) 両者の発音は一層酷似していた可能性がある。そこで、両者の間に混同が起こり、同義語とみなされたのではないか。第三に、原義での「潦倒」な人物——官僚社会の現実に疎く、自由に生きる人物——は、官僚社会はもとより世俗に合わせて生きることができず、また、合わせることを潔しとしないので、結果的に――杜甫がそうであったように――官僚社会や世俗からはみ出し、不遇の人生を送ることが多かったということが考えられる。そのため、本来個人の性格を表す言葉であったものが、〈「潦倒」な人物〉＝〈「おちぶれている」人物〉と意識されるに至り、意味が移行したのではないか。あるいは、盛唐から中唐・晩唐へと、背後の社会状況に変化があって「潦倒」たる人物がますますはじき出され、落ちぶれざるを得なかったのかもしれない。

以上、第一・第二・第三で考察した原因が、前後に、また同時に進行した結果、「潦倒」は、杜甫の生きた八世紀中葉を境に、意味が原義から移行して行ったのだろう。宋の呉坰の『五總志』には次のような記述がある。

魏天寶《ママ》以後、重吏事、謂容止醞藉爲潦倒。宋武帝擧止行事、以劉穆之爲節度。此非醞藉潦倒之士耶。而後世以潦倒爲不偶之辭、誤矣。

この記載から、呉坰が「潦倒」は本来、「醞藉」な（おおらかで奥ゆかしい）人物を評する語だと考えていたことは明らかである。しかしまた、それをことさらに論じなければならなかったことが示すように、宋代、すでに一般に「潦倒」が不遇の辞と解釈されていたのも明白な事実である。

このように、「潦倒」の意味は大きく変化したので、逆に以降、八世紀中葉以前のこの語の解釈も、後世の意味で解釈されるに至ったと考えられる。

五

以上は、十二世紀余りの間、地下に埋もれていた言わば原「潦倒」を掘り出す作業に他ならない。では、杜甫が最も晩年に「潦倒」を用いた「登高」の場合は、どのように解釈すべきなのか。また、「潦倒」を捉えなおすことでこの詩をどう読みなおすことができるのか。

風急天高猿嘯哀　　風急に天高くして猿嘯哀し
渚清沙白鳥飛迴　　渚清く沙白く　鳥飛び迴《めぐ》る
無邊落木蕭蕭下　　無辺の落木は蕭蕭として下り
不盡長江滾滾來　　不尽の長江は滾滾として来る
萬里悲秋常作客　　万里悲秋　常に客と作《な》り
百年多病獨登台　　百年多病　独り台に登る
艱難苦恨繁霜鬢　　艱難　苦《はなは》だ恨む　繁霜の鬢
潦倒新停濁酒杯　　潦倒　新たに停《とど》む　濁酒の杯

詩の前半は、激越な情景である。第一句、「風急天高猿嘯哀」は、自然＝世界の内包する悲哀を表す。異常に緊迫した世界と、広大な空間に放り出された存在の不安定さに耐えかね、おののくように、生けるものがふりしぼる悲しみの声。第二句では、「渚清沙白鳥飛迴」と、神々しいまでに清浄な世界を飛びめぐる鳥の孤独が描かれる。鳥は清澄すぎる世界から疎外されて、飛び続ける。第三句「無邊落木蕭蕭下」は、首聯に描かれた生けるものの悲哀と孤独感を丸ごと抱きかかえながら、自然＝世界がその悲しみを嘆くかのようにざわめくありさまである。どこまでも木々は落葉し続ける。生けるもの達の悲しみを包み込んで。だが、自然の悲哀が極まって単に生命現象を消滅させるだけの方向へと突き進みはしない。第三句の言わば存在の悲しみは第四句に至って、止揚される。「滾滾來」は、それまでの悲哀を飲みこんで、なお豊かにうねり続ける流れを描いて、自然＝世界のデモーニッシュな力の再生を表す。デモーニッシュな力を孕んで神々しくおどろおどろしい世界は、むしろ悲しみを荷うがゆえに、ひたむきで異様なまでに奔放な生命力を発現する。杜甫は、晩秋の事象を描きながら、実はその事象を突き抜けた向うにある根源的な世界のあり方とその力を描いている。

後半に描かれるのは、詩の前半に繰り広げられた世界に、ただ一人対峙している詩人である。第五句、「萬里悲秋常作客」は、生涯を全体にわたって見わたしたとき、詩人に意識された、よりどころのない悲哀を表す。しかし、それはまだ潜在している。第六句、「百年多病獨登台」においては、今ここにある自己が、この世界からまぎれもなく疎外されているという生々しい孤独を詩人は感覚している。第五句は生涯をふり返って、そこにただよい続ける潜在的な悲しみを表し、他方第六句は、現在、詩人が感受しつつある孤独感を表す。そこで思い合わされるのは首聯である。第一句は、未だ潜在的な悲しみで、聴覚にのみ捉えられていたが、第二句は、現に目に映じた顕在的な孤独であった。この言葉の畳み方は、第五句・六句のそれと非常に似ている。以上のように頸聯には、詩人の個としての悲哀と孤独感が描かれていたが、第七句「艱難苦恨繁霜鬢」は、それを「艱難」の一語に収斂して、詩人が己の運命を嘆く言葉である。

詩の前半では、第一句の存在の悲哀と第二句の孤独が、第三句に収斂される。そして第四句に至って悲しみは止揚され、異様なまでの奔放な生命力が発現されていた。一方、目を転じて後半四句を見れば、第五句の詩人の個としての悲哀と第六句の孤独感が、第七句に収斂されている。つまり、後半は前半と全く同じ構造になっているのである。前半では、第四句において、世界が荷う運命の悲しみが止揚されていた。そのように、結句では、第七句に収斂された感情——自己の運命への悲しみ——が乗り越えられているのである。

この結句については、第一段落に従来の解釈を整理しておいた。そこには二つの大きな問題があった。第一は、「潦倒」の解釈の問題であり、第二は「新停濁酒杯」の解釈についての問題である。まず、後者は、朱鶴齢が「時に公、肺病を以て飲むを断つ」と注して以来、たとえば「このごろはからだのぐあひから濁酒の杯を手にすることさへやめてしまった」（鈴木虎雄訳）、「また貧乏と共に、もう一つありがたくない伴侶であった肺病、すなわち喘息の持病は、晩年の杜甫をして、時に酒を廃せしむるに至った」（吉川幸次郎『杜甫ノート』杜甫と飲酒、一九五四年、新潮文庫）のような解釈が定着している。だが、特に「断酒」したと杜甫が述べていない以上、病気のために酒をやめたと解釈するのは唐突に感じられる。黒川洋一『杜甫』（前掲書）の解釈も同様であるが、同氏の「中国文学における悲哀の浄化について」(9)の「登高」について言及する段では「口に運ぶ濁酒の手をおしとどめて感慨にふけるのである」と解釈している。

また、鄧魁英・聶石樵選注『杜甫選集』（一九八三年、上海古籍出版社）も同じ解釈である。

　舊解以爲杜甫患病、故停杯、非。是年《九日五首》卽有「重陽獨酌杯中酒」之句、可知「新停」者「方飲罷」之意。

確かに「九日五首」には飲酒のさまが詠じられていて、決して病のために酒をやめたとは述べていない。「停杯」は、「酒を断つこと」なのか、「ふと飲むのをとどめる」意なのか。それを明らかにするため「停杯」の用例を拾ってみる。

①跂窗催酒熟、停杯待菊花。（庾信、衛王贈桑落酒奉答）
②耿耿不能寐、京洛久難群。横琴還獨坐、停杯遂待君。（楊素、贈薛內史詩）
③金樽清酒斗十千、玉盤珍羞直萬錢、停杯投筋不能食、拔劍四顧心茫然。（李白、行路難三首其一）
④靑天有月來幾時、我今停盃一問之。（李白、把酒問月）

いずれの「停杯」も、今まで動かしていた酒を酌む手を暫くとどめる意である。酒を飲んでいる間に何かに心を動かされて、感慨にふけったり、来るべき酒や友を待ち受けるしぐさである。この詩の場合も、「酒を断つ」ことではなく、独酌していた杜甫の心中に何か新たな思いが沸きあがり、「ふと濁り酒の杯を酌む手をとどめた」と解するのが自然でふさわしい。濁酒の杯をとどめさせた新たな思いとは、一体どのような思いであったのか。その思いこそ「潦倒」である。「潦倒」は「なげやりになる」でも、まして「零落不振」のさまでもない。いわば今まで惰性的に動かしていた酒を酌む手を押しとどめるような、心をゆする感情であろう。

以上、「新停」の考察は、詩の構成から先に述べた仮説——結句において、第七句に収斂された己の運命への悲しみが止揚される——と一致すると考えられる。(10) 詩人は酒を酌みつつ、己の運命を嘆き悲しんでいたが、「潦倒」という思いによって、悲しみは乗り越えられて行く。ふと酒を酌む手をとどめたのは、そのためである。

では、詩人に己の運命の悲しみを乗り越えさせた「潦倒」はどのような思いであろうか。本章第二段落にすでに論じたように、「潦倒」は、重層性を帯びた言葉であった。ここの「潦倒」が悲しみを突き抜けさせたのも、やはり重層的な意味を持つために他ならない。それは、次のような意識だったであろう。「私は世俗社会の現実に疎く、その歩みは埒のあかない悠長さであるけれど、しかし逆に、心の命ずるままに詩人としてともかくも充溢した生を生き抜いてきたのだ」、と。ここでは、官僚体制、或いは既成の伝統的な価値観と、自己の志す生とのへだたりを意識し、そのはざまに生ずる苦悩や悲しみを乗り越えて、自己の生のあり方を肯定している。そして、詩人が自分の生を「潦倒」と認識したとき、詩の前半で予感された——自然＝世界が悲しみを取り込み、それゆえかえって自在な生命力を発現するという——世界の根源のあり方と、その悪魔的なまでの力が、彼を震撼させ貫いて、己の運命への悲しみを突き抜けさせたのであろう。自然＝世界が悲しみを抱きかかえながら、むしろかえって、デモーニッシュな力を発現するというこの逆説に詩人は共鳴し、自分の中にそのあり方を取り込んで、悲しみを力として生きようという新しい思いに自己を押し出していった。ふと濁り酒を酌む手をとどめたのは、内に沸き起こったこの新たな思いが、波のようにうち寄せ続けていたからである。

夔州では、日中でさえ日光がわずかしか届かないような切り立つ峡谷が、杜甫の憂愁を募らせていた。詩題の「登高」は、まさに自然＝世界に自らを対峙させることを暗示している。杜甫は自然＝世界を新しく認識することによって自己の生のあり方を問い直し、今にも絶望に閉ざされそうになる自分を再生しようとして、この詩を創作したのであった。

「潦倒」は、重層性を帯びた言葉であったが、この詩においては、既成の価値観の拘束を取り払い、突き抜けて、内なる自然の命令に従って生きようとする生きざまを表す。そして、「潦倒」こそ、自然の根源のあり方とその力を自己の内に見いだし、自己の生の意味を再生・展開する契機となっていたのである。

【注】

（1）この作品の制作年及び制作地については、説が分かれているが、次の二説に整理できる。
①この詩を「九日五首」の第五首とはせず、成都、或いは綿州・漢州・梓州あたりでの作とする。それは上元元年（七六〇）四十九歳から永泰元年（七六五）五十四歳の五月までの間に当たる。呉若本『杜工部詩集』以下、元の張性の『杜律演義』、『銭注杜詩』がこの説をとる。
②「九日五首」の第五首に「登高」を編し、「猿嘯哀」の句などから夔州、大暦二年（七六七）五十六歳の秋の作と推測する。清、朱鶴齢『杜工部詩集』以下、『讀杜心解』、『杜詩鏡銓』、『詳註』などの他、近年の注釈はほぼこの説に依る。現在、②の説が、代表的解釈とされているので、この説に従った。

（2）魏文帝「秋胡行」（『先秦漢魏晉南北朝詩』魏詩巻四）に「朝與佳人期、日夕殊不來。嘉肴不嘗、旨酒停杯。（以下略）」と見える。仇兆鰲は杜甫が肺病のために断酒したという朱鶴齢の説の傍証としてこの例をひくが、杯をまだ酌まず、とどめたまま佳人を待つ描写であって断酒の意ではない。

（3）蕭滌非著『杜甫詩選注』（一九八三年、上海古籍出版社）もほぼ同様の解釈であり、「潦倒―衰頽―失意」と解している。

（4）第一編「はじめに」注（4）参照。

（5）『漢書』薛廣徳傳（巻七十一）に「廣徳爲人溫雅有醞藉」（広徳人と為り温雅にして醞藉たる有り）とあり、顔師古の注に「服虔曰、寛博有余也」（服虔曰く、寛博にして余有るなり）とある。

（6）田中謙二「『従容』考」（『漢文教室』第八十一号、大修館書店、一九六七年五月）に擬態語について詳しく論じられている。

（7）周一良著『魏晉南北朝史札記』（中華書局、一九八五年）四十・四十一頁に「落度」について言及している。

（8）中国文化叢書『言語』（一九六七年、大修館書店）の平山久雄「中古漢語の音韻」に次のような記述がある。（一六三頁～一六六頁）

中古音の体系がとくに8世紀後半において大きな変化を示すのは、安史の乱による社会混乱の結果、伝統的規範の力がうすれたことと関係があるのではなかろうか。（中略）羅常培『唐五代西北方音』（中央研究院歴史言語研究所単刊甲種三十二、一九三三年上海、一九六三年東京大安影印）は、敦煌から発見された数種の蔵漢対音資料の研究である（その中『千字文』残巻は maspéro も "le dialecte de Tch'ang-ngan sous les T'ang" で利用している）。残巻の年代は8世紀から11世紀に及び、敦煌など西北地方の方言的読音を反映すると見られる。これらの資料には、（中略）入声韻尾 -t が弱まって -r で写される傾向、などがあらわれている。これらにも発音傾向としては、中央地方でも生じていたものがあるかも知れない。（中略）唐代以降の北方の音韻史は、重紐の消失のように南方方言でも起こった若干の変化をのぞき、これら官話方言的音韻特徴への傾斜が次第につよまって行く過程として捉えられる。北宋のはじめ、邵雍（一〇一一～一〇七七）の著『皇極經世書』の「正聲正音總圖」から知られる当時の汴洛地方の音韻体系では、（中略）入声韻尾のうち -t, -k は合流して -ʔ に弱まり、韻母の数も減少するなど、官話方言への過渡が一層著しくなってくる。

（9）黒川洋一「中国文学における悲哀の浄化について」『四天王寺女子大学紀要』第二号、一九七〇年三月

（10）森瀬壽三著『唐詩新攷』（関西大学出版部、一九九八年）第二章第四節「杜甫「登高」詩の問題点」において、「新停」の語に注目し、「一詩の「関鍵」と言ってよく、「近ごろ酒をやめた」という曖昧模糊とした解釈では納まり切らない〝気合〟を含

んだ言葉なのである。」との重要な指摘がなされている。

第二編　詩語の変革——文学表現における試行——

はじめに

中国の古典文学、特に詩においては、一見日常一般の言葉に、日常を超えた意味やイメージが付与されているものが多く見受けられる。それをここでは特に〈詩語〉と称することとしたい。詩語は、もとの日常語の意味から次第に変化を遂げ、あるいは豊かなイメージが形成されることもある。各時代の風俗・文化などの影響の下に変化を遂げるのである。しかし、それ以上に興味深いのは、従来の言葉が詩人によって独自の新たなイメージを帯びた言葉、詩語へと刷新されるという現象である。

六朝時代は、さまざまな詩人によって、豊饒な詩語が生み出された時期である。唐代において、多くの詩人がそれらを継承し、あるいは刷新することに心血を注いだ。盛唐の中でも詩語の刷新に心血を注いだ代表的な詩人は、他でもなく杜甫であったと思われる。

ここでは、「菊」と「風塵」の語を通して、詩語における杜甫の試行を考察する。

第一章第一節では、中国の古代から晉代までの、主に詩にあらわれる菊の用例を取り上げ、各詩人の抱いた菊のイメージを考察したい。六朝時代までの菊のイメージをまず検討することは、杜甫の菊のイメージを考える上でも重要であろう。詩の中で、菊がどのようなイメージで詠じられているか、そのイメージを浮き彫りにしたい。その際、時代を追ってイメージ誕生の場に立ち合い、その後の展開を見とどけること、一方、各時代における詩人に独自なイメージや、また共時的なイメージを明らかにすることが必要であると考える。

中国の詩に菊が描かれ始めるのはいつ頃だろうか。それは、文学の誕生と同時に描かれても不思議ではないのだが、中国最古の詩集『詩經』には、菊はまだ全く見えない。紀元前六世紀に編集された『詩經』は、三〇五篇という多数の歌謡をおさめ、また多くの植物が描かれているのであるが、そのどこにも菊の花は登場しないのである。北方の『詩經』におくれて紀元前四世紀末に現れ、古代南方文学を代表する『楚辭』にいたって、初めて菊があらわれる。

次に、『楚辭』から東晉の陶淵明（三六五？—四二七）に至るまでの文学、とりわけ詩に詠じられた菊を取りあげて考察する。すでに指摘されているように、菊と陶淵明の結びつきは強い。そして、そのイメージは後世の文学に非常に大きな影響を与えている。その陶淵明の詩に詠じられた菊の意味と、陶淵明の菊にまつわるエピソードについて考察したい。

第二節では、杜甫の詩にあらわれる菊の形象を考察し、その独自の特性と意味を明らかにしたい。

東晉の陶淵明の菊のイメージは、その後、多くの詩人に継承され、さらに新たなイメージが形成されていった。その後代の詩人たちの中で、単なる継承にとどまらず、大きく菊のイメージとそれにもとづく自己の文学的世界を展開させた詩人を二人挙げることができる。その一人は、梁に生まれ育ちながら、北周にとどめられた庾信（五一三～五八一）であり、さらに陶淵明と庾信の両者の菊のイメージを受けて、独自の発展をさせたのが他ならぬ杜甫である。この二人の詩人の菊花を描いた作品はことさらに多く、しかもその独創的なイメージには、注目すべきものがある。

第二節で考察するのは、陶淵明を受け継ぎ展開させたこの二人の菊のイメージである。庾信と杜甫。それぞれ生きた時代は異なるが、両詩人の間には，通奏低音が響いているように思われる。両者の菊のイメージの検討を通じて、この問題に光を当てることにもなろう。

第二章では、詩語「風塵」について、その変遷をたどり、杜甫の到達点を考察する。

この詩語はどのように、いつ頃から文学に登場したのだろうか。そもそも「風塵」とは何か。それは、まず「風と塵」の併称である。また、「風に吹かれて舞い上がった塵」と考えることができよう。もちろん、風に塵が舞うという現象は、日常的に目にするものであったはずである。しかし、この「風塵」の語が熟語と認識され、さらに成熟した詩語となるのは、三国魏の時代を待たねばならなかった。本節では、「風塵」が詩語となり、そこに多様な意味が付されてゆく過程を追求したいと考える。そして、「風塵」のイメージの変遷の中でもとりわけ注目されるのは、すでに六朝の詩人達が用いていたこの語を、杜甫が安史の乱における現実の危機の切迫した感覚を表現する語に高めていることである。そのようなプロセスについても考察したい。

本編では、以上のように、詩語「菊」と「風塵」の変遷を追い、その詩語の変革に杜甫が果たした役割を確認することとする。

第一章　「菊」のイメージ――六朝以前の「菊」と杜甫の「菊」――

第一節　六朝以前の「菊」のイメージ

一

本節では、中国の古代から晉代までの、主に詩にあらわれる菊の用例を取り上げ、各詩人の抱いた菊のイメージを考察する。

まず、中国文学史上、最初に菊を描く『楚辭』について見てみたい。『楚辭』は、戦国時代楚の地域（揚子江中流地帯）に発達した「辞」（かたりごと）の文学である。本来シャーマンの神とのやりとりに用いられる独自の朗唱から生まれたものらしく、シャーマニスティックな発想をのちのちまで残している。『楚辭』を文学として飛躍させたのは屈原（紀元前三四三？―紀元前二七七？）と考えられるが、『楚辭』におさめられた多くの作品のなかで、どれを屈原作と特定するかは異説が多い。

その『楚辭』の中に菊が描かれる。『楚辭』に現れる菊は次の三例である。(1)

①成 禮 兮 會 鼓　　礼を成し鼓を会《う》ち

傳芭兮代舞　　芭《はな》を伝へて代るがはる舞ふ
姱女倡兮容與　　姱《うつく》しき女は倡《とな》へて容与たり
春蘭兮秋鞠　　春は蘭　秋は鞠《きく》
長無絶兮終古　　長へに絶ゆること無くして終古たり

（九歌・禮魂）

②衆皆競進以貪婪兮　　衆皆競ひ進んで以て貪婪《どんらん》に
憑不厭乎求索　　憑《み》つれども求索するに厭かず
羌内恕己以量人兮　　羌《ああ》　内に己を恕《じょ》して以て人を量《はか》り
各興心而嫉妬　　各々心を興して嫉妬す
忽馳騖以追逐兮　　忽《たちま》ち馳騖《ちぶ》して以て追逐す
非余心之所急　　余が心の急とする所に非ず
老冉冉其將至兮　　老冉冉《ぜんぜん》として其れ将に至らんとす
恐脩名之不立　　脩名《しゅうめい》の立たざらんことを恐る
朝飲木蘭之墜露兮　　朝《あした》には木蘭の墜露《ついろ》を飲み
夕餐秋菊之落英　　夕《ゆうべ》には秋菊の落英を餐《くら》ふ
苟余情其信姱以練要　　苟《まこと》に余が情其れ信に姱《うつくし》くして以て練要ならば
長顑頷亦何傷　　長く顑頷《かんがん》するも亦何をか傷《いた》まん

（離騷）

③擣木蘭以矯蕙兮　木蘭を擣《つ》いて以て蕙《けい》を矯《まじ》へ
糳申椒以爲糧　申椒《しんしょう》を糳《しら》げて以て糧と為す
播江離與滋菊兮　江離を播《ま》きて菊を滋《う》ゑ
願春日以爲糗芳　願はくは春日以て糗芳《きゅうほう》と為さん
恐情質之不信兮　情質の信ぜられざるを恐る
故重著以自明　故に重ねて著して以て自ら明かにす
撟茲媚以私處兮　茲《こ》の媚《び》を撟《あ》げて以て私処し
願曾思兮遠身　願はくは思ひを曾《かさ》ねて身を遠ざけん
（九章・惜誦）

②・③は、多くの注釈家の説によれば、いずれも屈原の作とされている。また、①も屈原が宮中で演じられていた神舞歌劇の歌詞を旧曲により作詞したものという。つまり、いずれも屈原の手になるものと言ってよい。（ただし、屈原の実在を疑う説もあり、近代的な意味での特定の作家とはいいづらい。）

さて、①では、美しい女性（巫女であろう）が、春の祭には蘭を手に舞い、秋の祭には鞠（菊に同じ）を手にして舞い、春秋それぞれに神を祠ることを詠じている。後漢の王逸の注には「言《いうこころ》は春祠には蘭を以てし、秋祠には菊を以てし、芬芳を為し、長く相継承して古の道を絶ゆること無からしむるなり」(2)と述べている。春祭・秋祭は、古くは、それぞれ春の農作業の始まりと、秋の収穫祭として、年中行事の中でもひときわ重要な祭であった。その祭が永遠に、古来の伝統通りに行えるようにという祈り、つまり、永遠の繁栄、豊穣を祈るのに、蘭と菊という香草が必要だったわけである。では、何故、蘭・菊が必要であったのか。『楚辞』には、しばしば香草が描かれる。それは、香草には魂を純潔にし、邪気を払う力があると考えられていたからである。もちろんそう考えられた背景には、実際に薬草としての効果があることを知っていた古代人の知恵があっただろう。

例えば菊の場合、明の李時珍が著した『本草綱目』（十三・巻十五草部）に「諸風の頭眩、腫痛。目脱《ぬ》けんと欲し、涙の出づるもの。皮膚の死期、悪風、湿痹《しつひ》」に効能があり、また、「久しく服さば、血気を利し、身を軽くし、老に耐へて年を延《の》ぶ」とあるように、種々の薬効があり、延命効果さえあると信じられていた。実際のそのような薬効が、先に述べた魂の浄化という抽象的作用をもイメージさせる遠因となっていただろう。

②は、屈原が、楚国の奸佞《かんねい》の大臣による讒言によって放逐され、そのため、無為に老いゆくことを憂憤する場面である。「朝には木蓮からこぼれ落ちる清らかな露を飲み、夕には、秋の菊の落ちる花びらを食べる」というのは、五臣注に「其の香を取りて潔くするは、もって己の徳に合はすなり」と言うように、自分の純潔にふさわしいものを飲食して、世俗の飲食物（五穀）を避けることを言う。それは、すなわち、自己の高潔を貫こうという決意を象徴的に表現したものといえよう。

③の用法も②に類似しているが、木蘭・蕙・申椒・江離・菊という香草を食糧とすることがうたわれている。春まだき、草木が芽吹く前、食糧の乏しいその季節のためのほしいいにするというのである。ここでも、しかしそういう実際的効用と共に、芳香の植物を食することによって、己の高潔な志を貫く意志を象徴しているのである。

このように①〜③の例から分かることは、豊穣、あるいは、自己の清廉・純潔さが永遠であるように祈るとき、それを実現する呪術的な力を菊が秘めていると考えられていたということである。そして、ひいては、菊は永遠の繁栄、魂の純潔の象徴として捉えられたのであった。

菊は美的対象として、または観賞の対象として、中国文学に登場したのではない。菊は、見るものではなく、むしろ食するものであった。呪術的な力をわが身に付着させるための霊性を帯びた植物であった。

さて、私見では、『楚辭』の後、先秦時代の詩に菊の用例は見出せない。(3) 詩に、次に菊が現れるのは漢代である。しかも、『楚辭』の系譜に連なる辞賦文学であった。それは、漢の武帝（紀元前一四〇—紀元前八七在位）の「秋風辭」である。(4) 武帝は、前漢第七代の君主。前漢初期は『楚辭』の影響をうけた楚歌や辞賦形式の流行した時代である。

秋風起兮白雲飛　　秋風起こりて白雲飛ぶ
草木黄落兮鴈南歸　　草木黄落して雁《かり》南に帰る
蘭有秀兮菊有芳　　蘭に秀あり菊に芳あり
懷佳人兮不能忘　　佳人を懐《おも》ひて忘る能はず
（『文選』第四十五巻）(5)

さっと吹き渡って来た秋風に、白い雲が飛ぶ。草木は黄葉し落葉して、雁は南を指して帰ってゆく。美しい人はどうしているかしらと忘れられない。蘭に美しい花が咲くような、菊の花にかぐわしい香があるような、そのように麗しいあの人は。

『禮記《らいき》』の月令《がつりよう》篇の季秋（九月）の項に「是の月や、草木黄ばみ落つ」、「鴻雁来賓す」、「鞠《きく》に黄華あり」とあるのを意識しているであろう。

秋の到来が蘭や菊のイメージを喚起し、蘭の美しい花、菊の芳しい香が、美しい人の比喩となっている。「佳人」については、宮中に残して来た宮女とする説、武帝が今宴遊している、まさにその川の女神であるとする説があるが、恐らくは，川の女神のイメージに，実際の宮女のイメージが重ねられているであろう。前述の『楚辭』では、実際的、あるいは呪術的な効用に、象徴的な意味が重ねられていた。

ここでの菊は、川の女神を祠るという呪術的性格をわずかに残しているものの、まず、眼前の秋の景物としてのイメージに加えて、美しい女性の比喩という新しいイメージが重なり、むしろそれが前面にあらわれてきているのである。

漢代の詩にはさらに一例、菊が見える。武帝の子、昭帝（紀元前八六—紀元前七四在位）の「黄鵠歌《こうこく》」がそれである。黄鵠は、大鳥の名で、黄色みを帯びた白鳥のこと。黄鵠が飛来することは瑞祥と考えられたらしく、この作品もそのめでたさと己の不徳への謙遜をうたう。

黄鵠飛兮下建章　　黄鵠飛びて建章に下る
羽肅肅兮行蹌蹌　　羽は粛粛《しゅくしゅく》　行は蹌蹌《そうそう》
金爲衣兮菊爲裳　　金もて衣と為し　菊もて裳《もすそ》と為す
唼喋荷荇　　　　　荷荇に唼喋《そうちょう》し
出入蒹葭　　　　　蒹葭《けんか》に出入す
自顧菲薄　　　　　自ら菲薄《ひはく》を顧み
愧爾嘉祥　　　　　爾《なんじ》の嘉祥に愧《は》ず

（『先秦漢魏晉南北朝詩』漢詩巻二）

この菊は、建章宮に下り立った黄鵠の衣裳である。つまり、美しい羽根の形容に金と菊が対に用いられている。菊も金色を表すから、鳥の羽根は燦然と黄金色に輝いていたはずである。

当時の菊は、今日のような栽培種の菊ではない。時代が下ると、白菊、紫菊なども現れるが、この頃はまだ野性種の黄色い花だっただろう。黄菊、しかも小輪のそれ。種々の華麗な色の花を一年中目にできる現代の我々には、いかにもそれは地味な花である。しかし、古代の人々は、ほとんどの草木が枯れ凋む秋に咲くこの菊に、燦然と黄金色に輝くイメージを抱いたらしい。彼らは研ぎ澄まされた感性をもっていたのである。この黄金色に輝くイメージは、晉代以後、盛んに詩にうたわれる。「金花」「金英」などの語が好んで用いられるようになるのも、その流れの一つの表れである。

二

三国時代の詩には、菊の用例は見出せない。(6) ただ、魏の曹植（一九二―二三二）の「洛神賦」に一例見える。主人公が洛水を渡ろうとした時、立ち現れた神女の美しさを形容して、「栄え曜《かがや》く秋菊、華《さか》え茂る春松」とうたう。栄え耀く秋菊や、鮮やかに青々と生い茂った春松のような艶やかな美しさ。ここの菊は、前の漢の武帝の美しい女性のイメージを受け継ぐものと言えよう。しかし、もうここには神女を祠る呪術的な意味合いは微塵も感じられず、いわば唯美的表現となっている。

三国時代は、菊について考える上では、非常に重要な時期である。菊が重陽の節句と結びつけられるようになってきたからである。先述の『禮記』月令篇には、季秋の月（九月）の項に「菊に黄華あり」とあった。九月になると菊が黄色い花を開くというのだ。『禮記』は漢の戴聖《たいせい》の編になるが、その月令篇は、周末以降の古い年中行事を記録したものとされる。一方、後漢の崔寔《さいしょく》の『四民月令』には「九月九日、菊華を采《と》るべし」とある。このように、秋、中でも九月九日の花のイメージは、漢代既にあっただろう。

他方では、少なくとも後漢末には、九月九日は節令（節句）として成立していた。そのことを示す最も早い例は、曹《そう》丕《ひ》（一八六―二二六）の「九日與鍾繇書」（九日　鍾繇に与ふる書）（『全上古三代秦漢三國六朝文』全三國文巻七）である。曹丕は、魏の曹操（武帝）の長子で、父のあとを継いで魏王となると、後漢の獻帝を廃して、国号を魏とした文帝（二二〇―二二六在位）のことである。鍾繇《しようよう》は、文帝の太傅となった人物で、秀れた書家でもあった。

歳往き月来たり、忽ち復た九月九日なり。九は陽数為り。而して日月並びに応ず。俗、其の名を嘉《よみ》して、以て長久に宜しと為す。故に以て享宴高會す。是の月律は無射《ぶえき》に中《あた》る。言《ここ》に羣木庶草、地を射でて生ずる有る無し。芳菊に至り、紛然として独り栄《はな》さく。夫《そ》れ乾坤の純和を含み、芬芳《ふんぽう》の淑気を体するに非ずんば、孰《たれ》か能く此《か》くの如くならん。故に屈平冉冉として将に老いゆかんとするを悲しみ、秋菊の樂英を餐《くら》ひ、輔体延年を思ふ。斯《か》くのごとき貴きもの莫《な》し。謹しんで一束を奉り、以て彭祖《ほうそ》の術を助けん。

ここから、次のような事が分かる。第一に、九月九日が一つの節令となっていたこと。第二に、「九」は陽数（奇数）であることから尊ばれ、更に、この日は、日と月に「九」が並ぶので、世俗では九月九日という名を喜ぶということ。第三には九と久との音が通じることから、人や物事の長久であることを祈るのに良い嘉日とされ、その日に酒宴を開くのが慣習となっていたことである。(7)

後半には、菊について述べられている。芳しい菊は、他の植物が枯れる九月九日に、さかんに花咲く。それは菊だけが、純粋な淑気を体しているからだという。更に言葉を続けて、「屈原が秋菊の花びらを食べようとしたのも、老いゆくのを悲しんで、長生きせんがためなのだ」と主張し、だから、「延命を願ってあなたに菊を一束差しあげよう」と結ぶ。

このように、ここで初めて、九月九日が嘉節として成立すると共に、菊花と結びつけられている。そして、他の草木が凋落する時に花咲くことから、大いなるやわらぎを含むと考えられ、延命をもたらすものと連想されているのだ。

中村喬の『中国の年中行事』によると、「呉晉時代にはその陽爻《ようこう》の最上の爻《こう》の名をとって、九月九日を「上九」と称していた（『風土記』）。また九の陽数が重なることから、東晉の頃には「重九《ちょうきゅう》」と称し（陶潛「九日閒居」詩）、さらに梁の頃には「重陽」と称するに至った（庾肩吾「侍宴九日」詩）。」のである。繰り返しになるが、九月九日の節日と菊との結びつきは、後漢末に始まり、三国期に定着していったと考えられる。

三

晉代に入ると、菊の用例は堰を切ったように多く現れる。とりわけ陶淵明は好んで菊を詩に詠じた。陶淵明は隠逸詩人、あるいは田園詩人と呼ばれる。一時、軍閥の幕僚となったり、出仕したこともあったが、自然を愛して故郷の田園に帰った。その詩は身近な生活を描いたものが多く、平明な表現の中に、哲学的な思想が盛り込まれている。

陶淵明の約六百年後、宋の周惇頤《しゅうとんい》（一〇一七―一〇七三）はその「愛蓮説」（『古文眞寶後集』巻二）の中で、「水陸艸本の花、愛すべき者甚だ蕃《おお》し。晉の陶淵明は独り菊を愛す。李唐自り来《このかた》、世人甚だ牡丹を愛す」「予謂《おも》へらく、菊は花の隠逸なる者なり。牡丹は花の富貴なる者なり。蓮は花の君子なる者なりと。噫《ああ》、菊を之愛するは、陶の後に聞くこと有ること鮮《すくな》し」と述べている。陶淵明が菊を愛したことは、このように有名であった。また、唐代は富貴をイメージさせる牡丹の方に、菊より人気が集まったことも分かる。周惇頤は、菊のイメージを、「菊の花は世俗から隠れ住む隠逸者に似ている」と表現しているが、陶淵明自身はどのようにイメージしていたのだろうか。

陶淵明の「九日閒居《かんきょ》」詩の序には「余閒居して、重九の名を愛す。秋菊園に盈《み》ち、醪《にごりざけ》を持するに由《よ》し靡《な》し。空しく九華を服し、懐ひを言に寄《ここ》す。」と述べる。「九華」は、九月九日の華、すなわち菊である。私は閒居（閑居）して重九（九月九日）という名を愛しく思う。秋の菊が園一杯に咲いているが、肝心の菊を浮かべるべきにごり酒が手に入らない。しかたなしに、むなしく菊を食しながら、懐うところを言葉に寄せる。

酒がないので、しかたなく菊だけを食したというのは、菊花を酒に浮かべる「菊花酒」を飲もうとしたのであろう。後述するように、「飲酒（其七）」にもこの風習が詠じられている。これらは、九月九日の重九の節句に、「菊花酒」を飲む風習が、この頃すでに盛んに行われていたことを告げる。

憂いの多い人生において九日は長久を祈るべき吉日であるのに、憂いを取り去ってくれるという酒なく、むざむざ咲き乱れる菊をながめるだけでよいものかとうたう。「酒はもろもろの慮を取り去り、菊は年老いてゆくのを押しとどめる（酒能祛百慮、菊解制頽齢）」、「今はほこりまみれのさかづきが空の酒樽に向き合っているのを恥じるばかりなのに、寒さをものともせず菊だけは自然と咲き乱れている（塵爵恥虚罍、寒華徒自榮）」。老いを制し、季節に応じて寒中に咲く、生命力の強い花というイメージが、この菊には読み取れる。

この詩にまつわる次のような物語が、南朝宋、檀道鸞《だんどうらん》の『續晉陽秋』陶潛にある。

陶淵明嘗九月九日無酒、出宅邊菊叢中摘菊盈把。坐其側久、望見白衣人至。乃王弘送酒也。卽便就酌醉而後歸。

陶潜は九月九日酒がなかった。しかたなく、家の庭のはずれに咲き乱れている菊むらの中で菊花を摘み、手のひらが一杯になった。そのそばに坐ってしばらくすると、白衣の使者がこちらへやって来るのがはるかに見えた。それは、（江州刺史の）王弘が酒を送ってくれたのだった。すぐさま彼は酒を酌んで、それに酔うと帰った。

これは、たしかに酒と菊を愛した陶淵明を髣髴させるエピソードである。と同時に、菊の花に孤独のなかでしずかに向きあう淵明のすがたが見える。菊の花との向きあいかたが、内省的なのである。

さて、淵明の詩に見える菊の用例は、六例である。(8) その中で「飲酒　二十首其五」は、最も有名で、後世の詩への影響も多大なものがある。

結廬在人境　廬《いおり》を結んで人境に在り
而無車馬喧　而も車馬の喧《かまびす》しき無し
問君何能爾　君に問ふ何ぞ能く爾《しか》るやと
心遠地自偏　心遠ければ地自ら偏なり
採菊東籬下　菊を採《と》る東籬の下
悠然見南山　悠然として南山を見る
山氣日夕佳　山気　日夕に佳《よ》く
飛鳥相與還　飛鳥　相与《とも》に還る
此中有眞意　此の中に真意有り
欲辨已忘言　弁ぜんと欲して已《すで》に言を忘る

（『陶淵明集校箋』巻之三）

東の籬（まがき）のあたりで菊の花を摘む。ふと目をあげると、ゆったりとした南山が目に入った。「悠然」は、南山のゆったりとした姿であるとともに、ゆったりと南山をながめる淵明の心のあり方でもある。

義熙元年（四〇五）四十一歳の時、淵明は、八月に彭沢の県令となったが、十一月には「歸去來兮辭」を書いて田園に帰った。わずかな俸祿のために上官に腰を折るのが我慢ならなかったのである。あれからもう十二年の歳月が流れていた。自ら耕作する日々を暮す淵明が、自分の菜園の東のまがきに咲く菊花を恐らくは酒に浮かべるために摘むのであろう。

ここでの菊は、古代の霊的性格、漢代の唯美的性格などを内包しながらも、そこから脱皮している。「悠然」として南山をみる心の充足は、前の句の「菊を采る」という行為によって準備されている。「菊を采る」ことが、陶淵明の心をみたし、深いやすらぎをもたらしたからこそ、「悠然」とした視線で山をみることができたのだろう。「此の中に真意有り」という奥ゆきのある表現も、菊による心の充実から生まれたと言える。ここでも菊の花には、静かな内面性がただよっているのである。

同じく「飲酒　二十首其七」（『陶淵明集校箋』巻之三）に言う。

秋菊有佳色　秋菊に佳色有り
裛露掇其英　露に裛《ぬ》れたる其の英《はな》を掇《と》る
汎此忘憂物　此の忘憂の物に汎《うか》べて
遠我遺世情　我が世を遺《わす》るるの情を遠くす

秋の菊が美しい色に咲いた。露にしっとりとぬれたその花びらを摘んで、この「憂いを忘れさせてくれる物」（酒）に浮かべて飲むと、私の世間から遠ざかった気持は、さらに深まる。先述のように、これは、九月九日の菊花酒を詠じたものであろう。

『陶淵明集校箋』（龔斌校箋）に引く李公煥の注に「定齋曰く、『南北朝自り以来、菊詩多し。未だ能く淵明の妙に及ぶもの有らず。「秋菊有佳色」の如きは、他の花、此の一の「佳」字に当るに足らず。然《しか》く通篇寓意の高遠なるは、皆菊に由《よ》りて発するのみ』と」とある。南北朝以来、菊の詩が多いというのは、晋以来と考えてよいだろう。その多くの詠じられた菊の中で、「佳」という一文字で菊の特性を言い当てたこの表現に匹敵するものはないという。さらに、重要なのは、この詩通篇に託した作者の思いの高遠さは、菊に触発されたからこそ生じたものだという指摘である。触発されたのは、勿論、菊にそなわる内面的な高貴さである。また、『靖節先生集』（陶澍注、戚煥塤校）艮齋の注には「「秋菊有佳色」、一語もて古今の塵俗の気を洗ひ尽す」とある。これらは、いずれも菊の花の美しいだけにとどまらぬ高潔さ、高貴さを指摘している。すなわち、淵明の世俗から遠ざかった心を一層精神の深みへと降り立たせ、あるいは自由にさせるのは、酒の力ばかりではなく、菊の精神性さえ感じさせる高貴さであった。前掲の其五は、「此の中に真意有り、弁ぜんと欲して已に言を忘る」と結ばれているが、そのような心境にさせたものは何かと考える時、やはり菊という精神的な存在を抜きにしては考えられない。精神的な美しさが菊に属性として備っている。換言すれば、自己の俗塵にまみれぬ高潔さ、本性に違わない生き方を菊は象徴している、と言うことができよう。

菊を松と対にした用例も二例見える。

芳菊開林耀　　芳菊　林に開きて耀《かがや》き
青松冠巖列　　青松　巖《いわお》に冠して列《つら》なる

（『陶淵明集校箋』巻之二「和郭主薄二首其二」）

歸去來兮　　帰りなんいざ
田園將蕪胡不歸　　田園将に蕪《あ》れなんとするに胡《なん》ぞ帰らざる
（中略）
三逕就荒　　三逕　荒に就き
松菊猶存　　松菊　猶ほ存す

（『陶淵明集校箋』巻之五「歸去來兮辭」）

松は、樹齢が長いことや、他の多くの植物が枯れ凋む冬にも葉の色を変えないことから、節操や長寿の象徴とされる。後者の「三逕」というのは、漢の蔣詡《しょうく》が庭の中に三本の小路を作った故事をふまえる。隠者の庭の小路をいう。私が出仕して不在の間に、庭は荒れはじめているが、それでもまだ松や菊は健在である。

この二例の場合、菊も松と同様に節操、あるいは、変わらぬ人間性の美点の象徴である。淵明以前にも、菊と松を対にして詠じることがなかったわけではないが、管見では、菊と松との両者に共通するものとして精神的な高潔さを見い出して、対に詠じることはほとんどなかった。

以上、検討したように、陶淵明の菊は、単に眼前の景物であるにとどまらず、世俗の塵にまみれぬ、つまり血生臭い政争から脱した本性に違わない生き方、あるいはそこで発現する人間性の純粋さの象徴である。そして、何よりも重要であるのは、陶淵明が、菊の花に、純潔へと向かう求心性を発見したことである。彼によって、そのイメージは内面的な高貴さに昇華されたと言えるであろう。

四

晉王朝は北方の異民族に攻められて敗れ（三〇六年）、江南に逃れた。江南へ移る以前を西晉、移動以後を東晉という。陶淵明が生きた時代は、東晉から宋にかけてである。南北の攻防戦が依然繰り返され、しかも晉朝内部の政争や内乱が絶えず、四二〇年には、軍人劉裕のクーデターによって、東晉の政権は簒奪され、淵明がその人生を過した東晉が宋に取って代わられるなど、血生臭い時代であった。しかし、そのような政争をよそに、西晉の文化は東晉に受け継がれ、晉朝を通じて、華麗な貴族文化がくりひろげられた。文学においても、修辞の綺麗さを競う文学が開花する。

第二段落の最後でも指摘したように、晋代の菊のイメージとして、圧倒的多数を占めるのは、何といっても、黄金に燦然と輝くイメージである。そして、そのイメージに、馥郁たる芳香や長寿などのイメージが加わり、かなりパターン化して詠じられた状況がうかがわれる。ここでは、西晋の朝廷のサロンで活躍した潘岳の「秋菊賦」（『全上古三代秦漢三國六朝文』全晉文巻九十一）をあげて、それらの代表とする。

垂采煒於芙蓉
流芳越乎蘭林
游女望榮而巧笑
鵷鶵遙集而弄音
若乃眞人采其實
王母接其葩
汎流英于清醴
似浮萍之隨波
或充虛而養氣
或增妖而揚娥
既延期以永壽
又蠲疾而弭痾

采《いろ》を垂るれば　芙蓉よりも煒《かがや》き
流芳　蘭林を越ゆ
游女は栄《はな》を望みて巧笑し
鵷鶵《えんすう》　遙かに集ひて音を弄《もてあそ》ぶ
若乃《もし》真人　其の実を采《と》り
王母　其の葩《はな》に接し
英《はな》を清醴なるに汎流し
浮萍の波に随ふに似たらしめば
或ひは虚に充《み》ちて気を養ひ
或ひは妖を増して娥を揚ぐ
既に期を延べて以て永寿たらん
又　疾を蠲《のぞ》きて痾《やまい》を弭《や》む

ここには、美しい遊女や、瑞鳥の鵷鶵（鳳凰の一種）、神仙界の真人や、不老長寿の薬を持つ西王母が現れる。菊の輝くイメージから絢爛たる世界がくりひろげられている。晋代の文学に見える菊は、ほとんどが、このようにあくまでも、華麗なイメージである。これは、求心的に精神的な美しさを発見した陶淵明の菊とは本質的に異なっている。淵明の文学自体、当時の文学の主要な潮流からははずれた、むしろ突出したものであった。当然、当時はあまり評価されなかった。その文学に本格的に光が当てられるのは、唐代も半ば、盛唐になってからである。唐代の詩人達はその詩の中に数多くの菊を詠じているが、その菊のイメージの中で、陶淵明と何らかの結びつきのあるものが、大きな比重を占めている。陶淵明が創造した菊のイメージは、唐詩を先取りしていたとも言えるのだが、唐代文学における菊のイメージについては、次節で考察したい。

【注】

（1）竹治貞夫編輯『楚辭索引・楚辭補注』（中文出版社、一九七九年一月）による。詩の解釈は藤野岩友著『楚辞』（漢詩体系3、集英社、一九六七年）を参考にした。
（2）宋、洪興祖撰『楚辭補註』巻二
（3）逯欽立輯校『先秦漢魏晉南北朝詩（上）』（中華書局、一九八三年九月）による。
（4）松浦崇編『全漢詩索引』（櫂歌書房、一九八四年）による。
（5）『文選』（第四十五巻）では、「懐佳人兮不能忘」を「攜佳人兮不能忘」（佳人を携へて忘るる能はず）に作っている。
（6）松浦崇編『全三國詩索引』（櫂歌書房、一九八五年）による。
（7）中村喬著『中国の年中行事』（平凡社、一九八八年一月）の「九月重陽節句」参照。
（8）堀江忠道編『陶淵明詩文綜合索引』（彙文堂書店、一九七六年）、及び松浦崇編『全晉詩索引』（櫂歌書房、一九八七年）による。

第二節　杜甫における「菊」のイメージ

一

本節は、杜甫の詩にあらわれる菊の形象を考察し、その独自の性格と意味を明らかにしようとするものである。前段で考察したように、陶淵明の菊のイメージは従来にはない内省的なものであった。陶淵明以後の詩人達、その中でも特に杜甫に大きな影響を与えたのは後に述べるように梁の庾信であると考えられる。この節では庾信が陶淵明の菊のイメージをどのように転換し、新たなイメージを生み出したのかを考察し、その上で、その二人の菊のイメージを受け継いだ杜甫がどのように受容し展開させたか考察したい。

二

杜甫が「菊」を詠じた詩は三十二首（三十三例）にのぼる。[1] そこに詠じられた菊の意味は、時期によって変化していると考えられる。そこで、本節ではまず杜甫の人生を追って菊のイメージを考察する。

最初に杜甫の詩に菊が見えるのは、天寶十二載（七五三）杜甫四十二歳の作「九日曲江」（『詳註』巻之二）においてである。

綴席茱萸好　席を綴《つら》ねて茱萸《しゅゆ》好く
浮舟菡萏衰　舟を浮べて菡萏《かんたん》衰ふ
百年秋已半　百年　秋已《すで》に半ば
九日意兼悲　九日　意兼ねて悲し
江水清源曲　江水　清源の曲
荊門此路疑　荊門　此の路かと疑ふ
晩來高興盡　晩来　高興尽き
搖蕩菊花期　揺蕩す　菊花の期

首聯の「茱萸」は、カワハジカミ。九月九日の重陽の節句に親しい者たちが連れだって高所にのぼり、菊花をうかべた酒を飲めば邪気を払うとされる。九日に登高する風習は陶淵明の時代にはまだなかったと考えられる。だが、杜甫の時代にはすでに定着していた。その風習の成立を告げるのは、梁の呉均撰の『續齊諧記』である。(2)

汝南の桓景は、仙人の費長房に従って長年遊学していた。ある時長房が桓景に言った。「九月九日、あなたの家にきっと災難がふりかかるだろう。急いで行きなさい。そして家人にそれぞれ絳嚢《こうのう》を作らせて茱萸を入れ、それを臂《うで》に繫《か》けて、高みに登って菊花酒を飲めば、この災厄を取り除ける」と。桓景がその言葉の通り家族とともに山に登り、夕方家に戻ってみると、鶏犬牛羊が一時に急死していた。長房はその話を聞くと、それは身代わりになったのだろうと言った。今の世の人が九日に登高して飲酒し、婦人が茱萸嚢を携帯する風習はここより始まったのである。

この話は、もとより伝説である。だが、重陽の節句の風習の大きな変化を確かに告げている。そして、この九日登

高の時に欠かすことのできない景物が、この詩にみえる茱萸と菊花酒である。(3)

「九日曲江」詩の場合、登高の風習そのものではないが、当時、首都長安南東の遊楽の地であった曲江で、宴を催しているることが詠じられているのである。首聯では、赤い美しい実を結んだ茱萸と、枯れしぼんだ蓮とが対比され、秋という時間のはらんでいる盛んな美しさと衰退の美を表している。

尾聯は、夕闇が迫り、酒宴もたけなわを過ぎて菊花のほのかに香る時、作者の心をある悲哀の情緒が揺り動かすことをいう。『杜詩鏡銓』(4)には、

語淡而悲、律中陶句。（語淡くして悲し。律中陶句あり。）

と評しているが、淵明の菊のイメージを確かにふまえながら、悲哀の情に傾いている点は異なっているのである。「搖蕩」の語は、秋の衰退をはらみながら、自己の衰齢を実感した悲哀を表現している。だが、そこに秋の景物の美しさに揺りうごかされ、心をたかぶらせている、杜甫の奥ゆきのある内面世界がみえよう。

次に「菊」がえがかれるのは、天寶十三載（七五四）の秋である。しかも、この年には三首の作が集中してあらわれる。『舊唐書』(5)巻九によると、同年の秋、長雨が六十日間降り続いた。(6)首都長安では土壁や家屋が崩れ落ち、物価は急騰して、大勢の人々が飢餓にあえいだ。そこで太倉の米一百万石を放出させ、十の市場を開いて米穀を安く売ることで貧民を救わせた。東都洛陽でも瀍河・洛水が溢れて、十九の坊が水中に没したという。

①出門復入門　門を出て復た門に入る
　雨脚但如舊　雨脚　但だ旧の如し
　所向泥活活　向かふ所　泥活活たり
　思君令人瘦　君を思へば人をして瘦せ令む

（中略）

維南有崇山　維《こ》れ南に崇山有り
恐與川浸溜　恐らく　川浸と溜《なが》れん
是節東籬菊　是の節　東籬の菊
紛披爲誰秀　紛披　誰が為に秀づ
岑生多新詩　岑生《しんせい》　新詩多し
性亦嗜醇酎　性　亦た醇酎《じゅんちゅう》を嗜《たしな》む
采采黄金花　黄金の花を采《つ》み采むも
何由滿衣袖　何に由《よ》りて　衣袖に満たん

（『詳註』巻之三、「九日寄岑參」）

②庭前甘菊移時晩　庭前の甘菊　移す時晩《おそ》く
青蕊重陽不堪摘　青蕊　重陽　摘《つ》むに堪へず
明日蕭條醉盡醒　明日　蕭條　酔尽く醒め
殘花爛熳開何益　残花　爛熳　開くも何の益かあらん
籬邊野外多衆芳　籬辺野外　衆芳多し
采擷細瑣升中堂　細瑣《さいさ》なるを采擷《さいけつ》して中堂に升《のぼ》す
念茲空長大枝葉　念《おも》ふ　茲《こ》れ　空しく枝葉長大し
結根失所纏風霜　根を結ぶも所を失ひ　風霜に纏《まつ》はらる

（『詳註』巻之三、「嘆庭前甘菊花」）

③今秋乃淫雨　今秋　乃ち淫雨
仲月來寒風　仲月　寒風来る
羣木水光下　群木　水光の下
萬家雲氣中　万家　雲気の中
所思礙行潦　思ふ所　行潦《こうろう》に礙《さまた》げられ
九里信不通　九里　信通ぜず
（中略）
一飯四五起　一飯に四五たび起ち
憑軒心力窮　軒に憑《よ》りて心力窮まる
嘉蔬沒溷濁　嘉蔬　溷濁《こんだく》に没し
時菊碎榛叢　時菊　榛叢に砕《くだ》かる
鷹隼亦屈猛　鷹隼《ようじゅん》も亦た猛を屈す
烏鳶何所蒙　烏鳶《うえん》　何の蒙《こう》むる所ぞ
（二十一句～二十四句略）

（『詳註』巻之三、「苦雨奉寄隴西公兼呈王徴士」）

①の詩は、詩題、及び詩中に「是節東籬菊」とあることからも、九月九日、重陽の作と分かる。また②の詩においては、「靑蕊重陽不堪摘。明日蕭條醉盡醒、殘花爛熳開何益」から、やはり同じく重陽の作である。③の詩は「今秋之

淫雨、仲月來寒風」とあるので、八月の作。①②の詩に先だった詩である。

九月九日は、九つまり陽数（奇数）が月と日と二つ重なるため「重陽」と呼ばれ、嘉日とされた。また九と久の音が同じであるため、めでたいとされたともいう。にもかかわらず、同年の重陽のころは、長雨という異常気象であった。①②詩ともに、長雨という自然の摂理の不順、その結果もたらされた苦難と、憂苦を詠じている。その憂苦の深さのために、詩には不気味さすら漂う。

①の詩で、「是節東籬菊、紛披爲誰秀」の句が、陶淵明の「採菊東籬下、悠然見南山」（「飲酒　二十首其五」）を踏まえることは明らかである。陶淵明の詩は次句に「山氣日夕佳、飛鳥相與還」と描くように、調和の美しさに輝く自然の姿と、そこに菊を摘む詩人の満たされた思いを詠じている。だが杜甫は、陶淵明の調和の世界を踏まえるにもかかわらず、その調和の世界がまるで幻想であったかのように、不気味な崩壊と煩悶をえがくのである。重陽の節句の今日、あなたの家の東のまがきに、菊は見る人もなく乱れ咲いていることであろう――あたり一面が水びたしになり、泥にぬかるんでいる中で――。この菊のイメージは、円満で高貴な陶淵明の菊のイメージと同様であるとは言えない。屈折と憂苦に満ちている。高貴な本性を持ちながら、長雨のために重陽の日に摘まれることもなく、無用のものとして巧ち果てるほかないのである。ここには、陶淵明の詩にはみられない挫折の苦さと煩悶が色濃くにじんできている。

②の詩では、仇兆鰲が

此詩借庭菊以寄慨、甘菊喩君子、衆芳喩小人、傷君子晩猶不遇、而小人雜進在位也。（『詳註』巻之三）

と注するように、朝廷に用いられず不遇をかこつ人（自らをも含んで）を甘菊に喩える。この甘菊は植えかえる時機に遅れたために、肝心の重陽にまだ青いつぼみ（「青蕊」）だけで花開いていないのである。それに対して、多くの他の花々がまがきの付近や、野外に咲きほこり、その中のつまらぬ花（「細瑣」）が摘み取られて、重陽の晴の座敷に酒に浮べるためにすすめられている。「人事の比喩としては、政府に登用されるのは、小才子」[7]である。

③においては「嘉蔬沒溷濁、時菊碎榛叢」の対句に注目する必要があろう。「嘉蔬」は、野の食用となる青もの（稲とする説もある）。それが長雨によるにごり水に没している。「時菊」の先行用例としては、いずれも『文選』に収められている次の三例がある。

常恐鷹隼擊　常に恐る鷹隼の擊ちて
時菊委嚴霜　時菊　厳霜に委《しぼ》まんことを
（斉、謝朓「暫使下都夜發新林至京邑贈西府同僚」『文選』巻二十六）

鳴蟬厲寒音　鳴蟬　寒音を厲《はげ》まし
時菊耀秋華　時菊　秋華を耀《かがや》かす
（晉、潘岳「河陽縣作二首其二」『文選』巻二十六）

時菊耀巖阿　時菊　巖阿《がんあ》に耀き
雲霞冠秋嶺　雲霞　秋嶺を冠《おお》ふ
（梁、江淹「雜體詩三十首、謝僕射」『文選』巻三十一）

「時菊」とは、秋という時節をのがさずに咲く菊の意。本来、気候不順でなければ潘岳や江淹の詩句に見えるように、花は輝きを放っているはずである。ところが、今は乱れ茂る雑草の中にくずれ落ちている。

「嘉蔬」・「時菊」は、いずれもそれ自体は本来よき青ものであり、美しく咲きほこる菊であるのに、ここでは傷ついたものとして描かれている。この菊のイメージも、本来の美しさを前提としてはいるが、詩句の中では、その損失・喪失という形であらわれる。転倒したイメージの中に捉えられているのである。このようなイメージは、陶淵明の菊の世界には見えない異質なものであるといえよう。
以上のように、杜甫の比較的初期の作品に表われる菊は、陶淵明の詩のもつ調和と精神の高さを引き継いでいるが、そのような存在の苦難と煩悶の様相をきわだった形でみつめるものであった。そのような意味で、初期においてすでに杜甫以前の詩人が形成してきた菊のイメージを新たに展開しているといえよう(8)。

三

次に天寶十四載（七五五）杜甫四十四歳から、乾元二年（七五九）杜甫四十八歳までの作品に表れる菊を見ることとする。天寶十四載十一月に勃発した安祿山の乱によって、四十数年に及ぶ玄宗の治政は幕を閉じ、唐王朝は存亡の危機を迎えた。騒乱の中で、杜甫も一人例外ではなかった。

坐開桑落酒　坐には開く　桑落の酒
來把菊花枝　来りて把る　菊花の枝

（『詳註』巻之四、「九日楊奉先會白水崔明府」）

天寶十四載の作。この二句は、陶淵明の九日の故事(9)をふまえている。だがそれだけでなく、「桑落酒」という言い方からみるならば、北周の庾信の次の詩を踏まえて展開していると考えるべきだろう。

忽聞桑葉落　忽ち聞く　桑葉落つと
正値菊花開　正に値《あ》ふ　菊花の開くに

（『庾子山集注』巻四、「蒙賜酒」）

蒲　城　桑　葉　落　　蒲城　桑葉落ち
灞　岸　菊　花　秋　　灞岸《はがん》　菊花の秋

（『庾子山集注』巻四、「就蒲州使君乞酒」）

淵明の故事は、菊と酒をこよなく愛した高潔な生を伝えるものだが、ここでもそのイメージをふまえている。庾信の方は、この場合「桑（葉）落」「菊花」ともに酒のことをいう。桑葉の落ちる頃、菊花の咲く頃に醸造するもの。酒名であるが、情景を兼ねた酒落た表現となっている。ここでも杜甫は陶淵明の菊の高貴なイメージをふまえつつ、庾信の表現を取り入れている。

そのような視点からこの時期の作品をみると、しばしばその菊のイメージは、陶淵明の高貴さにとどまらず庾信の陰翳をおびてもいる。

菊　垂　今　秋　花　　菊は垂る　今秋の花
石　帯　古　車　轍　　石は帯ぶ　古き車轍

（『詳註』巻之五、「北征」）至徳二載の作。

雨　荒　深　院　菊　　雨には荒る　深院の菊
霜　倒　半　池　蓮　　霜には倒る　半池の蓮(10)

（『詳註』巻之七、「宿賛公房」）乾元二年秦州の作。

愁　眼　看　霜　露　　愁眼　霜露を看
寒　城　菊　自　花　　寒城　菊自ら花さく

（『詳註』巻之七、「遣懐」）乾元二年秦州の作。

味豈同金菊　味は豈に金菊に同じからむや
香宜配綠葵　香は宜しく緑葵に配すべし

（『詳註』巻之八、「佐還山後寄三首其二」）乾元二年の作。

もとより陶淵明の高貴さは、しばしばみられる。「赤谷西崦人家」などはその例である。

鳥雀依茅茨　鳥雀　茅茨に依《よ》り
藩籬帶松菊　藩籬　松菊を帯ぶ
如行武陵暮　武陵の暮れを行くが如く
欲問桃源宿　問はんと欲す　桃源の宿

（『詳註』巻之七、「赤谷西崦人家」）乾元二年秦州の作。

「帶松菊」という表現は『詳註』の注するように、「歸去來兮辭」の「松菊猶存」をふまえている。この時期の菊のイメージは、多様で必ずしも一つのイメージに括ることはできない。だが、次にあげる「初月」の例などは、庾信の用語に微妙に重なる。

庭前有白露　庭前　白露有り
暗滿菊花團　暗に菊花に満ちて団《まどか》なり

（『詳註』巻之七、「初月」）乾元二年秦州の作。

庾信の「擬詠懷二十七首其十七」（詠懐に擬す　二十七首其の十七）には、次のような表現がみえる。

殘月如初月　残月は初月の如く
新秋似舊秋　新秋は旧秋に似たり

露泣連珠下　　露泣きて　連珠下り
螢飄碎火流　　蛍飄ひて　砕火《さいか》流る

（『庾子山集注』巻三、「擬詠懐二十七首其十七」）

この時期の作にみられた菊のイメージのかげりには、庾信詩の作品世界とのかかわりがあると考えることが可能であろう。

四

次に晩年の詩をみてみよう。寶應元年の作「九日登梓州城」（九日　梓州城に登る、『詳註』巻之十一）には、次のように菊が詠じられている。

伊昔黄花酒　　伊《こ》れ昔　黄花の酒
如今白髪翁　　如今　白髪の翁

ここで言う「黄花酒」は、もちろん菊花酒である。昔日と今が対比されている。昔、重陽の節句に飲んだ酒を思い出す。菊花酒は毎年繰り返される節日のものであるがゆえに、それは懐旧の思いへのいわば入口となっているといえよう。この詩には「白髪」になって老残の身を漂泊させている自己への苦い注目がある。

また、同年から永泰元年（七六五）杜甫五十四歳にかけての作には、次のような例がある。

小驛香醪嫩　　小駅　香醪嫩《やわら》かに
重巖細菊斑　　重巌　細菊斑《まだら》なり

籬邊老却陶潛菊
江上徒逢袁紹杯

籬辺老却す　陶潜が菊
江上　徒《いたず》らに逢ふ　袁紹が杯

（『詳註』巻之十一、「九日奉寄巖大夫」）寶應元年の作。

松菊新霑洗
茅齋慰遠遊

松菊　新たに霑洗《てんせん》す
茅斎　遠遊を慰《なぐさ》む

（『詳註』巻之十一、「秋盡」）寶應元年の作。

異方初豔菊
故里亦高桐

異方　初めて艶菊《えんぎく》
故里　亦た高桐

（『詳註』巻之十四、「村雨」）廣德二年の作。

寒花開已盡
菊蕊獨盈枝
舊摘人頻異
輕香酒暫隨

寒花　開きて已に尽き
菊蕊　独り枝に盈《み》つ
旧摘　人頻《しき》りに異なり
軽香　酒　暫《しばら》く随ふ

（『詳註』巻之十四、「陪鄭公秋晩北池臨眺」）廣德二年の作。

露下天高秋水清
空山獨夜旅魂驚
疏燈自照孤帆宿

露下り　天高くして秋水清し
空山　独夜　旅魂驚く
疏灯　自ら照らす　孤帆の宿

（『詳註』巻之十四、「雲安九日鄭十八攜酒陪諸公宴」）永泰元年の作。

新月猶懸雙杵鳴
南菊再逢人臥病
北書不至雁無情
歩簷倚仗看牛斗
銀漢遙應接鳳城

新月 猶ほ懸《かか》りて 双杵鳴る
南菊 再び逢ひて人病ひに臥し
北書 至らず 雁情無し
簷《のき》に歩み 仗《つえ》に倚《よ》りて牛斗を看ば
銀漢 遙《はる》かにして応に鳳城に接すべし

（『詳註』巻之十七、「夜」）大暦元年の作。

玉露凋傷楓樹林
巫山巫峡氣蕭森
江間波浪兼天湧
塞上風雲接地陰
叢菊兩開他日涙
孤舟一繫故園心
寒衣處處催刀尺
白帝城高急暮砧

玉露は凋傷《ちょうしょう》す 楓樹の林
巫山《ふざん》巫峡 気蕭森《しょうしん》
江間の波浪 天を兼ねて湧《わ》き
塞上の風雲 地に接して陰《くも》る
叢菊両び開く 他日の涙
孤舟 一《ひと》へに繫《つな》ぐ 故園の心
寒衣 処処 刀尺を催し
白帝城高くして 暮砧《ぼちん》急なり

（『詳註』巻之十七、「秋興八首其一」）大暦元年の作。

親友の厳武亡き後、永泰元年五月、杜甫は成都の浣花草堂を後にして、戎州、渝州、六月には忠州へと長江を下り、秋、雲安に着いた（上の詩はその時の作）。翌大暦元年には更に雲安から夔州《きしゅう》に至って、西閣にひとまず腰を落ち着けたようである。時に杜甫五十五歳であった。

この時期の菊のイメージは、たとえば「秋盡」や「村雨」などの詩にみえるように、陶淵明の菊のイメージをふまえている。しかし、そればかりでなく、垂老の身や、異郷で二度目（二年目）の菊の季節に邂逅したことを表す。当てのない旅人として、しかも故郷から遠く離れた異郷で二度までも菊の季節を迎えた感慨がここには込められている。そのような思いに促がされた涙が、昨秋雲安で流した涙に重ね合わせて思い出されたということを、「他日涙」という表現は表すのであろう。(11)

ところで、『錢注杜詩』（巻十五）には次のような指摘がある。

叢菊兩開、儲別涙於他日、孤舟一繫、僦歸心於古園。此所謂悽緊也。秋夜客舍詩云、南菊再逢人臥病。公在夔府、兩見菊花。故有兩開之句。

「客舍」詩に「南菊再逢人病臥」があると錢注が言うのは、実は誤りであり、「夜」（巻之十七）詩にこの句が見えることは、すでに指摘されている通りである。この「夜」詩は、仇兆鰲が、

詩云「南菊再逢」、是合雲安夔州爲兩秋、故知屬大曆元年西閣作。又云「新月猶懸」、蓋元年九月初矣。

と述べるのによると、「秋興八首」と同年の秋の作ということになる。そして、仇兆鰲は、詩中の「新月」という表現から、九月初旬の作と推測して、この詩を「秋興八首」の少し前に編集している。そして、注目されるのは、

此與雲安、夔州諸詩相合。露下天高、卽「玉露凋傷楓樹林」也、獨夜魂驚、卽「聽猿實下三聲涙」也、孤帆宿、卽「孤舟一繫故園心」也、雙杵鳴、卽「白帝城高急暮砧」也、菊再逢、卽「叢菊兩開他日涙」也、雁無情、卽「一聲何處送書雁」也、看牛斗、卽「每依北斗望京華」也。詩中詞意、大概相同。竊意此詩在先、故《秋興》得以詳敍耳。

との指摘が『詳註』にあることである。

確かに「夜」と「秋興八首其二」とは、共通する部分がある。第一句に、いずれも秋の気配を伝えるものとして冷ややかな露を描出する。第二句も、ひっそりとものさびしい山を描く点は共通する。頷聯は全く表現も内容も異なるが、第三句が川を、第四句が山を描く点は似ている。そして、錢謙益、仇兆鰲の指摘にもあるように、頸聯、特に第五句の「南菊再逢」（「夜」）と、「叢菊兩開」（秋興八首）の表現・内容に至っては、相似形というほかない。そして、「菊」を目にしたことが契機となって、異郷で二度目の秋を迎えたという思いを詠ずる第五句から、望郷の念を詠ずる第六句が導かれるという詩想の流れもそのままである。第一句もさることながら、とりわけ似ているのは第五句である。「夜」詩の「南菊」は第六句の「北書」と対比されており、一方「秋興八首」詩では、「叢菊」は第六句の「孤舟」と対を構成している。また、「秋興八首」詩の「兩開」の「兩」は、「夜」詩の「再」と同じ意味であるが、第六句の「一繫」の一と対応させて「兩」なのであろう。

「秋興八首」の「叢菊」の語は、晉の張協の「雜詩十首其二」（『文選』巻二十九）の

飛雨灑朝蘭　　飛雨は朝蘭に灑《そそ》ぎ
輕露棲叢菊　　軽露　叢菊に棲《やど》る

を踏まえている。一方、「夜」詩の「南菊」は、庾信の「秋日」詩に見える言葉を意識したものと考えられる。

蒼茫望落景　　蒼茫　落景を望み
羈旅對窮秋　　羈旅《きりょ》　窮秋に対す
頼有南園菊　　頼《さいわ》ひに南園の菊あり
殘花足解愁　　残花　愁ひを解くに足《た》る

（『庾子山集注』巻之四）

この詩は、承句に「羇旅」とあることからも明らかなように、庾信が北朝に仕えた後、それも晩年の作であろう。その転句に「南園」⑿という語が見える。北朝に仕えて生きる憂愁を解く力が、盛りを過ぎて傷みかけた菊にはある。だから「頼ひに」「南園の菊」があるという。

「南園」は、単に南側の庭園であるかもしれない。しかし、庾信にとって「南」方は、特異な感覚をもたらす存在であった。「擬詠懷二十七首其十一」（『庾子山集注』巻之三）に「南風多死聲」（南風　死声多し）などとあるように、故国と過去の記憶に否応なしに結びついていたのであった。だから、「南園菊」は、実際に眼前の菊であるかもしれないが、その花は、南朝に生きていた時、自分と共にあった菊につながっているにちがいない。「南」の菊を連想させるからこそ、ひとときの安らぎを与え、憂愁を癒す力があるのであろう。北朝に生きざるをえない庾信にとって、「南園菊」が南朝でかつて見た菊の残像と重なるがゆえに、たとえ「殘花」—傷んだ花—であっても、心慰めるよすがとなる。あるいは、時をすぎて、崩れる一歩手前で耐えている花だからこそ、傷心の庾信を慰めうるのであるかもしれない。

そのように考えると、杜甫が「南菊」という語を用いた理由は、思ったよりも深いのではないか。杜甫の故郷鞏縣は黄河流域、つまり北方である。安史の乱が直接・間接の原因となって、彼は都を離れざるをえず、今や、南方揚子江流域を流浪する身である。庾信のいう「羇旅」の身の上である。異郷の旅人と自らを捉える庾信に我が身を重ねて、「南」の菊を心ならずも見る悲しみを「南菊」の語に込めていたのではないか。この菊は庾信の場合と同じく、故郷への思いをつのらせる景物である。しかし、庾信の菊と違うのは、眼前の南の菊から、故郷つまり北方の菊をイメージしている点である。杜甫は南方にいて「南菊」と表現した。南の地に違和感を抱き続け、北の故郷への望郷の念を逆にかきたてるものだったからこそ、「南菊」の表現をとったと考えられる。

杜甫が「夜」や「秋興八首其二」を詠ずる際、庾信の「秋日」詩を、意識していたのではないか——若いころから注目していた庾信への強い再発見が、これらの詩にはあるのではないか、と私は考える。「秋日」詩は、起句に「落景」とあるように、秋の夕暮れを詠ずるが、「夜」詩や「秋興八首其二」も、秋の夕暮れから夜の早い時間を描いている。さらに、先述のように、〈詩人〉＝〈異郷の旅人〉という位置づけも共通する。そして、何より「秋日」詩において転句に置かれている「南園菊」の語は、「秋」、「秋興八首其一」では、いずれも律詩の頸聯に置かれている。つまり「南園菊」（「南菊」・「叢菊」）は、眼前の景から望郷に思いが移行する端緒となっているのである。詩語のレベル、そしてそれぞれの詩の構成と詩想のレベルにおいて、杜甫の作は庾信の世界に深く連なっている。杜甫が「夜」・「秋興八首其一」の創作に当って庾信の「秋日」詩をふまえた可能性は濃厚であると言わねばならない。というよりもより積極的に、庾信の菊を再発見したのである。

杜甫の詩には、庾信について詠じたものが九例に及ぶ。繁を厭わず列挙してみる。

①白也詩無敵　　白や詩に敵なし
飄然思不群　　飄然　思ひは群ならず
清新庾開府　　清新なるは庾開府
俊逸鮑參軍　　俊逸なるは鮑參軍《ほうさんぐん》

（『詳註』巻之一、「春日憶李白」）天寶五載の作。

②庾信文章老更成　　庾信の文章　老いて更に成る
凌雲健筆意縱横　　凌雲健筆　意は縦横
今人嗤點流傳賦　　今人嗤点《してん》す　流伝の賦
不覺前賢畏後生　　覚《さと》らず　前賢の後生を畏るるを

（『詳註』巻之十一、「戯爲六絶句其一」）上元或いは寶應の作。

③羯胡事主終無頼　羯胡《かつこ》　主に事《つか》へて終《つい》に無頼《ぶらい》
詞客哀時且未還　詞客　時を哀しみて且《しばら》く未だ還らず
庾信生平最蕭瑟　庾信　生平最も蕭瑟《しょうしつ》
暮年詩賦動江關　暮年の詩賦は江関を動す

（『詳註』巻之十七、「詠懷古跡五首其一」）大暦元年の作。

④哀傷同庾信　哀傷は庾信と同にし
述作異陳琳　述作は陳琳と異なる

（『詳註』巻之二十三、「風疾舟中伏枕書懷三十六韻奉呈湖南親友」）大暦五年の作。

杜甫の詩への庾信の影響については、これまでにもしばしば論じられている。(13) ②③④の詩句から、杜甫が晩年、庾信の南朝時代の奇艶な詩よりも、遭乱以後北朝に仕えてからの詩に強く傾倒していたことが分かる。④は杜甫の最晩年、死の少し前の作と推測されるが、「同哀傷」という表現は、庾信が喪乱に遭遇して癒しようのない悲哀を抱きながら、異郷に生き続けねばならなかったことに深い共感を表したものといえよう。ここで特に注目したいのは、「詠懷古跡五首其一」である。先述の「夜」・「秋興八首其一」と同じく、大暦元年夔州での作である。『杜臆』が指摘するように、首章は五首の冒頭として、自己の感懐を展開している。(14) その際、庾信、そしてその人の詩に自己の思いを託して述べたのは、やはり庾信の流寓の「蕭瑟」、時世に対する哀しみや望郷の思いにこの時期の杜甫が共鳴していたことを如実に物語っている。

杜甫は早い時期から庾信のひととなりや、その詩に、心の琴線に触れるものを見い出していたであろう。だが、それを深刻に再評価したのは晩年に近い時期であったであろう。そして、ことに晩年の彼は、庾信の菊のイメージの奥ゆきと価値を再発見し、再認識したと考えるべきだろう。

五

かつて庾信は、北朝に留められて二度と南へ帰ることはなかった。北朝時代の彼の詩の「菊」の用例をもう一度見ておこう。ここで注目されるのは、北魏詩には「菊」の用例はなく、北齊詩にも一例（劉逖「秋朝夜望詩」）あるのみであるが、北周詩には十七例見えるという事実である。しかも、この中で、庾信の用例が実に十五例を占めているのである。このことは、北朝詩人は「菊」を詠じることはほとんどなく、南朝から移って来た庾信のみが菊を詠じたということを意味する。彼こそが「南」、つまり故郷のある南朝を思いつつ——また過去の体験と苦悩をこめながら、数多く「菊」を詠じたのである。十五例という作品数は、ひとり北朝において類を見ないばかりでなく、菊を好んだ陶淵明の六例をはるかにしのぐ数でもある。古代から杜甫に至るすべての詩人たちの中で最も多い。そればかりでなく、既に部分的に触れたように庾信は、それまでの詩人達の詠じた菊のイメージには見られないイメージを詠出しているのである。

庾信の詩にあらわれる菊は、大きく次の三つに分類することができる。

一、陶淵明の菊のイメージを引き継ぐもの
二、遊戯的要素の強い作品にあらわれるもの
三、暗く不気味なイメージを伴うもの

第二段落に引用したように菊花酒を詠ずる作品もかなりあるが、分類の一には、たとえば「臥疾窮愁」（『庾子山集注』巻四）、「贈周處士」（周処士に贈る、『庾子山集注』巻四）等が属し、分類二には、「示封中録二首其二」（封中録に示す、『庾子山集注』巻四）、「和廻文」（廻文に和す、『庾子山集注』巻四）などが属する。

しかし、庾信の菊の全体像については、本稿の範囲に収まらないので、ここでは晩年の杜甫に深く関わる主に分類三の作品のみをとりあげる。

①樹寒條更直　　樹寒くして　條《えだ》更に直く
山枯菊轉芳　　山枯れて　菊転《うた》た芳し
（『庾子山集注』巻三、「従賀觀講武」）

②圓珠墜晩菊　　円珠　晩菊に墜《お》ち
細火落空槐　　細火　空槐に落つ
（『庾子山集注』巻四、「山齋」）

③碎珠縈斷菊　　砕珠　断菊を縈《めぐ》り
殘絲繞折蓮　　残糸　折蓮を繞《めぐ》る
（『庾子山集注』巻四、「和靈法師遊昆明池二首」）

①は、落葉して，枝をすんなりと伸ばす木々と、そのように山が枯れてゆくにつれて、一層咲きにおう菊を対比して詠じる。②は、円い露の玉が晩秋の菊の花にころころと落ち、一方、葉の落ち尽くしたえんじゅの黒々とした木に火が生ずるという。黒々としたえんじゅに生ずる火。おどろおどろしくさえある情景である。しかも「槐」は、庾信の「枯樹賦」において、枯樹に託して彼自身のことをいう比喩として用いられているものである。庾信の「緑槐　学

市に垂れ、長楊　直廬に映ず」（「奉和永豊殿下言志十首其八」）の「緑槐」が、江南時代の幸福な自己を表すならば、「空槐」は北朝に仕えて後の自己の根帯を失った空虚を表現するのであろう。

③は、さらに自虐的なまでに痛々しい心象の表出と考えられる。「砕珠」―くだけ散った露のしずく。「斷菊」―切り裂かれた菊。「殘絲」―こぼたれた糸。「折蓮」―折り取られた蓮。ここには、傷ついた心の痛みが心象風景として描かれている。

以上、「晩菊」、「斷菊」、「殘花（＝菊）」（前章「秋日」詩に見える）と列挙すれば、それらが皆、盛りを過ぎた花であることが読み取れる。傷ついて、生から死へとほろんでゆく花。しかも、それらは先に見たように庾信の心象にほかならないのである。

庾信以前の詩人達が「菊」に託したイメージと比較する時、庾信のイメージの新しさが浮き彫りとなる。六朝詩人にとって、菊は華麗な花であり、陶淵明にとっては高貴な精神と調和を象徴するものであった。民俗の世界では延命作用さえあるとされてきた菊の花である。そうであればこそ、逆にその衰退の姿は凄惨を極める。庾信の詩には「凄涼」という語が散見するが、衰退する菊の象徴するものは、この「凄涼」の心象に非常に近いのではないかと思われる。「菊」が断たれたり乱れたりしたすがたで登場するのが、庾信の大きな特徴であった。それは陶淵明の詩の菊の精神性の世界の継承であると同時に、逆転であったとも言える。精神的な高さを追求しながら、傷つき敗退した苦痛を象徴する、重く不気味なイメージの世界であった。

杜甫の「秋興八首其一」の世界に、最後にもう一度だけ戻ろう。そこには、こうあった。

叢菊兩開他日淚　叢菊　両び開く　他日の涙
孤舟一繫故園心　孤舟　一へに繋ぐ　故園の心

この二句は、第四段落において見たように、庾信の重く不気味なイメージをふまえている。菊は傷つき敗退した痛みをやはり象徴している。しかし、対句の後の句を見ると、傷ついた心を見つめそのような己の生のあり方を受けとめつつ、故郷へ帰る心を一隻の舟につなぐという。これは、人生に傷ついて、なおも生に望みをつなごうとする意志の表れではないか。私はそのように読む。

杜甫は、陶淵明の精神的な高さを引きつぎ、晩年の庾信の不気味な心象を再発見した。そして、陶淵明と庾信の菊のイメージに共鳴し、さらに、そのイメージをふまえながら、生への活路を見いだそうとしていたのである。杜甫にとって菊は、傷ついた苦痛を乗り越えて、生き続けようとする心象であったと言えるのである。

【注】

（1）第一編「はじめに」の注（1）参照。

（2）汝南桓景隨費長房遊學累年。長房謂曰、九月九日汝家中當有災。宜急去、令家人各作絳囊盛茱萸以繫臂登高飲菊花酒、此禍可除、景如言齊家登山、夕還見、雞犬牛羊一時暴死。長房聞之曰、此可代也。今世人九日登高飲酒婦人帶茱萸囊蓋始於此。（漢魏叢書『續齊諧記』）

（3）『中国の年中行事』（本章第一節、注（6）参照）の「九日重陽節」に詳しい言及がある。

（4）清・楊倫箋注（上海古籍出版社、一九八〇年）巻二

（5）玄宗紀（下）天寶十三載に次のような記載がある。

是秋、霖雨積六十餘日、京城垣屋頽壞殆盡、物價暴貴、人多乏食、令出太倉米一百萬石、開十場賤糶以濟貧民。東都瀍、洛暴漲、漂沒一十九坊。

（6）『詳註』巻之三の「秋雨歎三首」の注には、次のように記されている。

盧（清、盧生甫）注：《唐書》：天寶十三載秋、霧雨害稼、六旬不止、帝憂之。楊國忠取禾之善者以獻、曰：「雨雖多、不害稼。」公有感而作是詩。

但し、括弧内は筆者の注。

（7）『杜甫詩注』巻一・一六（吉川幸次郎著、筑摩書房、一九七九年二月）

（8）『詳註』は、「九日寄岑參」の「紛披」について、北周、庾信の賦に「紛披草樹」とあるのを指摘する。また、「嘆庭前甘菊花」では「移」について、庾信の「枯樹賦」に「九畹移根」と見えることを指摘し、「殘花爛漫」の表現は庾信の詩（「和宇文內史入重陽閣」）に「殘花爛漫舒」とあるのを展開するものであると指摘している。このように、庾信の詩賦からの影響が見てとれる。なお、庾信詩の用例の検索は、松浦崇編『北周詩索引』（福岡大学中国文学会、一九八九年）、及び加藤國安編『庾信詩索引』（一九九〇年）を用いた。

（9）南朝宋、檀道鸞の『續晉陽秋』陶潛に見える。本章第一節参照。

（10）『詳註』は、「半池蓮」について、庾信の詩「詠書屛風詩二十五首其十三」に「閣影入池蓮」とあるのを指摘している。

（11）黒川洋一の「杜甫『秋興八首』序説」（『中国文学報』第四冊、京都大学文學部中国語中國文學研究室編輯、一九五六年四月）には、「秋興八首其一」の特に頸聯についての考察が詳述されている。

（12）「南園」の語は、庾信に先行する用例としては、晉の張協の「雜詩十首其八」（『文選』巻二十九）に見える。

借問此何時　　借問す　此れ何の時ぞ
胡蝶飛南園　　胡蝶　南園に飛ぶ

ここでの「南園」は故郷の南の園。この詩が旅人が故郷を思う詩であることは注目される。同じく張協の「雑詩十首其一」の冒頭は「秋夜涼風起」で始まり、また、「叢菊」の語が左記のように「雑詩十首其二」に見えることも考え合わせると、庾信の「秋日」詩の「南園菊」の表現は、この詩を踏まえると思われる。

飛雨灑朝蘭　　飛雨　朝蘭に灑《そそ》ぎ
輕露棲叢菊　　軽露　叢菊に棲《やど》る
（「雑詩十首其二」）

（13）加藤國安に「杜甫における庾信―その受容と発展―（安史の乱以前）」（『集刊東洋学』四八、一九頁～三三頁、一九八二年）などの論文がある。

（14）五首各一古跡。第一首古跡不曾説明、蓋庾宅也。借古跡以詠懷、非詠古跡也。（中略）公於此自稱『詞客』蓋將自比庾信、先用引起下句、而以己之哀時、比信之哀江南也。荊州有庾信宅、江關正指其地。公自蕭瑟、借詩以陶冶正靈、而借信以自詠己懷也。（明、王嗣奭撰『杜臆』巻之八、上海古籍出版社、一九八三年）

第二章　杜甫における「風塵」のイメージ

一

風に塵が舞うという現象は、早くから日常的に目にするものであったはずである。しかし、この「風塵」の語が熟語と認識され、さらに成熟した詩語となるのは、三国時代を待たなければならなかった。では、つぎに「風塵」の詩語誕生までとその後詩語が多様な意味を持ってゆく過程を追い、またその中で杜甫が詩語の変革に果たした役割を考察したい。

中国最古の詩集『詩經』には、「風塵」の語は見えない。また、その後の『楚辭』にも「風塵」の用例は見当たらない。ただ、後漢の王逸の「九思・逢尤《ほうゆう》」には、風に舞う塵が描かれている。

雲雨會兮日冥晦　　雲雨会して　日を冥晦《めいかい》ならしめ
飄風起兮揚塵埃　　飄風起こりて　塵埃《じんあい》を揚《あ》ぐ

『楚辭』には、右の例に見える「塵埃」の語をはじめ、「塵垢《じんこう》」の語が見える。

務光自投於深淵兮　　務光　自ら深淵に投じ
不獲世之塵垢　　世の塵垢を獲《え》ず

（『楚辭』哀時命）

安能以皓皓之白　　安《いず》んぞ能く皓皓《こうこう》の白きを以て
而蒙世俗之塵埃乎　　而して世俗の塵埃を蒙らんや

（『楚辞』漁父）

特に注目されるのは、「世之塵垢」「世俗之塵埃」などの表現である。世俗の汚れを「塵埃」や「塵垢」に喩えているのである。

また、後漢の蔡琰の作と伝承されている「胡笳十八拍」第二には、辺塞を吹き渡る風に塵の舞う情景が描かれている。

戎羯逼我兮爲室家　　戎羯　我に逼《せま》りて室家と為す
將我行兮向天涯　　我を将《ひき》ゐて行きて天涯に向かふ
雲山萬重兮歸路遐　　雲山　萬重　帰路遐《はる》かなり
疾風千里兮揚塵沙　　疾風　千里　塵沙を揚ぐ
人多暴猛兮如虺蛇　　人　暴猛なるもの多く　虺蛇《きだ》の如し
控弦被甲兮爲驕奢　　弦を控へ甲を被《こうむ》りて驕奢為り
兩拍張絃兮絃欲絶　　両拍　絃を張れば絃絶えんと欲す
志摧心折兮自悲嗟　　志摧《くだ》け心折れて自ら悲嗟《ひさ》す

（『先秦漢魏晉南北朝詩』漢詩巻七）

蔡琰《さいえん》は、興平中の天下騒乱のとき、南匈奴に捕えられ、胡地に赴き十二年を過ごし、二子を生んだと伝えられる（『後漢書』一百十四）。「胡笳十八拍」は曹操のはからいによって、帰国がかなって後、蔡琰が追懐して作ったとされている。

この詩には、胡地に連行される折りの心象風景（第一～四句）、胡人の風俗（第五・六句）、そして、琴をつま弾きつつ追懐するにつれて込み上げる悲嘆（第七・八句）がうたわれている。「疾風千里兮揚塵沙」は、壮大な情景を写した句である。どこまでもはるかに広がる沙場。そこに吹き渡る疾風が沙塵を巻き上げる。その壮大かつ峻烈な自然の光景によって、戎羯、すなわち南匈奴が攻め込んだ情景を象徴させているだろう。

以上の例は、いずれも後漢までの作品に見える「風に舞う塵」の描写である。これらの用例には、「風塵」の語のイメージの萌芽がかいま見える。『楚辞』の「塵」は、現象としての塵の基本的なイメージを踏まえながら、それを比喩的に用いて世俗のわずらわしさを表す用法がすでに生まれていたことを示している。また、「胡笳十八拍」の例は、眼前の「辺塞に舞い上がる塵」を描くとともに、象徴的に「戦乱」のイメージを喚起する。「風塵」という熟語の成立していないこの時期は、いわば「風塵」の揺籃期であったのである。ただ、周知のように、「胡歌十八拍」は蔡琰の実作ではなく、後人の仮託によると考えられるので、「風塵」という熟語の成立した後の表現と見るべきであろう。それならば、結局後漢までに「風塵」の用例はなく、ただ『楚辞』の「塵埃」「塵垢」のみに限定される。

二

では、「風塵」の語は、三国時代に誕生したと推測されるが、以後どのようなイメージで用いられていったのだろうか。揺籃期の表現から展開していった種々のイメージについて、次に項目ごとに検討していくこととしたい(1)。三国時代以降において、「風塵」の用例中に大きい比重を占め、しかも重要なイメージとしては、（一）俗世間・俗塵、（二）官途・官界、（三）兵乱・戦争、の三つをあげることができる。

そのほか、数の上ではさほど多くはないが、特徴的なものとして、（四）はかない存在、（五）繁華さ・雑踏、のイメージを指摘することができる。このうち、（四）「はかない存在」を表す用例としては、次のようなものがある。

人居一世間　人の一世の間に居るは
忽若風吹塵　忽《こつ》として風の塵を吹くが若し
（魏・曹植「薤露行」・魏詩巻六）

晷度有昭回　晷度《きど》　昭回有りて
哀哉人命微　哀しいかな　人命は微《おとろ》ふ
飄若風塵逝　飄として風塵の逝《ゆ》くが若く
忽若慶雲晞　忽として慶雲の晞《あ》くるが若し
（魏・阮籍「詠懐八十二首其四十」・魏詩巻十）

いずれも、風が塵を吹き飛ばすほんのわずかな時間に人生を喩えたものである。乱世に生きた詩人が捉えた人生の実相であったのであろう。

一方、（五）「繁華さ・雑踏」を表す用例には、次のようなものがある。

①京洛多風塵　京洛　風塵多し
素衣化為緇　素衣化して緇《くろ》と為る
（晉・陸機「爲顧彦先贈婦二首其一」・晉詩巻五）

②杏堂歌吹合　杏堂　歌吹合し
槐路風塵饒　槐路　風塵饒《おお》し

（陳・江總「洛陽道二首其一」・陳詩巻七）

①は、陸機が洛陽に任官した顧榮に代わって、呉に残して来た妻への思いを詠じたものである。都洛陽は「風塵」が多く、白い着物が黒く染まるほどであると述べているが、それは都の賑わいを表している。また、②は、楽府題であるが、やはり都大路に「風塵」がさかんに巻き上がるさまを描いて、繁華さを詠じたものである。

しかし、（四）（五）のイメージには、次に取り上げる（一）～（三）のイメージほどにはその後新たな展開は見られなかった。

三

（一）俗世間・俗塵

唐詩の「風塵」の用例中大きな部分を占めるのは、「俗世間」のイメージである。たとえば、王維の「春日與裴迪過新昌里訪呂逸人不遇」（春日　裴迪《はいてき》と新昌里を過り、呂逸人を訪ねて遇はず）（陳鐵民校注『王維集校注』巻四）に「風塵」の語が現れる。

桃源一向絶風塵　　桃源　一向　風塵絶ゆ
柳市南頭訪隱淪　　柳市　南頭　隱淪を訪ぬ

この詩は、親友裴迪とともに新昌坊に住む呂逸人を訪問したが、会えなかったことを詠じたもの。掲出句はその首聯。第一句の解釈には、従来二説ある。一つは、「私の住む輞川は桃源というべき地で、すっかり世間にご無沙汰しております」と、「桃源」を王維の居所とする説であり、他の一つは、「桃源のようなあなたのお住まいはすっかり世俗から隔たっておられます」と、「桃源」は呂逸人の居所とする説（陳鐵民校注『王維集校注』）である。第二句は、「隱淪」すなわち隠者（呂逸人）の住居を訪ねたことを描いている。後者の説で解釈すると、一見意味が重なるようにおもわれるが、王維が自らの情況を述べたと考える前者の説よりも、こちらの方が、すっきり理解できるのではないだろうか。新昌里（坊）は、長安城の中、柳市（東市）の南東に位置し、決して片田舎ではない。町中の住まいながら、「桃源」のように「絶風塵」、つまり俗塵から隔絶している点にこそ、呂逸人の真面目がある。

　閉戸著書多歳月　　戸を閉ざし　書を著して歳月多し
　種松皆老作龍鱗　　種《う》えたる松は皆老いて竜鱗と作る

著述に明け暮れ、植えた松が老木となり木肌が竜のうろこと見えるようになるまでの、はてしない静かな時間の流れがそこには封じ込められている。

前掲の『校注』（巻四）が、「絶風塵：指無人世的紛擾（「風塵を絶つ」は、人世の紛擾無きを指す）」と注しているように、この詩における「風塵」は、人の世の「紛擾」つまり混乱やわずらわしさをいう。

一方、李白が、晉の王羲之を詠じた「王右軍」（瞿蛻園・朱金城校注『李白集校注』巻二十二）にも「風塵」が見える。

　右軍本清眞　　右軍は本　清真
　瀟灑出風塵　　瀟灑《しょうしゃ》　風塵を出づ
　山陰過羽客　　山陰　羽客を過ぎり
　愛此好鵝賓　　此の鵝を好む賓を愛す
　掃素寫道經　　素を掃《は》きて道経を写し
　筆精妙入神　　筆精　妙なること神に入る

書罷籠鵝去　書き罷《おわ》りて鵝を籠《ろう》して去る
何曾別主人　何ぞ曾《かつ》て　主人に別れん

王羲之の俗塵に染まらぬ清らかさを「出風塵」と表現している。「風塵」は地上にたちこめるものであり、王羲之はその上に「出づ」ることによってそこから抜け出している。

第三句以下は、『晉書』王羲之傳に見える次のエピソードを踏まえている。

性愛鵝。……山陰有一道士養好鵝、羲之往觀焉、意甚悅、因求市之。道士云、「爲寫『道德經』、當擧群相贈耳」。羲之欣然寫畢、籠鵝而歸、甚以爲樂（性　鵝を愛す。……山陰に一道士の鵝を好んで養ふもの有り。羲之　往きて焉《これ》を観て、意甚だ悦び、因りて求めて之を市《か》はんとす。道士云ふ、「為に『道德經』を写さば、当に群を挙げて相贈るべきのみ」と。羲之欣然として写し畢《おわ》りて、鵝を籠して帰り、甚だ以て楽しみと為す）。

詩の「出風塵」は、世俗的な価値観から一段高く抜け出した境地を表現している。つまり、地上にたちこめた「風塵」は、俗世間の象徴であり、また世俗にがんじがらめになった境地の意となろう。

①少年落魄楚漢間　少年落魄《らくはく》す　楚漢の間
風塵蕭瑟多苦顏　風塵蕭瑟として　苦顔多し
（李白「駕去溫泉宮後贈楊山人」『李白集校注』巻九）

②若使巣由桎梏於軒冕兮　若し巣・由をして軒冕に桎梏せしむれば
亦奚異於夔龍蹩躠於風塵　亦た奚《なん》ぞ夔龍《きりよう》の風塵に蹩躠《へっさつ》たるに異ならん
（李白「鳴皐歌送岑徵君」『李白集校注』巻七）

③安石東山三十春　安石　東山　三十春

傲然攜妓出風塵　傲然　妓を携へて　風塵を出づ
（李白「出妓金陵子呈盧六四首」『李白集校注』巻二十五）

①～③の「風塵」は、いずれも俗世間、俗塵の意味で用いられている。①は、李白が翰林供奉として玄宗の側近く仕えた、いわば彼の得意絶頂の時期の作品であり、その中で彼は世に出る前の自分を「風塵蕭瑟として　苦顔多し」（俗世はものさびしく、苦しみのみ多かった）と追懐して詠じている。李白は、長安に上る前、蜀を後にして各地を転々としていた。「風塵」の語を用いたのは、自らの放浪の姿を風に吹かれあちこちさすらう塵のイメージに重ねたのであろう。

四

（二）官途・官界

「風塵」の語が、官途、官界を表す場合がある。それを俗世間の一部とみなせば、（一）「俗世間・俗塵」の意味とも重なることになる。ただし、この用例は、唐代以前にはほとんど見出すことができない。

次の例は、杜甫と交流のあった高適が、杜甫に贈った「人日寄杜二拾遺」（人日　杜二拾遺に寄す）（劉開揚著『高適詩集編年箋註』第一部分）である。この中に「風塵」の語が見える。

人日題詩寄草堂　人日　詩を題して草堂に寄す
遙憐故人思故郷　遙かに憐れむ　故人の故郷を思ふを
柳條弄色不忍見　柳條　色を弄して見るに忍びず

梅花滿枝空斷腸　　梅花　枝に満ちて　空しく断腸
身在南蕃無所預　　身は南蕃に在りて預かる所無く
心懷百憂復千慮　　心に懐く　百憂復た千慮
今年人日空相憶　　今年人日　空《むな》しく相憶ふ
明年人日知何處　　明年人日　何処《いずこ》なるかを知らんや
一臥東山三十春　　一たび東山に臥す　三十春
豈知書劍老風塵　　豈に知らんや　書剣　風塵に老いんとは
龍鍾還忝二千石　　龍鍾《りゅうしょう》　還《ま》た　忝《かたじけな》うす　二千石
愧爾東西南北人　　愧《は》づ　爾《なんじ》　東西南北の人

人日（一月七日）に、「杜二拾遺」すなわち杜甫に贈ったもの。「二」は、排行。当時流浪の末に成都の草堂に住んでいた杜甫が、故郷を思っているだろうと第一・二句で思いやり、第三・四句では、早春を告げる柳や梅の美しさが、故郷を離れて暮らす者にはかえって懐郷の情をつのらせると詠じている。中央官僚から地方官に出されて国家の大事に参画できぬなげき、将来や老い先の不安を述べた後、第九・十句では、若い頃は拘束されぬ自由な暮らしを送っていたのに、あちこち転々とする役人生活「風塵」の中で、文武の学がむざむざ老いることになろうとは思いもしなかったと詠じている。そして、落ちぶれてなお禄を食んでいる自らを省みると、自由な身の上のあなたに対して恥ずかしく思うと結ぶ。

この詩の中では、現在の境涯を指す「老風塵」と青年時の「一臥東山」とが対照的に描かれている。「一臥東山」は、東晉の謝安が、世に出るまで、東山に隠棲し、自由気ままな生活を送っていたことに、自らの青年時を比したものである。「老風塵」の「風塵」を「俗世間」の意と解するものもあるが、高適は、「風塵」の語によって、命ぜられるままに各地を転々としなければならない官僚生活を表していると捉えられるのではないか。そして、「老風塵」で、地方まわりの官僚生活の間に老いてゆく悲哀を表現しているのである。

中唐の白居易は、中央と地方を行き来し、ほぼ生涯を官僚として過ごしたと言えるが、その彼にも「風塵」を官界、官僚生活の意味で用いた次のような例が見える。

①奉詔登左掖　　詔《みことのり》を奉じて左掖《さえき》に登り
束帶參朝議　　束帯して朝議に参ず
何言初命卑　　何ぞ言はん　初命卑《ひく》しと
且脱風塵吏　　且《しばら》く脱せん　風塵の吏

（「初授拾遺」『白居易集箋校』巻第一）

②低腰復斂手　　腰を低くし復た手を斂《おさ》め
心體不遑安　　心体　遑安《こうあん》ならず
一落風塵下　　一たび落つ　風塵の下
始知爲吏難　　始めて知る　吏為《た》り難しと
公事與日長　　公事　日と与《とも》に長く
宦情隨歳闌　　宦情《かんじよう》　歳に随ひて　闌《たけなわ》なり

（「酬李少府曹長官舍見贈」『白居易集箋校』巻第九）

③去歳歡遊何處去　　去歳　歓遊　何処にか去《ゆ》かん

曲江西岸杏園東　　曲江西岸　杏園の東
花下忘歸因美景　　花下　帰るを忘るるは美景に因《よ》る
樽前勸酒是春風　　樽前　酒を勧むるは是れ春風
各從微宦風塵裏　　各々微官に従ふ　風塵の裏《うち》
共度流年離別中　　共に流年を度《わた》る　離別の中

（「酬哥舒大見贈」『白居易集箋校』巻第十三）

①は、作者が左拾遺に任ぜられた元和三年（八〇八）、三十七歳の時の詩である。左拾遺は、官職としては決して高くないが、詩の冒頭に詠じられているように、門下省に登朝し、束帯して朝議に参与するという晴れがましい中央官である。その左拾遺に任じられた複雑な心情が、「始めての任命が低いとは言うまい。これでまずはしばらく地方官を抜け出せるのだから」（何言初命卑、且脱風塵吏）に込められている。「風塵吏」は、中央官庁の官僚に対して各地方をまわる地方官を言うのであろう。風のまにまに吹かれて飛ぶ塵に喩えた表現である。

②では、一たび「風塵」――わずらわしいことの多い官僚世界――に落ちて、はじめて官吏として生きることの困難さを知った（一落風塵下、始知爲吏難）と詠じている。「落」という表現からは、白居易が、官僚世界を超越した一段高いところに自由の世界を仮想し、そこから俯瞰する視点が感じられる。

また③は、貞元二十年（八〇四）、三十三歳の作。前年、白居易と哥舒恒ら八人は、吏部の抜萃科の試験を受けて登第した。去年及第者として、曲江の杏園で祝宴を賜った八人が、一年後、それぞれ官界の中で、微官に任じられて各地に赴任してゆく（各從微宦風塵裏）。ここでの「風塵」は、②と同じく官界を表している。

白居易のこれらの例は、いずれも「風塵」の語で、官僚の生活や世界を表現しており、先に見た高適の例と一致している。白居易の②の例では、風に飛ばされる塵に、命に従って地方に赴任する官吏の姿を重ねているのであり、比喩として理解することができる。

五

(三) 兵乱・戦争

すでに取り上げた「胡笳十八拍」には、「風に舞いあがる塵」によって異民族の襲来を象徴させる用法が見えた。「風塵」の語が、兵乱や戦争を表す例は、唐代以前にもわずかながら見える。

①天下一定　天下　一たび定まらば
　萬世無風塵　万世　風塵無からん
②遠跡由斯擧　遠跡　斯《こ》れ由《よ》り挙がり
　永世無風塵　永世　風塵無からん
（魏、鼓吹曲辞「平南荆」魏詩巻十一）

③晨有行路客　晨《あした》に行路の客有り
　依依造門端　依依として門の端に造《いた》る
　人馬風塵色　人馬　風塵の色あり
　知從河塞還　河塞より還るを知る
（晉、凱歌「命將出征歌」晉詩巻十）

（宋、呉邁遠「長相思」宋詩巻十）

①・②の詩は、いずれも軍歌であろう。兵乱の平定後、「風塵」すなわち戦乱のない平安が現出すると詠じている。③は、楽府題の詩の一節である。出征中の夫を持つ妻が、ある朝門前に「風塵色」（風塵の色）に染まった人と馬の姿を目にする。彼女はその「風塵」の色、すなわち戦争の雰囲気から、彼らが夫と同じ黄河北方の辺塞の地から帰還した人だと知ったという。「風塵色」は、戦乱の中で、汗と埃にまみれ、殺伐たる雰囲気の染み込んだようすを表したものであろう。これらの例は、戦乱を表してはいても何かしら悠揚迫らぬところがある。

しかし、「風塵」の語で戦乱を表す例を多く見出すことができ、しかも深刻なイメージを内包するのは、梁・北周・北齊の時代である。中でも、庾信・顔之推《がんしすい》の用例がきわだっている。

①闘麟能食日　闘麟《とうりん》　能く日を食す
戰水定驚龍　戦水　定《さだ》めて龍を驚かさん
鼓鞞喧七萃　鼓鞞《こへい》　七萃《しちすい》に喧《かまびす》しく
風塵亂九重　風塵　九重を乱す

（庾信「擬詠懐詩二十七首其二十三」『庾子山集注』巻三）

②馬有風塵氣　馬には風塵の気有り
人多關塞衣　人には関塞の衣多し

（庾信「擬詠懐詩二十七首其十七」『庾子山集注』巻三）

③蕭條亭障遠　蕭條　亭障遠く
悽慘風塵多　悽惨　風塵多し

（庾信「擬詠懐詩二十七首其二十六」『庾子山集注』巻三）

①から③の庾信の「擬詠懐詩二十七首」は、庾信が北周に使いして捕えられ、仕えることになってからの作品である。二度と帰ることのかなわぬ故国梁を思う心情を詠じたものである。①について、注釈者清の倪璠は、王粲の「雑詩」に見える

風飄揚塵起　風飄　塵を揚げて起こり
白日忽已冥　白日　忽ち已に冥《くら》し

の『文選』の呂向注に「風起擧揚塵埃、喩兵戈暴起也」（風起こりて塵埃を挙揚するは、兵戈《へいか》の暴《にわ》かに起こるを喩ふるなり。）とあるのを引いて、次のように注している（『庾子山集注』）。

風塵亂九重者、言元帝出降、天子蒙塵也。九重、謂君也。（「風塵　九重を乱す」とは、言《いふこころ》は元帝出降し、天子の蒙塵するなり。九重は、君を謂ふなり。）

つまり、ここでの「風塵」は、ほかでもなく、梁の元帝を蒙塵させ、彼の故国梁を滅亡させた戦争をいうのである。
庾信の父、庾肩吾の「亂後行經呉郵亭詩」（乱後行きて呉郵亭を経る詩）（梁詩巻二十三）には、

郵亭一回望　郵亭　一たび回望すれば
風塵千里昏　風塵　千里昏《くら》し

という表現が見える。梁滅亡の原因ともなった侯景の乱のことを象徴的に「風塵」と表している。庾信は、この父庾肩吾の天地の間を覆い尽くす風塵のイメージを踏まえて、故国の滅亡を描いたと考えられる。
顔之推の「古意詩二首其一」（北齊詩巻二）にも、やはり「風塵」が現れる。

歌舞未終曲　歌舞　未だ曲を終へざるに

風塵暗天起　　風塵　暗天に起こる
呉師破九龍　　呉師　九龍を破り
秦兵割千里　　秦兵　千里を割《さ》く

顔之推もやはり始め梁に仕え、西魏の梁都江陵への侵攻によって北地に連行され、その後、北齊・北周に仕えた。「歌舞」は、忍び寄る国家存亡の危機をよそに、太平を謳歌していた梁での日々を表す。そして、「風塵暗天起」は、突如、暗天に塵を巻き上げて西魏が侵攻し、梁朝が瓦解するに至る劇的な瞬間を象徴的に描出している。

庾信・顔之推は、いずれも故国滅亡の情景を「風塵」の語によって描いたのである。

庾信・顔之推によって、国家を滅亡させる戦争を表す象徴として描かれた「風塵」は、唐代にも、同様の用例を見出すことができる。

①東南御亭上　　東南　御亭の上
莫使有風塵　　風塵有ら使むる莫《なか》れ
（王維「送元中丞轉運江淮」『王維集校注』巻六）

②與君自謂長如此　　君と自ら謂《おも》へらく長きこと此《か》くの如しと
寧知草動風塵起　　寧《いずく》んぞ知らん　草動きて風塵起こらんとは
（李白「流夜郎贈辛判官」『李白集校注』巻十一）

③海內風塵諸弟隔　　海內《かいだい》　風塵　諸弟隔たり
天涯涕淚一身遙　　天涯　涕淚　一身遙かなり
（杜甫「野望」『詳註』巻之十）

④天下尚未寧　　天下　尚ほ未だ寧《やす》からず
　健兒勝腐儒　　健児　腐儒に勝《まさ》る
　飄颻風塵際　　飄颻《ひょうよう》　風塵の際
　何地置老夫　　何《いず》この地にか老夫を置かん
（杜甫「草堂」『詳註』巻之十三）

⑤五十年間似反掌　　五十年間　掌《たなごころ》を反《かえ》すに似たり
　風塵澒洞昏王室　　風塵　澒洞《こうとう》として王室に昏し
（杜甫「觀公孫大娘弟子舞劔器行」『詳註』巻之二十）

⑥支離東北風塵際　　支離《しり》たり　東北　風塵の際
　漂泊西南天地間　　漂泊す　西南　天地の間
（杜甫「詠懐古跡五首其一」『詳註』巻之十七）

①で、王維は、江淮転運使として赴任する元載に、東南地方で、戦禍がないよう希望を述べている。「御亭」は、先述の梁の庾肩吾の「亂後行經吳郵亭」詩を受けて、「吳郵亭」を「御亭」と詠じたものである。この詩が作られる前年（上元元年）十一月から同二年二月にかけて、江・淮地方に劉展の反乱があった。この事実を踏まえての発言である。

一方、②の李白の詩における「風塵」は、李白が夜郎に流される途上の作である。かつて太平を謳歌していた最中に、突如安祿山の乱が勃発した驚きを詠じている。

③から⑥の「風塵」は、いずれも杜甫が安史の乱やそれに続く戦乱を表したものである。③は、「風塵」のために各地に散り散りになっている兄弟を案じ、異郷を放浪する我が身を嘆いたものである。ここでの「風塵」は、打ち続く

戦乱を表している。また、⑥の詩は、庾信を主題としており、尾聯は次のように結ばれている。

　庾信平生最蕭瑟　　庾信は平生最も蕭瑟
　暮年詩賦動江關　　暮年の詩賦は江関を動かせり

杜甫は梁を滅亡させた「風塵」によって、運命を変えられた庾信に我が身を重ねていたのである。

松本肇の「杜甫「風塵」考」(2)によれば、「杜甫の詩約千五百首中には「風塵」の語が四十五例見える。これを内容によって分類すると、戦争　四十例、俗世間　三例、役人社会　二例となる」。また、同論文では『文選』に見える「風塵」についてすでに戦乱のイメージと俗世間のイメージの両者がほぼ均等に見られることを指摘し、「「風塵」＝俗世間のイメージを拡大化したのが李白であり、「風塵」＝戦争のイメージを拡大化したのが杜甫であると言ってよかろう。「風塵」の語に戦争のイメージを定着化させる上で杜甫の果たした役割は大きいのだ」と述べている。そして、『文選』以上に杜甫が直接の影響を受けたものとして、庾信の「風塵」の存在があったことを指摘しているなど示唆に富んでいる。

だが、さらに注目されるのは、①から⑥の用例に見るように、王維・李白をはじめ杜甫らは、「風塵」の語によって戦乱をただ描いたのではないという点である。すでに考察してきたように、特に庾信・顔之推などに特徴的な、「風塵」の語によって故国を滅亡させた戦争をイメージさせる表現を杜甫をはじめとする唐代詩人達が深く心に刻みつけていたこと、そして、現実に安史の乱に遭遇した時に、このイメージを深く継承して表現したことを見落としてはならない。もちろん、「風塵」の語で戦争を表す例の中には、辺塞の戦さや内乱をさすものもあるが、国家の存亡にかかわる重篤な影響を与えた戦争を表す場合が、杜甫などに顕著に見られるのである。

【注】

（1）『先秦漢魏晉南北朝詩』（逯欽立輯校、中華書局、一九八三年九月）をテキストとし、各王朝詩ごとの巻数を詩題の後に記す。

（2）（『筑波中国文化論叢4』一九八四年）

第三編　社会意識と社会批判詩──内乱の中での詩的創造──

はじめに

安史の乱、それは安祿山の叛乱（七五五年十一月勃発）と、その一党の安慶緒・史思明によって継続された叛乱を併せて、都合八年に及ぶ戦乱をいう。天下太平を謳歌していた唐王朝を揺るがし、その後の衰退の契機ともなった大叛乱である。

唐代、とりわけ玄宗皇帝の治世、盛唐と呼ばれるこの時代に生きた詩人たちは、否応無しにこの戦乱の渦に巻き込まれた。杜甫も例外ではなかった。彼はこの大乱にどのように向き合ったのか。第三編では、安史の乱の只中の杜甫の姿を、また戦乱の状況下での杜甫の社会意識の深まりとそれを表現に押し出してゆく内面的葛藤をその詩文を通して捉えることとしたい。

この時期の杜甫は、戦乱の渦中で激しい浮き沈みを体験している。杜甫は安祿山が叛旗を翻したことを知ると、家族を長安の北に位置する白水、更に遠方の鄜《ふ》州へ避難させた。玄宗が蜀（四川省）に蒙塵し、天寶十五載（七五六）七月、皇太子李亨《りこう》が靈武（甘肅省）で即位したと聞き、杜甫は肅宗のもとに駆けつけようとして、途中賊軍に捕らえられたのであった。翌年春にその拘禁の状況の中で歌われた「春望」は、あまりにも有名である。四月、杜甫は叛乱軍の目を盗んで長安を脱出し、当時鳳翔《ほうしょう》（陝西省）に置かれていた肅宗の行在所《あんざいしょ》に駆けつけた。

そして、杜甫は肅宗のもとに命がけで至った功で、左拾遺の官に任じられる。ところがその直後、宰相房琯《ぼうかん》（六九七～七六三）を弁護したことで、肅宗の不興を買い、乾元元年（七五八）、華州司功参軍に左遷される。社会批判詩「三吏三別」を制作したのは、華州在任時である。せっかく粛宗の行在所まで命がけでたどりつき、功績によって官職を与えられながら、なぜ粛宗との間に軋轢が生じたのか。この事件は杜甫の人生における最大の挫折でありながら、大きな謎ともなっている。同時に彼の文学的転換にも大きな意味を持っていると考えられる。

戦時下にあって、徴税・徴兵にあえぐ民衆の生活を安定させながら、戦乱を収拾するにはどうすればよいのか。杜甫はそのような問題意識を持って、戦争政策に反対したのではないだろうか。粛宗の戦争方針は一言でいえば、民衆の犠牲をかえりみない積極攻勢策だった。杜甫はその政策への根本的な批判の上にたって、粛宗の積極攻勢策に反対する宰相房琯を弁護したと思われる。杜甫の社会批判詩の代表作「三吏三別」は、一般論として戦争批判をしているのではなく、伝統的な儒教的価値観から民衆救済を唱えているだけでもない。それは、粛宗の無謀な積極攻勢やそれを支えるための相次ぐ徴税・徴兵政策に反対する杜甫の具体的な現実認識・問題意識を集中的に表現の中に展開しているのだろう。戦乱の現実の中でもがくほかない自己や民衆の姿を正視して、それを戦乱の内側から描こうとする姿勢が、これらの作品の根底にみられるのではないか。

第三編では、安史の乱の渦中における杜甫のそうした問題認識と表現に向けての試行を追及したい。

第一章では、粛宗の戦争政策に対立したため華州司功参軍に左遷された杜甫が、その華州で、具体的にどのような社会認識を深めていたのかを、彼自身の文章「乾元元年華州試進士策問五首」を検討することで解明したい。

第二章では、粛宗との軋轢が具体的にどのような内容を持っていたのか、それがどのような現実の事態と対応しているのかを、〈房琯事件〉と呼ばれる一連のプロセスを解明することによって追求する。

第三章では、戦争政策をめぐる社会認識の深まりの中で、どのようにそれを「三吏三別」という代表作に結実させていったのか、特に精神的葛藤がそれとどのように関わっていたのかを追求し、杜甫の社会意識の展開と文学的表現とが不可分だったことを明らかにしたい。

第一章　華州司功参軍時代の杜甫
――「乾元元年華州試進士策問五首」にみる問題意識――

一

乾元《けんげん》元年（七五八）六月、元の宰相房琯が、その一派と目された劉秩・嚴武らとともに左遷されると、杜甫も左拾遺の官から華州司功参軍に左遷された。「至徳二載、甫自京金光門出間道歸鳳翔、乾元初從左拾遺移華州掾、與親故別、因出此門有悲往時」（至徳二載、甫京の金光門より間道を出でて鳳翔に帰る。乾元の初め左拾遺より華州の掾《えん》に移さる。親故と別れ、此の門を出づるに因《よ》りて往時を悲しむ有り）は、この時に作られた詩である。詩題冒頭に述べる至徳二載（七五七）当時、長安は安祿山配下の賊軍の手中にあり、杜甫はそこに捕らえられ軟禁されていた。杜甫は賊軍の眼を盗んで金光門から脱出し、鳳翔に置かれていた肅宗の行在所へ命からがら駆けつけ、その功績によって、左拾遺の官を賜ったのであった。それからわずか一年という短時日での左遷であった。「移華州掾」（華州の掾に移さる）の語からは、中央官僚から地方官への左遷を命ぜられた杜甫の失意、また、詩中の「移官豈至尊」（官を移さるるは豈至尊ならんや）の語からは、左遷を画策したのは肅宗自身ではないとする自己への言い聞かせと、しかし、取り巻きに左右されている肅宗皇帝への失望感が窺われる。さらに失望を決定的にしたのは、房琯が中央を追われて邠州《ひんしゅう》に左遷された事件に連座するかたちで、自らが左遷されたことであっただろう。

さかのぼって、杜甫が左拾遺を拝命したのは、乾元元年五月十六日であり、その直前（同年五月十日）に宰相房琯は罷免されていた。そこで、杜甫は着任早々房琯の罷免に反対する上奏を行い、それによって、粛宗の逆鱗に触れ、弾劾された。周囲の弁護により、罪を許されたものの、おそらくはこの事がもとで、左拾遺在任中、粛宗から疎んじられたように見える。今、それが房琯の邠州刺史への左遷と、自身の華州司功参軍への左遷というはっきりとした形をとって顕現したといえる。

粛宗が房琯を左遷した理由は、さまざまな些末な理由が付されている。しかし、根本的には、粛宗およびそれを取り巻く賀蘭進明《がらんしんめい》・第五琦《だいごき》らと房琯らとの、「安祿山の乱」の収拾をめぐる戦略・政策の相違が、決定的な原因であった。(1)粛宗や賀蘭進明・第五琦らは、粛宗による単独勝利―積極攻勢―増税―貨幣改鋳を政策として推し進めており、それに対し、房琯は玄宗の影響力を背景とし、諸王の協力による分鎮、堅守防衛・民生の安定を唱えていた。杜甫が、房琯の政策に強い共感を抱いていた事は、房琯罷免への命がけの反対、その後弾劾裁判を受け許された時の「奉謝口敕放三司推問狀」（口勅もて三司の推問を放《ゆる》さるるに謝し奉る状）や、後日の「祭故相國淸河房公文」（故《もと》の相国清河房公を祭る文）(2)などに伺うことが出来る。

さて、ともかくこのようにして杜甫は華州に左遷された。華州での在任期間は乾元元年六月から翌乾元二年七月であり、しかも着任の年の歳暮から翌年三月には洛陽へ出張している。このように在任期間は短期間であるが、杜甫はこの間に精力的に仕事に励み、また創作にも力を注いでいたと思われる。前出の「至德二載、甫自京金光門出間道歸鳳翔、乾元初從左拾遺移華州掾、與親故別、因出此門有悲往時」のほか、「洗兵行」を始め、社会批判詩の代表作「三吏三別」を制作した。また、文章では、「爲華州郭使君進滅殘寇形勢圖狀」（華州郭使君が残寇を滅せらるる形勢図を進むる状）と「乾元元年華州試進士策問五首」（乾元元年、華州にて進士を試さる　策問五首）を残している。

ここでは、杜甫がこの間に作成した「乾元元年華州試進士策問五首」を取り上げたい。この文章は華州から中央へ推薦する優秀な人材（貢挙）を選抜するために作成された進士試験問題である。杜甫はこの文章において、現下の政治状況に対して抱く自己の問題意識を克明に表現している、と論者は考える。選挙の策問は伝統的に儒教政治倫理の大綱を問うものだった。しかし、杜甫のこの策問は、安祿山の乱の状況を踏まえ、現今の政治状況やその問題点を具体的に鋭く問うものである。杜甫の問題意識は、いったいどのようなものだったのだろうか。とかく杜甫は現実に疎く、迂遠な理想論を振りかざしていると批判される。たとえば、『新唐書』巻二〇一、杜甫伝には、「甫曠放不自檢、好論天下大事、高而不切」（甫は曠放《こうほう》にして自ら検せず、好んで天下の大事を論ずるも、高にして切ならず）とある。この策問の考察を通して、『新唐書』以来、一般的に承認されてきた杜甫像とは逆に、実は、杜甫が当時非常に切実な問題意識と具体的な政策を抱いていたことを明らかにしたい。また、その後、「三吏三別」詩を制作するに至る問題意識を考察したい。

二

策問とは、経書の意味や政事の意見を試問し、受験者の学問や才能を試すこと、またその問題をいう。唐代、科挙には大別して三種あった。第一は、学館から受験するもので「生徒」と言った。第二は州・県から推挙されるもので「郷貢」（進士）と言った。いずれも科目として、秀才・明経・俊士・進士・明法・明字・明算・一史・三史・開元礼・道挙・童子があった。第三に天子自ら出題して試験するもので「制擧」（または「制科」）といい、臨時に異才を抜擢するためのものであった（『新唐書』巻四十四、志第三十四、選擧志）。

この「乾元元年華州試進士策問五首」は、乾元元年（七五八）に、華州で行われた進士科の試験問題で、華州から中央へ推薦する郷貢を選ぶためのものである。この策問の制作時期について、『詳註』の年譜では、同年十月とする。「伊歳則云暮」（伊れ歳則ち云に暮れ）とあることから、十月あるいは十一月と考えられる。『登科記考』（巻十）によれば、前年の至徳二載は、粛宗が鳳翔から都に還御がなったばかり（十月）で、科挙は通常の形態では行われなかった。「進士二十二人、江淮六人、成都府十六人、江東七人」と記されており、ここに記された以外の都周辺および華北地方は、戦乱で科挙試験は行われなかったことを推測させる。翌乾元元年（至徳三載の二月に改元）の四月の詔勅には「國子監學生・明經・明法、帖策口試各十、竝通四已上進士、通三與及第鄉貢・明經、準常式。」とあり、また、「進士二十三人」と記録されて、ほぼ通常通りに戻っている。この策問はそのような時期に制作された。

しかも、『新唐書』巻四十四選擧志によれば「天寶九載、置廣文館於國學、以領生徒爲進士者。擧人舊重兩監、後世祿者京兆、同、華爲榮、而不入學。」とあり、京兆・同州・華州はおそらく郷貢の中でも人材のレベルが高く、広文館に入学するまでもなかったのではないかと考えられる。華州は都に近く、優れた人材の確保を期待されていたのであろう。

進士試験では、「凡進士、試時務策五道、帖一大經、經、策全通爲甲第、通八爲乙第。」（『新唐書』巻四十四、選擧志）とあるように、時務策を五題、それから『禮記』または『春秋左氏傳』のいずれかの経書の本文を問う問題が課された。そして、全問正解者は、甲つまり第一級の及第とされ、八問に通じたものは第二級の及第とされた。この策問はこの「時務策五題」に当たる。時務策とは、施政の方策、政治上の考案を論ずるものである。杜甫がこのときこの策問の出題者となったのは、司功参軍としての職責だったからにほかならない。『新唐書』巻四十九下、百官四下に「功曹參軍事、掌考課、假使、祭祀、禮樂、學校、表疏、書啓、祿食、祥異、醫藥、卜筮、陳設、葬祭」とあり、選挙の任に当たったものと考えられる。

三

既に、馮至《ふうし》著『杜甫傳』（一九五二年）には、次のように指摘されている。

在《乾元元年華州試進士策問五首》里提出在變亂中關于賦稅、交通、征役、幣制等等迫切的具體問題、在這些問題里他首先顧慮到的是人民的負擔。

馮至のこの論旨は正しいと言える。しかし、これは概括的な指摘に終わっており、策問の具体性を素通りしてしまい、策問のそれぞれがどのような問題を提出しているかについての具体的な指摘はなされていない。そこで、ここでは、具体的に策問の内容を第一首から順を追ってみていきたい。

〈第一首〉

ここでは賦税について述べている。まず状況認識としては、肅宗が、中興を期しているが、まだ安史の乱の収束にはいたっていないことが述べられる。

而東寇猶小梗、率土未甚闢。總彼賦稅之獲、盡贍軍旅之用、是官御之舊典闕矣、人神之攸序乖矣（而《しか》れども東寇猶ほ小梗し、率土未だ甚しくは闢《ひら》けず。彼の賦税の獲《かく》を総《す》べて、尽く軍旅の用を贍《た》らしむるは、是《こ》れ官御の旧典を闕《か》き、人神の攸序《ゆうじょ》に乖《そむ》くなり）。

際限なく膨張する軍旅に賦税のすべてを充当している現状への批判を述べる。さらに次のように問題を追及している。

欲使軍旅足食、則賦税未能充備矣。欲將誅求不時、則黎元轉罹疾苦矣（軍旅をして食を足《た》らしめんと欲せば、則ち賦税未だ充備する能はず。将に誅求《ちゆうきゆう》時ならざらんと欲せば、則ち黎元《れいげん》転《うた》た疾苦に罹《かか》る）。税収すべてを軍費に注入するなら、税収は戦乱前の額に復しておらず、不足する。かといってのべつ幕無く税が徴収されれば民衆はいよいよ疲弊してゆく、と。現状の過酷な状態、ジレンマを指摘する。そして、「救弊之道術」（救《きゆう》弊《へい》の道術）を切実に求めていることを強調して結んでいる。

〈第二首〉

第二首では、杜甫が赴任した華州に関連して、駅伝経営と備蓄が問題とされている。

今茲華惟襟帶、關逼輦轂、行人受辭於朝夕、使者相望於道路、屬年歳無蓄積之虞、職司有愁痛之歎（今茲《こ》れ華は惟れ襟帯《きんたい》、関は輦轂《れんこく》に逼《せま》る。行人辞を朝夕に受け、使者道路に相望む。属《この》ごろ年歳蓄積の虞《うれ》へ無く、職司愁痛の歎き有り）。

華州は、副都洛陽と首都長安を結ぶ最も重要な幹線道路に位置している。そして潼關、すなわち大唐の都長安の防衛・守備において最も重要な関所を抱えている。つまり、華州の地は唐王朝にとっての大動脈といっていい交通の要衝・要害である。そのような華州にあって、駅伝経営に要する出費は、戦時下ゆえになおさら嵩《かさ》まざるをえず、また王命を伝える使者への対応も必要であるのに、穀物の備蓄のないことを心配している。「積骨頗多」（積骨頗《すこぶ》る多く）という状況下、駅伝経営に必要な添え馬を買うこともままならないことを述べ、「側佇新語、當聞濟時」（側ちて新語を佇《ま》つ。当に時を済《すく》ふを聞くべし）と結ぶ。時世を救う新しいことばを聞かせてもらいたいと、問題を投げかけているのである。

〈第三首〉

ここでは、都を中心とする関中の治水・水利や道路の土木工事とそれに起因する民衆の疲弊について問題としている。

まず、最近の水利土木工事が失敗していることを指摘し、次に目下の計画について、言及している。

今軍用蓋寡、國儲未贍、雖遠方之粟大來、而助挽之車不給。是以國朝仗彼天使、徵茲水工、議下淇園之竹、更鑿商顔之井。又恐煩費居多、績用莫立、空荷成雲之插、復擁塡淤之泥（今軍用蓋《なん》ぞ寡《すく》なからん、国儲《こくちょ》未だ贍《み》たず、遠方の粟《ぞく》大いに来たると雖も、而も助挽《じょばん》の車給せず。是《ここ》を以て国朝彼《か》の天使に仗《よ》り、茲《こ》の水工を徴《め》し、議して淇《き》園《えん》の竹を下し、更に商顔の井を鑿《うが》たしむ。又恐るらくは煩費《はんぴ》多きに居り、績用立つる莫《な》く、空しく成雲の挿《すき》を荷《にな》ひ、復た塡淤《てんお》の泥に擁《ふさ》がれん）。

政府は、治水工事に当たるものを徴集し、大土木工事をおこそうとしているが、おそらくは、費用や賦役の負担が大きく、しかもかえって黄河を泥でふさぐことになって成果があがらないだろう、と危惧を述べる。もしそのようなことになれば、今でさえ、民衆は食に事欠く状況であるのに、舟運に支障が出て、なおさら「軍國之食、轉致或闕矣。」（軍国の食、転《うた》た或ひは闕《か》くるを致《いた》さん。）と、軍旅と国家の食料は欠ける状態に拍車がかかると、疑問視している。

〈第四首〉

ここでは、華州および關中付近を中心とする地方の徴兵と食糧不足の問題が取り上げられている。冒頭から鋭い批判が述べられる。

足食足兵、先哲賀誥。蓋有兵無食、是謂棄之。（「食を足らしめ兵を足らしむ」とは、先哲の賀誥《がこう》なり。蓋《けだ》し兵有りて食無きは是れ之を棄《す》つと謂ふ。）

軍隊のみが重視され、人々に食物さえないのは、これは民衆を棄てるというのだと。そして、続いて具体的に、当時徴発されて鄭縣（華州に属していた）で軍事教練を受けている兵士たちに言及している。

　瞻彼三千之徒、有異什一而稅。竊見明發教以戰鬪、亭午放其傭保、課乃菽麥、以爲尋常（彼の三千の徒を瞻《み》るに、什《じゅう》の一にして稅するに異なる有り。竊《ひそか》に見るに、明発教ふるに戦闘を以てし、亭午其の傭保を放ち、課するは乃《すなわ》ち菽《まめ》と麦にして、以て尋常と為す）。

教練が終わると労役から解放されるが、その上豆や麦を税として課されている。「異什一而稅」(4)とあることから、租庸調以外にも雑税を課せられていることが読み取れる。しかも、いつ帰れるかわからず、「交比翳桑之餓」（交《こもご》も翳桑《えいそう》の餓に比す）、すなわち「翳桑の餓人」(5)にも似通う、飢えに悩まされている。この「翳桑の餓人」の典故は、目の前の飢餓に苦しむ人を助けたことが、本当の信頼を結び、後に自己の危機を救うというものである。ここで、杜甫がこの典故を用いた意味は深い。目の前の飢餓に苦しむ人を救うことこそが国家が、人心を取り戻す根本であるはずだ。しかし、上述のように今の政治は民衆をまさに「棄」てているのではないか、と民衆の置かれている状況を案じ、きわめて切実な具体的問題を提示している。

〈第五首〉

ここでは、貨幣改鋳と穀価の高騰の問題が提示されている。杜甫はまず、君と臣との協力体制を説く。すなわち主君が標準を打ちたて、大臣が根幹を形成するという関係を作る必要を述べる。また現在鄴城《ぎょうじょう》に官軍が各地から集結しつつあることに言及している。そして、次に昨今の進士試験の状況を次のように批評する。

　豈徒瑣瑣射策、趨競一第哉。頃之問孝廉、取備尋常之對、多忽經濟之體（中略）今愚之粗徵、貴切時務而已。（豈《あ》に徒《いたず》らに射策に瑣瑣《ささ》として、一第を趨競せんや。頃《このごろ》之孝廉に問ふに、取《ひそ》かに尋常の対を備ふるのみにして、多く経済《けいせい》の体を忽《ゆるが》せにす。（中略）今愚の粗徴《ぐ》、時務に切なるを貴《とうと》ぶのみ）。

民を救済するという根本を蔑ろにしている者が多いことを批判し、また「時務」に切実であることを求めると述べている。

しかし、この第五首の中心は、末尾の主張であろう。即ち乾元元年の七月に行われた貨幣改鋳について批判しているのである。

夫時患錢輕、以至於量資幣、權子母。代復改鑄、或行乎前楡莢、後契刀。當此之際、百姓蒙利厚薄、何人所制輕重（夫れ時に銭の軽きを患《うれ》ひ、以て資幣を量《はか》り、子母を權《はか》るに至る。代はりて復た改鋳し、或ひは前に楡莢《ゆきょう》なるも、後に契刀《けいとう》を行ふ。此の際に当たりて、百姓利を蒙《こうむ》ること厚薄あり、何人《なにびと》か軽重を制する所ぞ）。

一枚で「開元通寶」十枚に当てんとして、新たに鋳造された「乾元重寶」が経済に混乱を生じ、また穀価が高騰していることを問題としている。この点については、後の章でさらに詳しく論じたい。

四

前章で、五首の策問に掲出された問題を検討した。そこに明瞭に現れていたように、杜甫はこの策問において、まさに現在の政治上の問題を点検し、あるいは批判し、その解決策を問うという姿勢をとっている。これは、通常の「策問」のありようなのであろうか。たとえば、『文選』に収められている六朝時代の策問には、このような切実な現実問題を課題とするものはないようである(6)。また後になるが韓愈の「進士策問十三首」においても、むしろ経書などの解釈をめぐる問題を取り上げており、杜甫のような現時点での具体的な政策論は見えない。これらから見ると、杜甫のこの策問は特殊で、非常に斬新かつ辛辣な政策論を展開したものといえる。

もちろん、第一章で述べたように、進士の試験では、「時務」を出題することになっていた。その意味では、「時務」を問うことは当然ではある。しかし、杜甫の設問は「時務」をまさに文字通り現時点での政策課題を問うものと捉えたものであり、まるで現下の政策批判、政策論争の感がある。

次にさらに詳しく策問を検討し、当時の政治・政策に対する杜甫の問題意識の内実を考えたい。

まず、「時務」の語に着目すると、それは「第五首」に見える。

今愚之粗徵、貴切時務而已（今　愚《ぐ》の粗徵は、時務に切なるを貴ぶのみ）。

この前の部分では、策問の受験生の最近の傾向として、ただ設問に対して、「尋常」の解答をするばかりで、「經濟」すなわち民衆を救済するという根本をないがしろにしているものが多いと批判している。そして、掲出の部分では、「今自分の策問では、時局に切実であることを何より尊んでいるのだ」と主張している。すなわち、杜甫が、優秀で模範的な解答でなく、今、民衆を救済する手立てを切実に求めていたことは明白であろう。

また、ここで注目されるのは、「愚」の語である。これは、策問の出題者＝杜甫自身を謙遜した自称であろう。中央での秀才の策問では、実際の策問制作者が誰であっても、あくまでも「朕」＝皇帝が出題者として記される。たとえば、『文選』巻三十六、王融「永明九年策秀才文五首」（永明九年、秀才を策する文　五首）には次のようにある。

問秀才高第明經。朕聞神靈文思之君、聰明聖德之后、體道而不居、見善如不及（秀才、明経に高第《こうだい》せるものに問ふ。朕《ちん》聞く、神霊なる文思の君、聡明なる聖徳の后は、道を体して居らず、善を見て及ばざるが如くす、と）。

また、任彥昇「天監三年策秀才文三首」（天監三年、秀才を策する文　三首）にも、こう言う。

問秀才。朕長驅樊鄧、直指商郊（秀才に問ふ。朕　樊《はん》・鄧《とう》に長駆し、直《ただ》ちに商郊を指す）。

ところが、ここでは「愚」、すなわち杜甫自身が顔を出していると考えられるのである。あるいはこれは地方での策問には見られる記述であった可能性もないではない。しかしそうであったとしても、杜甫が自身の切実な問題意識をここに直接話法の形で問うていると考えられるのである。

第三首では、先述のように水利や土木工事について問うているのであるが、その末尾に次のようにある。

子等、飽随時之要、挺賓王之資、副乎求賢、敷厥讜議（子等、随時の要を飽《みた》し、賓王の資を挺《ぬき》んで、求賢に副《そ》ひ、厥《そ》の讜議《とうぎ》を敷《し》け）。

「随時の要を飽《みた》す」とは、現在のさまざまな要請にかなう対応をすることであろう。現状を踏まえ、即応する政策こそが必要だと杜甫は考えていたのであろう。

以上では、言葉の面から「時務」に関する杜甫の言及を考察してきた。ここには、現下の状況に厳しく立ち向かおうとする杜甫の姿勢が、切迫感を伴って明示されている。一出題者のありきたりの用語をはるかに越えた、現実と具体的に切り結ぶ者の全存在をかけた声があると言えるのである。

五

次に策問五首の中でも、特に現在進行中の政策への疑義を提出していると考えられる第一首と第五首について詳細に検討したい。

まず第一首であるが、前章ですでに内容の概要は述べたが、ここでは賦税が問題となっている。これに関して、先述のように馮至の前掲書で次のように指摘している。

在「乾元元年華州試進士策問五首」里提出在變亂中關于賦税、交通、征役、貨幣等等迫切的具體問題、在這些問題里他首先顧慮到的是人民的負擔。這時两京收復不久、物價騰貴、米一斗七千錢、長安市上的水酒每斗要三百青銅錢、大路上不是乞丐、便是餓殍。國家的財政支絀到了極點、政府想盡方法、甚至把官爵當作商品出賣、也解決不了當前的困難。

「迫切的具體問題」を杜甫が提出し、人民の負担に顧慮していることは指摘されているが、それ以上は掘り下げられていない。先に述べたように、馮至の指摘は、杜甫が「具體問題」に直面していたことを突いている点で、正しいが、それを一般的に指摘するにとどまり問題の具体性を素通りしてしまっている。杜甫は賦税に関して、いったい何を問題視していたのか。

唐代の賦税の基本は租庸調であり、その徴税の根幹をなすのが、戸籍である。開元・天寶年間の唐王朝の隆盛はこの租庸調によってもたらされたものであった。ところが、安史の乱によって、旧来の戸籍は消失し、あるいは戸籍は残っても、実際は死亡・流亡によって膨大な虚籍が生じていた。

『中国歴史大辞典』によると、この間の戸数および人口は次のようである（戸数・人口の順に掲出する）。

天宝十四載（七五五）　八、九一四、七〇九　五二、九一九、三〇九

乾元三年（七六〇）　一、九三三、一七四　一六、九九〇三八六

であり、乾元三年には、戸数・人口とも天宝十四載の三分の一足らずに減少している。

この時期の税制については、金井之忠の「安史之乱後に於る税制の変化」（『文化』第十一巻、第二号）に言及されている。しばらく同氏の説によってみてゆきたい。当時、本来徴収されるはずの税金の合計と、実際の税収の間に大きな差額が生じていたが、戦乱が続く中、国家の支出は減少するはずもなく、それどころか軍費がかさんでいたのである。

この差額を埋めるために、新たな税の割り当てが考案された。至徳二載（七五六）七月の荆呉地方の畝税、また永泰元年（七六五）、京兆の十一税（夏麦秋税）、いずれにも当時粛宗の信頼を得ていた経済官僚第五琦が関係していたという。当時賦税を一括して掌握していたのは、ほかならぬ第五琦であった。これらの畝税は、国家が京師において大量の穀物を取得する目的があったという。杜甫は粛宗の積極攻勢策とそれに連動したこの第五琦の追加増税政策に疑問を抱き、それをここで指摘したものであろう。

たとえば、杜甫の「羌村《きょうそん》三首」（『詳註』巻之五）その三に

莫 辭 酒 味 薄　　辞する莫かれ　酒味の薄きを
黍 地 無 人 耕　　黍地　人の耕す無し
兵 革 既 未 息　　兵革　既に未だ息《や》まず
兒 童 盡 東 征　　児童　尽く東征す

この詩において、「黍地」、すなわち農村の耕作地が耕作する人を失っていることが分かる。しかも、兵隊が不足し、ついには本来徴兵されるはずの無い未成年の「兒童」にまで徴兵がおよび、反乱軍との戦闘に送られたことが詠じられている。

その農村に追い討ちをかけるような賦税が導入されたのである。まだ食に事欠く状況の中、租庸調に加えて、新たな税を負担できるはずがない。民生の安定性を確保しながら堅守防衛に徹し、大きな包囲網によって反乱を崩壊させるという戦略を提示した房琯・杜甫らにとって、最も危惧していた事態が現実になってきていたのだ。民衆の生活を身近に見ていただけに杜甫には、民衆の実情を無視したこの暴挙を批判せずにはいられなかった。先にも引いた部分にこうあった。

欲使軍旅足食、則賦税未能充備矣。欲將誅求不時、則黎元轉罹疾苦矣。

賦税は十分に納められる状況でないこと、さらに時ならず税を誅求されれば、なおいっそう民衆が「疾苦」に「罹《かか》」る、という抜き差しならない現状が見据えられている。民衆の負担の過酷さが告発されているのである。次に第五首である。ここでは、第五琦による貨幣改鋳が取り上げられている。『新唐書』巻五十四、食貨志には次のように記されている。

肅宗乾元元年、經費不給。鑄錢使第五琦鑄「乾元重寶」錢、徑一寸、毎緡重十斤、與開元通寶參用、以一當十、亦號「乾元十當錢」。先是諸鑪鑄錢窳薄、鎔破錢及佛像、謂之「盤陀」、皆鑄爲私錢、犯者杖死。第五琦爲相、復命絳州諸鑪鑄重輪乾元錢、徑一寸二分、其文亦曰「乾元重寶」、背之外郭爲重輪、毎緡重十二斤、與開元通寶錢竝行、以一當五十。是時民間行三錢、大而重稜者亦號「重稜錢」。法既屢易、物價騰踊、米斗錢至七千、餓死者滿道。

第五琦が乾元元年に「乾元重寶」を鋳造したこと、その銭は直径一寸で、一緡《びん》の重さが十斤、この貨幣一枚を「開元通寶」十枚に当てたことが見える。第五琦はその後も、さらに一枚で五十枚に当てる「乾元重寶」を鋳造した。このような度重なる改鋳により、物価の騰貴を招き、安史の乱前に、一斗十三銭であった米価が一斗七千銭にまで値上がりしたとある。また、『舊唐書』巻十、肅宗本紀の乾元元年には、つぎのようにある。

秋七月（中略）、丙戌、初鑄新錢、文曰「乾元重寶」、用一當十、與開元通寶同行用。

「乾元重寶」が、七月丙戌（十六日）に鋳造されたことが分かる。房琯の左遷は乾元元年六月である。房琯は賀蘭進明と間隙・対立があったことが知られる。その賀蘭進明に経済の才によって見出されたのが第五琦である。たとえば、『新唐書』第五十一、食貨志には次のように記す。

肅宗卽位、（中略）於是北海軍錄事參軍第五琦以錢穀得見、請於江淮置租庸使、吳鹽、蜀麻、銅冶皆有税、市輕貨繇江陵、襄陽、上津路、轉至鳳翔。

第五琦は経済官僚であり、戦時の費用の捻出をいわば功績として、のしあがってきたといえる。『唐會要』巻八十四「租庸使」には、次のようなエピソードを伝えている。

至徳元年十月、第五琦除監察御史、充江淮租庸使、中書侍郎房琯諫曰、「往者楊國忠厚斂、取怨天下。陛下卽位以來、人未見徳。琦聚斂臣也。今復寵之、是國家斬一國忠、而用一國忠矣。將何以示遠方、歸人心乎。」上曰、「天下方急、六軍之命若倒懸。無輕貨則人散矣。卿惡琦可也。何所取財。」琯不能對。自此恩減於舊矣。

同じく至徳元載十月、賀蘭進明は「論房琯不堪爲宰相對」（房琯の宰相為るに堪《た》へざるを論ずる対《たい》）を粛宗に奉り、房琯の罷免を求めている。房琯が乾元元年六月に左遷されたのは、必然的であったと推測される。時に同年九月には相州において、郭子儀ら七節度使が協力して、安慶緒を討ち、十一月には鄴城に賊軍を取り囲む。つまり、戦費調達が急務であり、そのためには、第五琦の貨幣改鋳策や増税策が必要であった。それらに、反対してきた房琯はそれゆえに左遷されたと考えられるのである。

杜甫は、房琯や劉秩と同様に、積極攻勢─増税─貨幣改鋳という一連の政策全体に反対であった。しかし、粛宗が選んだ──あるいは取り巻きによって選ぶこととなった──戦争政策が、日ごとに民衆を過酷な状況に追い込んでいた。その政策への反論を杜甫はこの策問に盛っているのである。しかも、根本的な戦争政策に反対しながら、その政策によって生ずる矛盾をも解決しなければならない。杜甫の抱えていた現実は、このように凄惨なものだった。

軍事費調達のためとはいえ、戦乱下にあって、民衆がただでさえ疲弊している最中に、増税や貨幣改鋳を実施することに、杜甫は反対であった。その問題意識がこの策問には明確に表出されている。それは、おそらく策問としては異例であっただろう。華州で実際の地方政治に携わるものとして、かつて左拾遺の官にあった時とは違う視線で、彼は中央の政治を捉えなおそうとしていた。華州という地方に立脚して、中央の政治の問題点を点検し、地方の現実の上に立って批判しているのである。民衆の背負わされている理不尽な負担に異議を唱え、民衆に寄り添おうとしていることがうかがわれる。それは、左拾遺時代より、いっそう民衆が身近な存在となったことにも起因するが、房琯事件以来の問題意識が、左拾遺任官とその後の左遷を経て、いっそう深まったと考えられる。

劉開揚著「杜文窺管續編（三）」（『草堂』一九八三年第一期）は、策問の第五首に触れて次のように指摘している。

此皆針砭科擧積弊、勉諸應試者也。較之上述顔、韓諸作、皆高一等。

杜甫は科挙の積年の弊害を戒め、試験に応ずるものを励ましている、と解している。確かにそういう面も否めない。現在の政府に正論を直言できる人物を推薦したいという思いや、進士受験者に勇気を持って政治に携わることを励ます意図もあったに違いない。しかし、それ以上に、現在の政治・政策への一貫した批判的視点こそが、このような激しい問題提起として、析出したのであろう。そして、この問題意識が、やがて「三吏三別」詩制作の動機となったと考えられるのである。

六

【注】

（1）本論第三篇第二章第一節「杜甫の社會批判詩と房琯事件」参照。

（2）本論第三篇第二章第二節「「故の相国清河房公を祭る文」の語るもの」参照。

（3）拙論「杜甫『乾元元年華州試進士策問五首』訳注（初稿）」（『長野県短期大学紀要』第五十三号、二〇〇三年十二月）

（4）「什一而稅」は、『漢書』巻二十四上、食貨志第四上に「善爲國者、使民毋傷而農益勸。今一夫挾五口、治田百畝、歳收畝一石半、爲粟百五十石、除十一稅十五石、余百三十五石。」とあるのを踏まえる。民衆に過剰な負担とならない税のたとえとして挙げている。

（5）『春秋左氏傳』宣公二年に見える次の話を踏まえる。

初宣子田於首山、舍于翳桑、見靈輒餓、問其病、曰不食三日矣。食之、舍其半、問之、曰宦三年矣。未知母之存否、今近焉。請以遺之。使盡之、而爲之簞食與肉。寘諸橐以與之。既而與爲公介。倒戟以禦公徒、而免之問何故、對曰翳桑之餓人也。問其名居、不告而退。遂自亡也。

（6）いずれも『文選』巻三十六、「文」に掲載されている。政治上の一般的な諸問題を試問するものといえよう。

（7）劉秩は『史通』の著者劉子玄の子である。『新唐書』には「開元末、歷左監門衛錄事參軍事、稍遷憲部員外郎。坐小累、下除隴西司馬。」とあるのみで、房琯に坐して左遷されたことは詳述されていない。ただ、安祿山が反した当初、哥舒翰が潼関を守っていた時、楊國忠はその兵を奪おうとした。この時、劉秩は「翰兵天下成敗所繫、不可忽」と上言し、房琯はその文書を見て、劉秩を漢の劉向に比したというエピソードを伝えている。また、『舊唐書』巻一百四十七、杜佑傳には、「初開元末、劉秩採經史百家之言、取周禮六官所職、撰分門書三十五巻、號曰政典、大爲時賢稱賞、房琯以爲才過劉更生。」とあり、前述のエピソードと似通っており、これらの資料から、房琯が劉秩の学問を高く評価していたことが分かる。

第二章　房琯事件と杜甫の社会意識

第一節　房琯事件と杜甫の社会批判詩

一

　至徳二載（七五九）四月、安祿山の乱のさなか、杜甫は虜囚となっていた長安から賊軍の目を盗んで脱出した。間道を抜けて鳳翔《ほうしょう》の行在所《あんざいしょ》に駆けつけ、その功によって五月十六日、左拾遺の官を授けられる。

　これに先立つ五月十日には宰相房琯が罷免されていた。(1) 左拾遺に任じられた杜甫は、上疏して房琯を救おうとして粛宗の逆鱗に触れ、粛宗は詔によって三司に推問〈取り調べ〉を命じた。(2) 宰相張鎬《ちょうこう》の弁護により罪は免ぜられたが、翌年房琯が左遷されると、杜甫も房琯一派とみなされて、華州司功参軍に左遷された。杜甫が房琯を弁護して危うく罪に問われそうになり、やがて房琯一派として左遷されたこの一連の事件をここでは〈房琯事件〉と呼ぶこととする。

　ではなぜ杜甫は房琯を弁護したのだろうか。①杜甫と房琯が以前から交友があったこと、②杜甫が任命された左拾遺は皇帝の過失を諫言する役目であり、着任早々の杜甫は使命感に燃え、また周囲の状況を知らなかったこと、③房琯が宰相を罷免された理由が杜甫にはさほど重大でないと考えられたこと、などがこれまで指摘されてきた。①を理由としているのは主に『舊唐書』杜甫伝・『新唐書』杜甫伝である。

房琯布衣の時甫と善し。時に琯宰相為り。自ら師を帥《ひき》ゐて賊を討たんことを請ひ、帝之《これ》を許す。其の年十月、琯の兵陳濤斜に敗《やぶ》る。明年春、琯相を罷《や》む。甫上疏して琯の才有りて、宜しく罷免すべからざるを言ふ。粛宗怒り、琯を貶《へん》して刺史と為し、甫を出して華州司功参軍と為す（『舊唐書』巻一百九十下、杜甫伝）。(3)

『新唐書』杜甫傳も類似した記述である。(4)

②を理由とするものは、たとえば吉川幸次郎著『杜甫詩注』第四冊（巻四、前篇・はしがき一）(5)である。

これはいかにも杜甫的な行為であった。およそ官界には慣例というものがある。任命匆匆の新参者が、こうした上奏をするということ自体、すでに慣例にはずれたであろう。またこの種の文書、体裁や措辞に慣例があったろうが、それにも慣れていたとは思えない。

また、③を理由とするものは、主に『新唐書』杜甫伝である。

甫上疏して言ふ「罪細にして宜しく大臣を免ずべからず」と。

いずれも一つの側面を語っていると思われる。しかし、以上の理由はいずれも情況説明であり、必ずしも杜甫が房琯を弁護した真意を説明しているとは言い難い。さらに重大な理由があったのではないかと論者は考える。そこには、房琯の政策、さらには安祿山の乱を収束するための戦略への共鳴があったからではなかったか。第二章では、杜甫の房琯弁護の真の理由について考察するとともに、あわせて杜甫にとっての〈房琯事件〉の意味について考える。その上で、〈房琯事件〉の後まもなく制作された杜甫の社会批判詩の代表作「三吏三別」詩がどのような意味を持っていたのかを考察する。その鋭い社会批判や作品の根底に流れる杜甫の志向した理念に〈房琯事件〉が深く関わっているのではないかという見通しについて考えたい。

二

まず、房琯事件に関する歴史書の記述を確認しておきたい。『舊唐書』巻一百一十一、房琯伝(6)には次のように記されている。

> 琯又多く病と称し、時に朝謁せず、政事に簡惰なり。時議は両京　賊に陥り、車駕出でて外郊に次《やど》るを以てす。天下の人心は惴恐《ずいきょう》し、主憂《うれ》ふれば臣辱《は》づるの際に当たり、此の時琯宰相為り、略《ほ》ぼ懈《おこた》るに匪《あら》ざるの意無し。但《た》だ庶子劉秩、諫議李揖《りしゅう》、何忌《かき》等と高談虚論し、釈氏の因果、老子の虚無を説くのみ。

此の外、

> 則ち董庭蘭《とうていらん》の琴を弾ずるを聴き、大いに琴客を招集して筵宴し、朝官往往庭蘭に因りて以て琯に見《まみ》ゆ。是《こ》れ自《よ》り亦大いに貨賄《かわい》を招納し、姦贓頗《かんぞうすこぶ》る甚し。（中略）憲司　又董庭蘭の貨賄を招納するを奏弾す。琯朝に入りて自ら訴ふ。上叱《しょうしつ》して之を出す。因りて私第《してい》に帰り、敢《あ》へて人事に関預せず。諫議大夫張鎬上疏して、言ふ、琯は大臣にして、門客贓を受くるも、宜しく累《つみ》せらるべからずと。二年五月、貶せられて太子少師為り。仍《よ》りて鎬を以て琯に代えて宰相と為す。

『新唐書』巻一百三十九の房琯伝もほぼ同様の記述である。新旧両唐書に宰相を罷免された直接の理由としてあげているのは、次の二点である。第一に国家危急の時に、宰相でありながら、高談にうつつをぬかしていたこと。第二に、危急の時に琴の名手董庭蘭の琴を聞き、しかも房琯宅に出入していた董庭蘭が宰相への口利きの見返りとして賄賂を得ていたこと。この二点によって房琯は肅宗の不興を買い、至徳二載（七五七）五月十日、宰相を罷免されて、太子少師に貶された、とされる。

また、新旧両唐書および『資治通鑑』の記述から、これに先立つ前年十月、房琯が自ら兵を率いて長安を奪回することを願い出て、陳濤斜で戦って大敗を喫し、四万余人の兵を戦死させたことを罷免の遠因と考えることができる。

さらにこれらの史書の筆者は次のように評している。

史臣曰く、（中略）琯相位《しょうい》に登り、将権を奪ひ、浮薄の徒を聚《あつ》め、軍旅の事に敗れ、機を知らずして位に固《かた》くし、竟《つい》に徳無く以て自ら危くす（『舊唐書』巻一百一十一、房琯伝）(7)。

琯遠器有り、（中略）而して事に切ならず。時に天下多故、謀略・攻取に急なり、帝吏事を以て下を縄《ただ》し、而して琯相と為り、遽《にわか》に従容《しょうよう》・鎮静以て之を輔治せんと欲す。又人知ること明らかならず、以て敗橈《はいどう》を取る。故に功名隳損《きそん》すと云ふ。

賛に曰く、（中略）原《たず》ぬるに琯忠誼を以て自ら奮ひ、片言もて主を悟らしめて宰相を取る。必ず以て人に過ぐる有る者なり。用ふるに長ずる所に違《たが》ひ、遂《つい》に功を成す無し。然《しか》れども盛名の下、為《ため》に居り難し（『新唐書』巻一百三十九、房琯伝）(8)。

これらの史書の作者はいずれも、房琯は学者として名声があったが、虚名が高いばかりで実を伴っていなかったのだと房琯の宰相起用そのものに冷ややかな評価を下している。

以上が、『舊唐書』『新唐書』『資治通鑑』に見る房琯事件に関する記載である。

しかしこれらの批判では、房琯がどのような政策を懐いていたのかが全く顧みられていない。また、冒頭に指摘したように房琯罷免の理由も不明確である。新旧両唐書や『資治通鑑』の筆者達は、一つの問題を見落としている。それは、どのように安禄山の乱を収拾するかという戦争方針とそれを支える経済政策について、粛宗と房琯が決定的に異なる戦略を持っていた、という点である。両者の相違と対立は、西暦七五六年（天寶十五載。七月に改元して至徳元載）の七月から十月にかけて、短期間のうちに回復不可能なものとなった。次にその経過を簡単に追ってみる。

三

房琯は西暦七五六年（玄宗の天寶十五載）七月十二日、長安を棄てて蜀へ逃れる途中の玄宗皇帝のもとに馳せ参じ、即日吏部尚書、同中書門下平章事を拝した。そしてそのとき房琯は、安祿山に対する戦争の根本的戦略として〈諸王分鎮〉の戦略を献じた。わずか三日後の七月十五日、玄宗は〈諸王分鎮〉の計を詔書として下し、天下に示した。

> 秋、七月癸丑朔。（中略）甲子、次普安郡、憲部侍郎房琯自後至、上與語甚悅、即日拜爲吏部尚書、同中書門下平章事。丁卯、詔以皇太子諱充天下兵馬元帥、都統朔方、河東、河北、平盧等節度兵馬、收復兩京、永王璘江陵府都督、統山南東路、黔中、江南西路等節度大使、盛王琦廣陵郡大都督、統江南東路、淮南、河南等路節度大使、豐王珙武威郡都督、領河西、隴右、安西、北庭等路節度大使。（秋、七月癸丑朔、（中略）甲子、普安郡に次《やど》る。憲部侍郎房琯後より至り、上与《とも》に語りて甚だ悦《よろこ》び、即日拝して吏部尚書、同中書門下平章事と為る。丁卯、詔して皇太子諱《い》を以て天下兵馬元帥に充《あ》て、朔方、河東、河北、平盧等節度兵馬を都統し、両京を収復せしむ。永王璘《りん》は江陵府都督にして、山南東路、黔中、江南西路等節度大使を統《す》べしめ、盛王琦《き》は広陵郡大都督にして、江南東路、淮南、河南等路節度大使を統べしめ、豊王珙《きょう》は武威郡都督にして、河西、隴右、安西、北庭等路節度大使を領せしむ（『舊唐書』巻九、玄宗紀）。

宰相就任早々、房琯の計策が採用されたのである。分鎮詔書の具体的内容は、皇太子を中心としながらも、基本的には諸王（永王・盛王・豊王）が連合して、唐王朝、および官軍の体制を建て直し、賊軍を包囲して孤立・瓦解させるという計策であった。『舊唐書』は、続けて次のように記している。

初、京師陷賊、車駕倉皇出幸。人未知所向。衆心震駭。及聞是詔、遠近相慶、咸思效忠於興復（初め、京師 賊の陥るところとなり、車駕 倉皇にして出幸す。人未だ向かふ所を知らず。衆心震駭《しんがい》す。是《こ》の詔を聞くに及んで、遠近相慶び、咸《みな》興復に忠を効《いた》さんと思ふ）。

安祿山の乱が勃発し、玄宗が蒙塵したとき、いわば置き去りにされた民衆は大混乱のさなかにあった。この詔書は、唐朝がなお国力を保ち再び天下を回復する実力と展望を持っていることを示し、その混乱を収めようとするものであった。そしてこの詔書によって、ようやく唐朝の側の軍民は落ち着きを取り戻したのである。このことからも、房琯の戦略がこの時点で現実性と妥当性を持っていたことは明らかである。

房琯の戦略の妥当性とすぐれた可能性を史書の作者達は見落としている。だが宋の蔡居厚《さいきょこう》は、それを見落とさなかった人間のいたことを伝えている。『蔡寛夫詩話』[9]によれば、その人物とは晩唐の司空圖《しくうと》である。司空圖の「房太尉漢中」[10]詩に次のようにある。

物望傾心久　物望　心を傾けること久しく
兇渠破膽頻　兇渠《きょうきょ》　胆を破ること頻《しき》りなり

そして司空圖自身の自注に

祿山初見分鎭詔書、拊膺歎曰、吾不得天下矣。非琯無能畫此計者（祿山初めて分鎮詔書を見て、膺《むね》を拊《う》ちて歎きて曰く、吾 天下を得ざらん。琯に非ずんば能く此の計を画《はか》る者無からんと）。

という。玄宗が諸王分鎮の計を詔として下した時、安祿山はそれを見て、これで自分が天下を取ることはできないと歎き、このような計策を建てられるのは房琯をおいてないだろうと語ったというのである。これについて蔡居厚は、玄宗は蒙塵したとはいえ、諸王がそれぞれ天下の軍隊や権力を分かち統率したならば、民衆の心を固く繋ぎとめることができ、賊軍と強弱を争うまでも無く勝利できるはずである（「蓋《けだ》し以《おも》へらく乗輿《じょうよ》播遷すと雖も、諸子各々天下の兵柄を分統すれば、則ち人心固く繋《つな》ぐ所となり、未だ強弱を以て争ふ可からざるなりと。」）と述べている。

さらに、「今唐史乃ち此の語を載せず。圖は博学多聞にして、嘗《かつ》て朝廷に位し、且《か》つ史を修す。其の言必ず自《よ》って来たるところ有らん。」と指摘している。司空圖の自注に見える話は、今残る歴史書の記述には見えないが何かよるところがあったのだろうという。宋の程俱《ていく》（致道）の『北山小集』に収める「房太尉傳論」や南宋の王應麟の『困學紀聞』巻十四(11)にもほぼ同趣旨の叙述が見える。王應麟がさらに「『新唐書』は野史稗説を采りて、此の語を載せず。唯《た》だ程致道の論を著《あらわ》し之を発揚するのみ。」と指摘していることは注目に値する。

その後、肅宗が強引かつ変則的に即位すると、房琯はそれを追認するしかなかった上皇（玄宗）からの即位の冊を奉じて肅宗のもとへ使いし、宰相として仕える。当初肅宗は、房琯の時事に対する言辞を聞き入れていたようだ。しかし、肅宗は次第に房琯の諸王分鎮の計に疑問を抱くようになった。そのきっかけは、至徳元載十月（『資治通鑑』巻二百一十九(12)）、北海太守賀蘭進明が「論房琯不堪爲宰相對」（房琯の宰相為るに堪《た》へざるを論ずる対、『全唐文』巻三百四十六(13)）を奏上し、房琯の更迭を求めたことである。賀蘭進明は「論房琯不堪爲宰相對」の中で、次のように述べている。

琯昨於南朝、爲聖皇制置天下。乃以永王爲江南節度、潁王爲劍南節度。威王爲淮南節度。制云、命皇子北略朔方、命諸王分守重鎮。且太子出爲撫軍、入曰監國。琯乃以支庶悉領大藩、皇儲反居邊鄙。此雖於聖皇似忠、於陛下非忠也。琯立此意以爲聖皇諸子但一人得天下、卽不失恩寵（琯　昨南朝において、聖皇の為に天下に制置す。乃ち永王を以て江南節度と為し、潁《えい》王を剣南節度と為し、威王を淮南《わいなん》節度と為す。制に云《い》ふ、皇子に命じて北のかた朔方を略《はか》らしめ、諸王に命じて重鎮を分守せしむと。且つ太子は出でては撫軍《ぶぐん》と為し、入りては監国と曰ふ。房琯は乃ち支庶を以て悉《ことごと》く大藩を領せしめ、皇儲《こうちょ》をして反《かえ》って辺鄙《へんぴ》に居らしむ。此れ聖皇においては忠に似たりと雖も、陛下においては忠に非ざるなり。琯の此の意を立つるは以為《おもえら》く聖皇の諸子　但だ一人天下を得ば、即ち恩寵を失はざらんと）。

まず諸王分鎮の計が上皇の下で策定されたこと、世継ぎである粛宗には辺鄙なところを振り当て、皇太子以外の諸王には大藩を領有させていることを述べた後、房琯を謗っている。房琯は粛宗に誠心をつくさず、上皇＝玄宗に忠義顔をしている、どの王子でも勝利した暁には自分が利を得られるようにもくろんでいる、と言い切っている。おそらく粛宗は、即位の時点で、諸王と連合してではなく、つまり諸王の一人としてではなく、粛宗単独の力で賊軍に勝利することを決意していただろう。粛宗の即位が変則的であればあるほど、粛宗は単独で、至急に、しかも圧倒的に勝利しなければならなかった。

房琯を非難した賀蘭進明は、第五琦からの経済的バックアップを背景に軍功をあげてきており、粛宗に諸王の一人としてではなく単独で勝利をめざす計略をすすめた。ここで、第五琦と賀蘭進明、その計略を受け入れた粛宗と、房琯の諸王分鎮の計との対立が浮かび上がってくる。(14)粛宗の単独勝利の戦争方針と、粛宗および諸王が結束し連合して勝利をめざす戦略との対立である。その戦争方針の違いは、それに連動する経済政策の対立に発展する。

第五琦は、若い頃から富国強兵の術があると自任し、賀蘭進明によってその才を認められ、安祿山の乱の勃発を機に賀蘭進明との結びつきを深めていった人物である。至徳元載（七五六）十月、第五琦は粛宗に彭原で見《まみ》え、

請以江淮租庸市輕貨、泝江漢而上至洋川、令漢中王瑀陸運至扶風以助軍。上從之。尋加琦山南等五道度支使。

琦作権鹽法、用以饒。（請ふ江淮《こうわい》の租庸を以て軽貨を市《か》ひ、江漢を泝《さかのぼ》り上りて、洋川に至り、漢中王瑀《う》をして陸

運して扶風《ふふう》に至らしめ、以て軍を助けん。上之に従ふ。尋《つ》いで琦に山南等五道度支使《たくしし》を加ふ。琦権《かく》塩法を作り、用以て饒《ゆた》かなり）。（『資治通鑑』巻二百一十九）

第五琦は軍事費の調達が急務であると説き、江淮地方からの賦税を貨幣に換えてそれを調達することを勧め、自らその職を願い出たのである。粛宗はそれを認め、彼を監察御史、江淮租庸使に任じた。租庸使は開元十一年に租庸地税使に始まる官で、前任は楊國忠であった。

この時粛宗に仕えていた房琯は、帝が第五琦の政策を採用したこと、彼を重く取りたてたことを諫めて次のように述べている。

中書侍郎房琯諫曰、往者楊國忠厚斂、取怨天下。陛下卽位以來、人未見德。琦聚斂臣也。今復寵之、是國家斬一國忠、而用一國忠矣。將何以示遠方、歸人心乎。上曰、天下方急、六軍之命若倒懸、無輕貨則人散矣。卿惡琦可也。何所取財。琯不能對。自此恩減於舊矣。（中書侍郎房琯諫めて曰く、往者楊国忠は厚く斂《れん》し、怨みを天下に取る。陛下即位して以来、人未だ徳を見ず。琦は聚斂《しゆうれん》の臣なり。今復た之を寵さば、是れ国家一国忠を斬《き》りて、一国忠を用ふるなり。将に何を以て遠方に示して、人心を帰せんとするかと。上曰く、天下方《まさ》に急にして、六軍《りくぐん》の命倒懸《とうけん》の若く、軽貨無くんば則ち人散ぜん。卿《けい》琦を悪《にく》むは可なり。何《いず》れの所にか財を取ると。琯対《こた》ふる能はず。此れより恩旧より減ず。）（『唐會要』巻八十四、租庸使）

房琯は第五琦を楊國忠になぞらえ、「聚斂の臣」と評している。中興を期す粛宗政権にとって、民心の安定こそ必要である。争乱の中で以前楊國忠が行ったように税を重く取りたてれば、民心を不安定にさせかねないと房琯は考えて諫めた。

しかし、粛宗は聞き入れなかった。単独勝利を急ぐ粛宗は第五琦の政策を必要とした。第五琦は至急に軍費を生み出すため、矢継ぎばやに新しい手段を採用した。第五琦の経済政策をまとめておくと次のようになる。

①江淮の租庸を売って軽貨を買い、軍事費に当てる。

②榷塩法（塩の専売制）を実施する（乾元元年〔七五八〕に第五琦によって始められた）。

③銅貨の改鋳を行う。乾元元年七月には乾元重宝（一当十銭）を鋳造。次いで乾元二年、第五琦が宰相となると乾元銭（一当五十銭）の鋳造を申し出た。[15]

第五琦はいわば経済官僚であり、彼の打ち出した政策は安禄山の乱の混乱の中でどうやって民衆から税を取りたて、軍費をどのようにして調達するか、という問題を解決しようとするものであった。中唐の両税法への過渡期的な政策といえる。彼は、経済官僚として帝の信頼を得て、戸部侍郎、兼御史中丞、専判度支、領河南等支度都勾当転運租庸塩鉄鋳銭、司農太府出納、山南東西江西淮南館駅等使をへて、乾元二年、ついに同中書門下平章事を加えられるにいたる。

しかし、軍費を調達するという点では、彼の政策は「成功」したのではあったが、民衆の生活や経済活動への顧慮が全く欠如していた。『舊唐書』第五琦伝によれば、先述の政策③は弊害が最も大きかった。

既而穀價騰貴、餓殣、死亡、枕藉道路、又盜鑄爭起、中外皆以琦變法之弊、封奏日聞（既にして穀価騰貴し、餓殣《がきん》・死亡せるもの道路に枕藉《ちんしゃ》す。又、盗鋳《とうちゅう》争ひ起こり、中外皆琦の変法の弊《へい》を以て、封奏日々聞こゆ）。

激しい穀物の騰貴、インフレを招き、民衆の餓死者が枕を連ねるありさまであった。

以上のように、現実の動きは、賀蘭進明、第五琦によって案出され、粛宗によって採用された戦争方針・経済政策が実行された。だが、歴史に「もしも」はないが、房琯の計策も当時十分妥当性を持ち、ありえたものだったといえよう。つまり房琯は、第一に粛宗をはじめ諸王が結束・団結し、分鎮することによって、賊軍を包囲すること、第二に堅守防衛を旨とし、賊軍を自己崩壊に持ち込むこと、第三に民生と民心の安定を図るため、民衆への負担増を回避することを、を戦略・政策として考えていた。だが結局肅宗は、別の政策を取るに至る。第一に、肅宗単独による勝利をめざすこと、第二に、賊軍に対し、積極攻勢をはかること。そのためには、兵力・財力の大量投入もやむを得ないとすること、第三に、そのための兵力・財力を得るため、新たな増税・貨幣改鋳、専売制などの経済政策を推進すること、であった。

この政策の相違、対立こそが、宰相房琯罷免の最大の、そして本当の要因と考えられるのである。

四

さて、ともかくその房琯罷免に対して、杜甫は命懸けで反対した。肅宗は激怒し、三司に推問を命じたが、韋陟《いちょく》や張鎬の弁護により、辛うじて罪を赦された。この時（六月一日）杜甫が謝意を述べた「奉謝口敕放三司推問狀」（口勅もて三司の推問を放《ゆる》さるるに謝し奉る状）には、次のように述べている。

右臣甫、智識淺昧、向所論事、涉近激訐、違忤聖旨。（中略）竊見房琯、以宰相子、少自樹立、晩爲醇儒。有大臣體。時論許琯、必位至公輔、康濟元元、陛下果委以樞密、衆望甚允。觀琯之深念主憂、義形於色。況畫一保泰、其素所蓄積者已。而琯性失於簡、酷嗜鼓琴。董庭蘭今之琴工。遊琯門下有日。貧病之老、依倚爲非。琯之愛惜人情、一至於玷汙。臣不自度量、歎其功名未垂、而志氣挫衄。覬望陛下棄細錄大。所以冒死稱述。何思慮未竟、闕於再三。陛下貸以仁慈、憐其懇到、不書狂狷之過、復解網羅之急。是古之深容直臣、勸勉來者之意（右臣甫は、智識浅昧《せんまい》にして、向《さき》に論ずる所の事、激訐《げきけつ》に渉近し、聖旨に違忤《いご》す。（中略）竊《ひそ》かに房琯を見るに、宰相の子なる

を以て、少《わか》くして自ら樹立し、晩に醇儒《じゅんじゅ》と為る。大臣の体有り。時論琯に許すに、必ず位は公輔に至り、元元を康済《こうさい》せんと。陛下果たして委《ゆだ》ぬるに枢密《すうみつ》を以てし、衆望甚だ允《ゆる》す。琯の深く主の憂ひを念ふを観るに、義は色に形《あらわ》る。況《いわ》んや一を画《えが》くがごとく保泰《ほたい》すること、其れ素《もと》より蓄積する所の者なるのみ。而《しか》れども琯性簡に失し、酷《はなは》だ琴を鼓《こ》すを嗜《たしな》む。董庭蘭《とうていらん》は今の琴工なり。琯の門下に遊びて日有り。貧病の老にして、依倚《いき》して非を為す。琯の人情を愛惜すること、一に玷汙《てんお》に至る。臣自ら度量せず、其の功名の未だ垂《た》れずして、志気の挫衂《ざじく》せんことを歎く。陛下の細を棄てて大を録さるることを覬望《きぼう》す。死を冒《おか》して称述せし所以《ゆえん》なり。何ぞ思慮の未だ竟《つ》きず、復た網羅《もうら》の急再三に闕《か》けたるや。陛下　貸すに仁慈を以てし、其の懇到《こんとう》なるを憐れみ、狂狷《きょうけん》の過《あやま》ちを書せず、復た網羅の急なるを解く。是れ古《いにしえ》の深く直臣を容《い》れ、来者を勧勉するの意なり）（『詳註』巻之二十五）。

ここには、謝罪の言葉も述べられてはいるが、房琯を弁護した理由とその正当性の主張がむしろ言葉を尽くして述べられている。ことに強調されているのは、房琯には大臣の風格があり、時論も彼が宰相となって民衆を「康濟」することを期待していたことである。そして、宰相として嘱望される房琯が、些細な罪のために道半ばで挫折するのが残念だと思って死を冒して諫言に及んだと述べている。反省の言葉というよりは、自身を「狂狷」と称しながら、房琯弁護の正当性が強調されている。杜甫の房琯へのなみなみならぬ期待と共感を読み取ることができる。杜甫が房琯に見ていたのは、「康濟元元」（元元を康済）し、天下を「保泰」しようとする房琯の前述の政策であっただろう。杜甫が自らを「直臣」、「狂狷」に比しているのは自身の無謀を意識していた現れである。「直臣」は、君主をもはばからず直言していさめる臣下を意味し、また「狂狷」は『論語』に見える言葉であり、首尾一貫した激しい行い・態度を言う語である。つまり、杜甫は無謀を自覚しながら房琯弁護という行動に及ばざるをえないと考えたのである。このことから、戦争というぬきさしならない情況下で民衆の生活を守らねばならないという問題意識が杜甫のなかに切迫したかたちで浮かび上がってきていたことが分かる。

また、後年房琯没後に杜甫が制作した「祭故相國清河房公文」（故《もと》の相国清河房公を祭る文）においても、やはり杜甫が房琯の政策を支持し、それゆえ命懸けで房琯を弁護したこと、それにもかかわらず諫言が帝に聞き入れられなかったことを恥じ、無念に思う心情が述べられている。

…太子卽位、揖讓倉卒。小臣用權、尊貴倏忽。公實匡救、忘餐奮發。累抗直詞、空聞泣血。時遭祲沴、國有征伐。車駕還京、朝廷就列。盗本乗弊、誅終不滅。高義沈埋、赤心蕩折。貶官厭路、讒口到骨。致君之誠、在困彌切。（中略）拾遺補闕、視君所履。公初罷印、人實切齒。甫也備位此官、蓋薄劣耳。見時危急、敢愛生死。君何不聞、刑欲加矣。伏奏無成、終身愧耻。乾坤惨惨、豺虎紛紛。蒼生破碎、諸將功勳（…太子即位し、揖讓《ゆうじょう》すること倉卒《そうそつ》たり。小臣　權を用ひ、尊貴　倏忽《しゅっこつ》たり。公　実《まこと》に匡救《きょうきゅう》せんとし、餐《さん》を忘れて奮発す。累《かさ》ねて直詞を抗《あ》げ、空しく泣血を聞《ぶん》す。時に祲沴《しんれい》に遭ひ、国　征伐《せいばつ》有り。車駕　京に還り、朝廷　列に就《つ》く。盗は本　弊《へい》に乗じ、誅《ちゅう》するも終《つい》に滅びず。高義　沈埋《ちんまい》し、赤心　蕩折《とうせつ》す。官を貶《おと》され路を厭《ふさ》がれ、讒口《ざんこう》　骨に到る。君に致すの誠、困に在りて弥々《いよいよ》切なり。（中略）拾遺・補闕、君の履《ふ》む所を視《み》る。公初めて印を罷《や》めんとするや、人　実に切歯す。甫や位を此の官に備《そな》へらるるも、蓋《けだ》し薄劣《はくれつ》なるのみ。時の危急を見ては、敢へて生死を愛《お》しまんや。君何ぞ聞かざる、刑　加へられんと欲す。伏奏《ふくそう》するも成る無く、終身　愧耻《きち》す。乾坤《けんこん》　惨惨《さんさん》たり、豺虎《さいこ》　紛紛たり。蒼生《そうせい》破砕《はさい》せられ、諸将　功勲《こうくん》あり）（『詳註』巻之二十五）(17)。

この文章をみても、後年に到るまで、杜甫が房琯を支持し続け深く敬愛していたことが分かる。それは房琯の高い道義に対してでもあるが、その最大の理由は「蒼生」つまり民衆の生活を守りながら傾いた唐王朝を再建しようとした房琯の政策であった。

先述の「奉謝口敕放三司推問狀」に述べているように杜甫は「聖旨」に逆らうことを覚悟して房琯を弁護したのではあったが、杜甫の意見は聞きいれられなかった。その後、おそらくこの件がもとで、杜甫は肅宗から疎んじられた。

五

乾元元年（七五八）六月、杜甫は房琯とその党派とみなされた劉秩・嚴武らとともに左遷され、華州司功參軍に出された。左遷された後も、杜甫は房琯事件によって深まった問題意識を抱き続けたと考えられる。同年の著「乾元元年華州試進士策問五首」はその中で、賦役・徴兵・水利・幣制などを論じ、特に戦乱下にあって人民の負担をいかに軽減するかというさしせまった難問を提起している。このことから、房琯の政策を支持した杜甫の問題意識が一貫して保たれていたことは確実と思われる。杜甫の社会批判詩の代表作とされる「三吏三別」（「新安吏」「潼關吏」「石壕吏」から「新婚別」「垂老別」「無家別」にいたる六首の連作）（『詳註』巻之七）は、その問題意識が動機となって創作されたと考えられる。「三吏三別」は、その年の暮れ（十二月）に華州から洛陽に赴いていた杜甫が、翌乾元二年春三月に華州へもどる帰途の見聞を作品にしたとされる。折りから、郭子儀《かくしぎ》ら九節度使が相州（鄴城）に安慶緒・史思明を攻撃して敗れ、河陽で軍の建て直しをはかっていた。

「三吏三別」は、盛唐までの詩にかつて類を見ない痛烈な社会批判を詠じた詩である。「三吏三別」の意味や位置づけについては、既に論じ尽くされているとも言えるが、今それに付け加えたいのは、第一にこれらの批判が〈房琯事件〉を契機に鮮明になった肅宗政府の具体的な経済政策や戦争戦略への切実な批判という性格を強く持っていることである。第二にその批判を展開することが、杜甫にとって同時に自己の視点を根本的に問い直すこととなった、ということである。

馮至は「この六首は、単純に人民の苦悩を反映しているばかりでなく、さらに深刻に作者の心のうちにある矛盾をも表現したのであった。……封建社会における人民を愛し祖国を愛する詩人が人民と支配者の間に在って感じた烈しい衝突である」（『杜甫―詩と生涯―』橋川時雄訳、筑摩書房、一九七七年）と評している。(18) また鈴木修次は「三吏三別」を「報道文学」と位置づけ、「杜甫の社会詩のなかで、これほどすぐれた劇的構成と展開をくふうした作品はほかになく、またこれほど歴史的現実の世情をあばき出し、リアルに説明しきった作品はほかにない」（『唐代詩人論』鳳出版、一九七三年）、と作品に即した鋭い指摘をしている。また、「はじめは体制の側にあった詩人の目が、しだいに体制からはずれ、最後にいたっては体制への批判者としての位置にたつ」（同前書）と杜甫の視点についても述べている。いずれも卓越した読み方と考えられるが、前者の馮至の読みでは、杜甫は明確な政治方針を持たない単なる同情者にとどまり、杜甫自身の苦悩が語られるだけになってしまうと思われる。つまり、現実の下で杜甫がどのような姿勢で政策批判を行っていたかが見落とされている。またそれ以上に、民衆の「苦悩」が受動的なものとしか捉えていないように思われる。また、鈴木の論は、作者の視点の問題を提起した重要な見方である。しかし、「歴史的現実の世情をあばき出し、リアルに説明し」たという指摘から分かるように、あくまでも民衆のすがたを外側から描いた作品と判断しているように思う。それらの見解に対して、論者は、「三吏三別」の真の価値は、もうすこし別の点にあると考える。

以下に、「三吏三別」の作中の「語り手」に着目しながら杜甫の問題意識のあり方を考察し、また、〈房琯事件〉との関連で浮かびあがることがらについて、問題点を指摘したい。

「新安吏」には、冒頭に鄴城《ぎょうじょう》敗北後の中男の徴兵のありさまが描かれている。

客行新安道　　客は行く　新安の道

喧呼聞點兵　喧呼《けんこ》　点兵を聞く
借問新安吏　借問《しゃもん》す　新安の吏に
縣小更無丁　県小にして更に丁無し
府帖昨夜下　府帖《ふちょう》　昨夜下り
次選中男行　次選　中男行く
（中略）
況乃王師順　況んや乃《すなわ》ち　王師の順にして
撫養甚分明　撫養《ぶよう》すること甚だ分明なるをや
送行勿泣血　送行して泣血する勿《なか》れ
僕射如父兄　僕射《ぼくや》は父兄の如し

馮至や郭沫若はこの詩の末尾を歯切れの悪いなぐさめと捉えている。(19)

「只是對于受難者一味的勸解和安慰。故詩人的同情、應該說是廉價的同情。」（『李白與杜甫』郭沫若著、人民文学出版社、一九七一年）

つまり知識階級の中途半端な同情と解している。しかし、この詩は相州での官軍の潰滅・敗走という展開をふまえ、東都防衛に戦況の転じていることを背景として語られている。引用で省略した部分は、相州では攻撃であったが、今度は「就糧」「練卒」「掘壕」「牧馬」する洛陽を守る戦さが始まることが述べられている。注目されるのは、杜甫の原注に「収京後の作。両京を収《おさ》むと雖も、賊は猶ほ充斥《じゅうせき》す」とあることである。両京が回復された至徳二載十一月から、まだ一年数ヶ月しかたたないうちに、また国都が危機に瀕しているのであり、切迫した情況の中でも、国都を防衛しなければならないという課題に直面していた。だからこそ安祿山の乱勃発当初の轍をふむことなく、堅守防衛に徹することを〈語り手〉に改めて主張させているのである。末尾の二句は、中途半端な慰めではなく、厳しい戦いに向かう民衆へのはげましであり、かつまた、その防衛の戦いにかすかな希望が有ることを述べているのである。

ところで、ここで〈語り手〉は「客」と表現されている。「新安の道」を「行」き、点呼の声を「聞」いて、「客」が新安の吏に「借問」するという構成である。ここでは、借問された「吏」の答えの言葉は「県小にして更に丁無し。府帖　昨夜下り、次選　中男行く」の三句のみであり、その他すべてが、語り手によって語られていると考えられる。〈語り手〉、つまり「客」は、前半では吏に「借問」し、中間および後半では、民衆に対して「莫自使眼枯」（自ら眼をして枯れ使むる莫《なか》れ）、「収汝涙縦横」（汝が涙の縦横なるを収めよ）、「送行勿泣血」（送行して泣血する勿れ）と禁止や命令の形で呼びかけ、しかも民衆を「汝」と二人称（対称）で呼んでいる。このことから、〈語り手〉は民衆・吏に対して、上の位置から、しかも距離をおいて見ているように思われる。つまり、この作品では、作者とごく近い位置に〈語り手〉＝「客」が設定され、その〈語り手〉の視線から見下ろすように捉えられた情況が詠じられているのである。その民衆描写は、あくまでも外面的・客観的なものだといえる。

「潼關吏《どうかんのり》」では、潼関の修築の現場が描かれている。

士卒何草草　　士卒　何ぞ草草たる
築城潼關道　　築城す　潼関の道
大城鐵不如　　大城は鉄も如《し》かず
小城萬丈余　　小城は萬丈余
借問潼關吏　　潼関の吏に借問すれば

　修關還備胡　関を修《おさ》めて還《ま》た胡に備《そな》ふと

ここでも〈語り手〉は「吏」に借問している。そしてその「吏」は、〈語り手〉（すなわち「我」）に関の威容を見せた後、こう語る。

　胡來但自守　胡来たらば但《た》だ自ら守り
　豈復憂西都　豈《あ》に復た西都を憂《うれ》へしめんや
　丈人視要處　丈人　要処を視《み》よ
　窄狹容單車　窄狹《さくきょう》　単車を容《い》るるのみ

「吏」は〈語り手〉を「丈人」とよんでいる。「丈人」とは、年長の尊者を称する語であり、このことから、「新安吏」と同様に、語り手が「吏」から見て目上の存在として設定されていることがわかる。

末尾には、かつて哥舒翰《かじょかん》が潼關から出撃して桃林の戦いで大敗したことに触れた後で、

　請囑防關將　請ふ　防関の将に嘱《しょく》せん
　愼勿學哥舒　愼《つつし》んで哥舒に学ぶ勿れ

と言っている。堅固な関を築いた以上、固く守って、哥舒翰の二の舞にならないように、と〈語り手〉は「吏」に防関の将への伝言を託している。すでに王嗣奭《おうしせき》が『杜臆』で指摘しているように、杜甫の意図は哥舒翰一人の責任を追及するものではない。『杜臆』によれば、哥舒翰が潼關によって堅守していた時に、出撃と積極攻勢を強要して大敗を招く原因を作った楊國忠を批判しているのである。

つまり「新安吏」と「潼關吏」は、ほとんど同じ構造を持っている。それは、〈語り手〉が吏や民衆を高所から見下ろすという位置に立っていることであり、また堅守防衛という戦争政策の主張〈裏返せば積極攻勢に固執する肅宗政府へ

の批判）である。
だが、「石壕吏《せきごうのり》」では、「吏」は上記二首とはかなり違う描きかたがなされている。

暮投石壕村　　暮れに投ず　石壕の村
有吏夜捉人　　吏有り　夜《よる》人を捉《とら》ふ
老翁踰牆走　　老翁　牆《かき》を踰《こ》えて走り
老婦出看門　　老婦　出でて門に看る
吏呼一何怒　　吏の呼ぶこと一《いつ》に何ぞ怒れる
婦啼一何苦　　婦の啼くこと一に何ぞ苦しき
聽婦前致詞　　婦の前《すす》んで詞を致《いた》すを聴くに
三男鄴城戍　　三男は鄴城の戍《まも》り
一男附書至　　一男　書を附して至り
二男新戰死　　二男　新たに戦死すと
存者且偸生　　存者は且《しばら》く生を偸《ぬす》むも
死者長已矣　　死者は長《とこし》へに已《や》みぬ
（中略）
老嫗力雖衰　　老嫗《ろうう》　力衰《おとろ》ふと雖も
請從吏夜歸　　請ふ　吏に従ひて夜帰せん
急應河陽役　　急ぎ河陽の役《えき》に応ずれば

猶得備晨炊　猶《なお》晨炊《しんすい》に備《そな》ふるを得ん
夜久語聲絕　夜久しうして語声絶《た》え
如聞泣幽咽　泣いて幽咽《ゆうえつ》するを聞くが如し
天明登前途　天明　前途に登りしとき
獨與老翁別　独《ひと》り老翁と別る

この作品では、〈語り手〉は「客」とか「丈人」とかいう具体的存在としては現れてこない。主語を持たない「暮投石壕村」が明らかに示しているように、この詩の語り手は主語として実体化されない「私」である。しかも、語り手が直接語る部分は冒頭の七句、および末尾の四句にすぎない。「聽婦前致詞」や「如聞泣幽咽」の句が示すように、他はそこに居合わせて見聞きしたそのままを語ったとでもいうほかない構成となっている。「新安吏」「潼關吏」に比較して、語り手の存在が一歩背景に退いているのである。「新安吏」「潼關吏」では「吏」の上に立って「吏」と語り合い、民衆に呼びかけたりしていた〈語り手〉が、ここでは影の薄い存在となり、かわって老嫗が民衆の視線と言葉で語っている。

そして、前述の「新安吏」「潼關吏」では堅守防衛という、いわば戦争政策についての主張がなされていたが、ここでは、民衆とより深く関わる徴兵・徴発の問題に目が向けられている。ここでの「吏」は、「有吏夜捉人」、「吏呼一何怒」のように、情け容赦なく民衆を徴兵・徴発する存在として描かれている。一方、この作品ではむしろ中心的登場人物ともいえる「老嫗」は、これとは対照的に、息子や「老翁」の徴兵・徴発に心を痛めながら、思いやりや愛情に満ちた存在である。抜き差しならぬ場面で、人間らしさを喪失せずに生きている民衆の高貴さと、人間性の見えない「吏」の卑小さとを〈語り手〉は対照的に語ったといえよう。前二作では、民衆の描写は外面的・客観的描写にとどまっていたが、「老嫗」を媒介として民衆の捉え方が深まり、また具体的なものとなっている。このことは語り手の問題とも深く関わっている。彼女の言葉によって、「老嫗」の家族の悲劇と老嫗の高貴さを影の薄い〈語り手〉は知り、彼女が「吏」によって戦場へ連れられて行くという過酷な運命を見る。作者は実は、「老嫗」の発言を生み出すことによって、逆に民衆自身の境遇を体験しているのである。「石壕吏」の結び二聯では、旅立つ〈語り手〉の後ろ姿が印象的だが、それはつまり官の側に立脚した〈語り手〉が舞台から退場する姿と解することができよう。言い換えれば、〈語り手〉として杜甫の等身大に近かった「客」や「丈人」の視点は消えてゆき、かわって民衆自身の視点というべきものが生まれ出てきているのである。

さらに、「三吏三別」を全体としてながめるとき、「石壕吏」が結節点となっていることがわかる。「新安吏」「潼關吏」では、肅宗の戦争政策への批判・堅守防衛の主張が作者と等身大の〈語り手〉によってなされていた。しかし、「石壕吏」においては、民衆自身の視点で民衆の生活の実態が語られ始め、同時に民衆の人間性と内面が浮かびはじめる。

次に「三別」を見てゆきたい。「新婚別」の冒頭二句は、すでに指摘されているように『詩經』の興の手法に似ている。いわば客観的な詠じ方であるが、三句以降の全篇を通じて、「妾」・「我」と称する新婚の妻の一人称による語りに転じており、出征する夫を「君」と表現している。つまり、新婚の妻という〈語り手〉の見送る側からの視線で捉えられていることがわかる。新婚直後にもかかわらず、夫を戦地に送り出さねばならない場面に直面して、揺れ動く内面が語られ、その健気な姿が浮彫りになっている。

「垂老別」では、徴兵される老人自身の言葉によって一篇を描いている。〈語り手〉である主人公の老人は、老いに加えて、子孫が皆戦死しているという境遇にある。その上、自ら老妻を残して出征する別れなのである。「新婚別」が見送る側の視点だったのに対して、見送られる側の視点から見た徴兵の問題が捉えられている。

何郷爲樂土　何《いず》れの郷か　楽土為《た》る
安敢尙盤桓　安《いずく》んぞ敢《あ》へて尚盤桓《なおばんかん》せん

一体、安楽の地などどこにあるものか。どうしてここにぐずぐずしておれようか。「何郷爲樂土」という老人のことばは、『詩經』魏風「碩鼠」（第一章）を踏まえ、天下中どこもかしこも戦乱に荒廃し、しかも厳しい税の取り立てと徴兵が課せられているという、もはや前線だけでなくこの生活の場それ自体が崩れ落ちていることが明示されている。自分が反対している肅宗政府の戦争・経済政策によって、民衆の生活が今杜甫の目の前で崩壊していることを、この老人の視点によって切実に捉え直しているのである。それは、老人＝〈語り手〉、すなわち民衆の視線で捉えて始めて深刻な事実として明白になった実相である。しかも、この老人の存在は尊厳に満ちている。

老妻臥路啼　老妻　路に臥して啼《な》く
歳暮衣裳單　歳暮　衣裳単《ひとえ》なり
孰知是死別　孰《たれ》か知らん　是れ死別なるを
且復傷其寒　且《か》つ復た　其の寒からんことを傷《いた》む
此去必不歸　此《ここ》に去れば必ず帰らず
還聞勸加餐　還《ま》た　加餐を勸むるを聞く

と歳の暮に単衣の衣服をまとうだけの老妻を気遣いつつ、

勢異鄴城下　勢ひは鄴城の下に異なり
縱死時猶寬　縦《たと》ひ死すとも時は猶寛《ゆる》からん

人生有離合　人生　離合有り
豈擇垂老端　豈に垂老の端を択ばんや

鄴城での激戦と比べれば、すぐに戦死するとはかぎらない、と自らに言い聞かせて戦地に赴こうとしている。ここにも、民衆の苦悩のみでなく、その内面の尊厳が現れているのである。

「無家別」は、家族を失って天涯孤独となり、その出征を誰一人見送る者さえない男の語りでつづられている。しかも「新婚別」「垂老別」にわずかに見られた妻や夫へ語りかけの言葉もない。全くの独白というスタイルをとっている。〈語り手〉の男は自分を「我」（四回）「賤子」と一人称で語っている。「我」という語が幾度も繰り返されていることは、彼の孤独感を反映しているだろう。

寂莫天寶後　寂莫《せきばく》たり　天宝の後
園廬但蒿藜　園廬《えんろ》　但だ蒿藜《こうれい》のみ
我里百餘家　我が里の百余家
世亂各東西　世乱れて各々東西す
存者無消息　存する者は消息無く
死者爲塵泥　死せる者は塵泥《じんでい》と為る
賤子因陣敗　賤子《せんし》　陣敗に因《よ》り
歸來尋舊蹊　帰り来りて旧蹊《きゅうけい》を尋《たず》ぬ
（中略）
縣吏知我至　県吏　我の至るを知り

召令習鼓鞞　召して鼓鞞《こへい》を習は令《し》む
雖従本州役　本州の役《えき》に従ふと雖も
内顧無所攜　内に顧《かえりみ》れば攜《たずさ》ふる所無し
近行止一身　近く行くも止《た》だ一身
遠去終轉迷　遠く去《ゆ》くも終《つい》に転《うた》た迷はん
家郷既盪盡　家郷　既に盪尽《とうじん》し
遠近理亦齊　遠近　理も亦た斉《ひと》し
永痛長病母　永く痛む　長く病みし母の
五年委溝溪　五年　溝渓《こうけい》に委《ゆだ》ねしを
生我不得力　我を生むも力を得ず
終身兩酸嘶　終身　両《ふた》つながら酸嘶《さんせい》しき
人生無家別　人生　家無く別る
何以爲蒸黎　何ぞ以て蒸黎《じょうれい》と為さん

中間部「雖従本州役」から「遠近理亦齊」までの六句には、復員後すぐにまた徴兵されるこの男の内面のせめぎあいが語られる。それに続いて、母の弔いさえできず、生前も力になれなかった後悔が述べられている。これはこの男自身の内面に根ざした慟哭である。この男は見送られることさえないのだが、自分の死への不安などを述べるのではなく、母をいつくしむことができなかったという事実にこだわっている。そこには人としての気高さが輝いているといえよう。つまり、〈語り手〉の視線を通じて、民衆の内面の真実が捉えられている。そしてそのことこそが、本質的に政府の民衆不在の政策を民衆のまなざしからあぶり出しているのである。

人としてこの世に生をうけて、見送ってくれる家族もない別れをして出征する。これでどうして「蒸黎」、すなわち民衆と言えようか。末尾のその問いは、誰の言葉なのだろうか。作品に即していえば〈語り手〉の男の言葉としか解することはできない。しかし、「蒸黎」という言葉は、司馬相如《しばしょうじょ》の「封禪文」に見える言葉である。

　宛宛黄龍、興徳而升。采色炫燿、煥炳煇煌。正陽顯見、覺悟黎蒸。（宛宛《えんえん》たる黄龍、徳に興《おこ》りて升《のぼ》る。采色は炫《げん》燿《よう》し、煥炳《かんぺい》として煇煌《きこう》たり。正陽は顕見《けんげん》して、黎蒸《じょうれい》を覚悟《かくご》す）。（『文選』巻四十八）

このように「黎蒸」は、天子の封禅を寿ぐ文脈の中で使われ、「黎蒸を覚悟す」は、有徳の天子が民にその徳の高さを悟らせるとの意である。このことから明らかなように、これは本来知識人の使う言葉である。ここの口調には、杜甫の肉声がかすかに感じられる。

「三別」は一貫して、登場する民衆の視線とことばで語られてきた。だが、彼らとともに作中に現実を体験している〈作者〉が、やはり一貫して存在していたことが、最後の一語からかすかに感じられるのである。

以上「三別」の作品を見てきたが、新婚の妻、出征する老人、家族のない男がそれぞれの〈語り手〉であり、それは杜甫が、いずれも民衆の生活を民衆の側から捉え直すべく生み出したものだといえる。「三吏三別」、ことに「石壕吏」および「三別」は、民衆の視線から民衆の実態とその内面の葛藤を捉えなおす試みであった。それを通して、粛宗政府の政策の誤りが民衆の生活にもたらしたものをリアルに、しかも切実なものとして描き出し、その戦争政策や経済政策への批判をさらに鋭いものにしているのである。

六

以上の論点をまとめると次のようになる。杜甫は以前から「兵車行」に見えるように民衆への関心を持っていたが、〈房琯事件〉を経て、民衆への関心がより具体的・先鋭になっていった。さらに、房琯の政策・戦略を支持し弁護した経験を通じて、現実の政策を通して政治的責任を果たさなくてはならない、という官僚としての責任感を強めていった。杜甫の政治意識は観念的な理想論だとする従来の見方はこの点を見落としている。しかし、実際には房琯・杜甫の政策は採用されず、第五琦・賀蘭進明の〈粛宗単独勝利・積極攻勢・軍費調達・増税・銅貨改鋳〉の方針が採用され、それが現に農村を崩壊させていくのを目の当たりにし、彼の中に、今まで以上に具体的で深刻な社会批判が芽生えた。民衆の生活への注目が深まり、それが民衆自身の視線で現実を見、語ろうとする文学的な試みへと杜甫を導いたのである。

「三吏」「三別」では、前者では主に官の側に、後者では民衆の側に視点を設定し、しかもそれぞれの情況を一番リアルに伝えることのできる〈語り手〉を登場させて詠じている。その結果、ただ民衆の苦悩を客観的に、外面的に描くというレベルにとどまらず、民衆の内面の主体的で尊厳に満ちたせめぎあいが浮き彫りになった。そのことこそが、「三吏三別」の到達点である。それは〈房琯事件〉を契機として深まった問題意識——戦争状況下で現実に民衆を救わなくてはならないという問題意識——が杜甫の中にもたらしたものなのである。

【注】

（1）近年、房琯について相次いで論考が出されている。「房琯行年考」（陳冠明著、『杜甫研究学刊』一九九八年第一期、総第五五期、四川省杜甫学会・成都杜甫草堂博物館発行）、「房琯行年考（續）」（『杜甫研究学刊』一九九八年第二期、総第五六期、同右発行）は、房琯の生涯にわたり詳細な調査・記述がなされている。この他、「論杜甫與房琯」（沈元林著、『杜甫研究学刊』一九九〇年第二期、同右発行）、「杜甫與房琯」（『杜詩雜説』曹慕樊著、一九八一年、四川人民出版社）などがある。また、吉川幸次郎著『杜甫詩注』第四冊（筑摩書房、一九八〇年七月）の「はしがき一」にも房琯の人物および杜甫との関係について詳述している。

なお、『舊唐書』『新唐書』『資治通鑑』『唐會要』『全唐詩』はいずれも中華書局版を使用した。

（2）『新唐書』巻二百一、杜甫伝には次のように記されている。

至德二年、亡走鳳翔上謁、拜右拾遺。與房琯爲布衣交、琯時敗陳濤斜、又以客董庭蘭、罷宰相。甫上疏言「罪細、不宜免大臣。」帝怒、詔三司雜問。宰相張鎬曰「甫若抵罪、絕言者路。」帝乃解。甫謝、且稱（中略）、然帝自是不甚省錄。時所在寇奪、甫家寓鄜、彌年艱窶、孺弱至餓死、因許甫自往省視。從還京師、出爲華州司功參軍。

ただし、引用文中、「右拾遺」は、「左拾遺」の誤りであり、「孺弱至餓死」はこの時期のことではない。また、「雜問」を杜甫の「奉謝口敕放三司推問狀」では、「推問」に作っている。

（3）房琯布衣時、與甫善。時琯爲宰相。請自帥師討賊、帝許之。其年十月、琯兵敗於陳濤斜。明年春、琯罷相。甫上疏言琯有才、不宜罷免。肅宗怒、貶琯爲刺史、出甫爲華州司功參軍。

（4）注（2）参照。

（5）注（1）参照。

（6）琯又稱病、不時朝謁、於政事簡惰。時議以兩京陷賊、車駕出次外郊。天下人心惴恐、當主憂臣辱之際、此時琯爲宰相、略無匪懈之意。但與庶子劉秩、諫議李揖、何忌等高談虛論、說釋氏因果、老子虛無而已。此外、則聽董庭蘭彈琴、大招集琴客筵宴、朝官往往因庭蘭以見琯。自是亦大招納貨賄、姦贓頗甚。（中略）憲司又奏彈董庭蘭招納貨賄。琯入朝自訴。上叱出之。因歸私第、不敢關預人事。諫議大夫張鎬上疏、言、琯大臣、門客受贓、不宜見累。二年五月、貶爲太子少師、仍

以鎬代琯爲宰相。（『舊唐書』巻一百十一、房琯伝）

また、『資治通鑑』巻二百一十九にもほぼ同様の記載がある。

房琯性高簡、時國家多難、而琯多稱病不朝謁、不以職事爲意、日與庶子劉秩、諫議大夫李揖、高談釋老、或聽門客董庭蘭鼓琴、庭蘭以是大招權利。御史奏庭蘭贓賄、丁巳、罷琯爲太子少師。

（7）史臣曰、（中略）琯登相位、奪將權、聚浮薄徒、敗軍旅之事、不知機而固位、竟無德以自危。

（8）琯有遠器、（中略）而不切事。時天下多故、急於謀略・攻取、帝以吏事繩下。而琯爲相、遽欲從容鎭靜以輔治之。又知人不明、以取敗橈、故功名隳損云。贊曰、（中略）原琯以忠誼自奮、片言悟主而取宰相、必有以過人者。用違所長、遂無成功。然盛名之下、爲難居矣。

（9）唐書房琯傳、上皇入蜀、琯建議請諸王分鎭天下、其後賀蘭進明以此讒之肅宗、琯坐是卒廢不用、世多憫之。予讀司空圖房太尉漢中詩云、「物望傾心久、凶渠破膽頻。」注謂、「祿山初見分鎭詔書、拊膺歎曰、吾不得天下矣。非琯無能畫此計者。」蓋以乘輿雖播遷、而諸子各分統天下兵柄、則人心固所繫矣、未可以強弱爭也。今唐史乃不載此語。圖博學多聞、嘗位朝廷、且修史、其言必有自來。夫身以此廢、而功之在時乃若是、於其人之利害豈不重哉。惜乎史臣不能爲一白之也。（宋、蔡厚居著『蔡寬夫詩話』二十、郭紹虞校輯『宋詩話輯佚』所收）

（10）『全唐詩』（巻六百三十四）司空圖の「句」の項には、『困學紀聞』からの引用としてこの二句を掲載している。

（11）以司空表聖之言觀之、則琯建此議可以破逆胡之膽。新唐書采野史稗說、而不載此語。唯程致道著論發揚之。（南宋、王應麟『困學紀聞』巻十四）

（12）北海太守賀蘭進明詣行在、上命琯以爲南海太守、兼御史大夫、充嶺南節度使、琯以爲攝御史大夫。進明入謝、上怪之、進明因言與琯有隙、且曰、「晉用王衍爲三公、祖尙浮虛、致中原板蕩。今房琯專爲迂闊大言以立虛名、所引用皆浮華之黨、眞王衍之比也。陛下用爲宰相、恐非社稷之福。且琯在南朝佐上皇、使陛下與諸王分領諸道節制、仍置陛下於沙塞空虛之地、又布私黨於諸道、使統大權。其意以爲上皇一子得天下、則己不失富貴、此豈忠臣所爲乎。」上由是疏之。（『資治通鑑』巻二百一十九）

（13）清、董誥等編、上海古籍出版社、一九九三年十一月。

(14)　小川環樹編『唐代の詩人―その傳記』（大修館書店、一九九四年、初版は一九七五年）の「杜甫」（黒川洋一著）の〔注〕十三に「当時の粛宗朝には房琯を中心とする玄宗系の官僚の一派と、賀蘭進明・第五琦らの経済官僚の一派があって対立していたが、董庭蘭の収賄事件は房琯を失脚させるために反房琯派によって捏造されたものであったらしい。」との指摘がある。派閥の対立との見方であるが、論者は根本に経済政策と戦争政策についての対立があったと考える。また、第五琦は、確かに経済官僚であるが、賀蘭進明は、むしろ武将と言った方が的確であろう。

(15)　乾元二年、以本官加同中書門下平章事。初、琦以國用未足、幣重貨輕、乃請鑄乾元重寶錢、以一當十行用之。及作相、又請更鑄重輪乾元錢、一當五十、與乾元錢及開元通寶錢三品竝行。旣而穀價騰貴、餓殣死亡、枕藉道路、又盜鑄爭起、中外皆以琦變法之弊、封奏日聞。（『舊唐書』巻一百二十三、第五琦伝）

(16)　子曰、不得中行而與之、必也狂狷乎。狂者進取、狷者有所不爲也。（『論語』子路篇）

(17)　拙稿「杜甫と房琯（一）――杜甫「祭故相國清河房公文」譯解――」（「長野県短期大学紀要」第五十三号、一九九八年十二月）参照。

(18)　馮至が『杜甫』を著したのは、一九五二年であり、これらの批評に社会主義思想に基づく階級闘争の視点が色濃く投影していることは考慮して読む必要があろう。

(19)　郭沫若が『李白与杜甫』を世に問うたのは文化大革命を経た一九七一年である。階級意識への強い批判が向けられていることは、著作の時代背景と関わるであろう。

第二節　「故の相国清河房公を祭る文」の語るもの

一

杜甫は人の死を悼む幾つかの詩文を残している。詩では、「高常侍の亡くなりしと聞く」（聞高常侍亡）（『詳註』巻之十四）、「嚴僕射《げんぼくや》が帰櫬《きしん》を哭《こく》す」（哭嚴僕射歸櫬）（『詳註』巻之十四）、「故《もと》の房相公が霊櫬《れいしん》閬州《ろうしゅう》より殯《もがり》を啓《ひら》き東都に帰葬せらるると承聞して作有り　二首」（承聞故房相公靈櫬自閬州啓殯歸葬東都有作　二首）（『詳註』巻之十四）、などがあり、これらは、それぞれ高適・嚴武・房琯という杜甫と深い交流のあった人々を悼んだものである。「櫬」や「靈櫬」（ひつぎ）は、そこに死者のみたまと尸《しかばね》がまだ存在しており、同時にそれが離れていくということへの痛切な寂寥感と切々とした悲哀が詠みこまれている。また、「八哀詩」（『詳註』巻之十六）もやはり自注に「嘆舊懷賢」（旧を嘆じ賢を懐ふ）と述べているように杜甫が尊敬を懐いたり、実際に交流があった八人の人々を悼んだものである。一方、詩以外の形式では、祭文三篇、神道碑一篇、墓誌二篇があり、この中で「遠祖当陽君を祭る文」（祭遠祖當陽君文）（『詳註』巻之二十五）は杜甫が遠い先祖として敬う杜預を祭るものである。この外、「外祖祖母を祭る文」（祭外祖祖母文）（『詳註』巻之二十五）、「唐の故の萬年県君京兆杜氏の墓誌」（唐故萬年縣君京兆杜氏墓誌）（『詳註』巻之二十五）、「唐の故の范陽太君盧氏の墓誌」（唐故范陽太君盧氏墓誌）（『詳註』巻之二十五）は、いずれも杜甫が親族のために作ったものである。このように杜甫は肉親・親族の死に対して、文章によって悲傷を表しているが、親族以外の存在に対しては、死を悼む文章を書き残さなかった（あるいは書いたのかもしれないが現在残っていない）。唯一の例外は、房琯の死を悼む文章である。それが「故の相国清河房公を祭る文」（祭故相國清河房公文）（『詳註』巻之二十五）である。房琯については先述の「承聞故房相公靈櫬自閬州啓殯歸葬東都有作　二首」のほかに「房太尉の墓に別る」（別房太尉墓）の詩もあり、現存の杜甫の詩作品に見る限り、房琯の死に関するものが他の知人や友人に比して多い。しかもこの長篇の房琯を悼む祭文を残していることから、杜甫は房琯の死に対して、繰り返しさまざまな角度から自分の悲哀を表現せずにいられなかったと考えられるのである。

ではなぜ、杜甫は房琯の死に出会って、数多くの祭文や詩を表さずにいられなかったのだろうか。直接の動機として次の二つが考えられる。一つは、前節ですでに論じたように、至徳二載（七五七）房琯が宰相を罷免された時、左拾遺の官にあった杜甫が房琯を弁護し、粛宗の逆鱗にふれて、やがて翌年房琯とともに左遷された、いわゆる〈房琯事件〉があったことである。杜甫は安祿山の乱を収束させるための房琯の政策を支持して、懸命に弁護をした。杜甫は事件後もかわることなく、房琯への支持や共感を懐きつづけていた。それが房琯の死を悼む詩文を制作する主たる動機となっていたと考えられる。二つには、寶應二年（七六三）三月、刑部尚書として房琯の中央政界への復帰が決まり、杜甫をはじめ房琯を支持する人々は、その活躍を期待したが、その矢先に、房琯が突然死去したことである。その期待が大きかった分だけ、房琯の急死による喪失感は深かったと考えられるのである。

二

寶應元年（四月改元。七六二）四月、上皇（玄宗）が崩御した。粛宗に譲位して五年余の歳月が経過していた。かつて

「開元の治」と称される天下泰平の唐王朝の全盛期を現出させた皇帝の、あまりに寂しい最期だった。しかも、本来父上皇の死を哀悼すべき肅宗自身、病床にあり、内殿で哀を発する（崩御を発表する）という異例の状況であった。上皇の死は更に肅宗の病を篤くさせ、そこで肅宗は皇太子（後の代宗）に代理で国政をとらせた。宮中では張后と宦官李輔國・程元振らとの確執が深まり、不穏な空気がただよっていた。上皇の後を追うように肅宗が崩じると、李輔國は謀って張后を殺害し、代宗を即位させた。

一方、房琯は至徳二載（七五七）に宰相を罷免されてから、太子少師、邠州《ひんしゅう》（陝西省邠県）刺史、太子賓客などの官に転補され、中央と地方を行き来していた。上元元年（七六〇）四月に、礼部尚書となるが、まもなく晉州（山西省臨汾県）刺史に出され、八月には漢州（四川省広漢県）刺史に改められていた。そして、玄宗・肅宗の相次ぐ死の翌年寶應二年（七六三）三月に特進刑部尚書を拝命したのである（『舊唐書』房琯伝では、四月とするが、曾棗荘は『杜甫在四川』（四川人民出版社、一九八三年）のなかで、三月のこととしている。今三月説に従う）。六十八歳になっていた。この時の詔勅（「房琯に刑部尚書を授ける制」）は賈至《かし》がしたためたもので、この中で、房琯が節義を守り、「文行」（文学と徳行）・「直言」をもって国家存亡の危機を救済しようと先朝にお仕えしたこと、そして、今また「國楨《くにてい》」（国の柱）としての働きを期待する趣旨が述べられている。房琯は、肅宗に宰相として仕えながら、功績をあげる間もなく排斥された。この時また代宗を輔佐して再び国政の建て直しに活躍することを期待されたのであった。

杜甫の「房公池の鵞を得たり」（得房公池鵞）（『詳註』巻之十二）は、房琯が刑部尚書を拝命して都へ旅立ち、それと入れ違いで、漢州を訪れた時の作である。

鳳凰池上應回首　鳳凰池上　応《まさ》に首《こうべ》を回《めぐ》らすべし
爲報籠隨王右軍　為《ため》に報ぜよ　籠《かご》は王右軍に随《したが》ふと

『晉書』王羲之伝によると、王羲之は大変鵞鳥を愛好していた。あるとき、彼が道士に鵞鳥を所望したところ、『道徳經』を書写してくれたら、鵞鳥をすべて差し上げようといわれたため、王羲之は喜んで写し終え、鵞鳥を籠に入れて帰ったという。この故事をふまえた表現である。房琯は今ごろ都の鳳凰池のほとりで、自分の鵞鳥は大丈夫かと案じてこちらを振り返っているだろう。私は、昔王羲之が所望して鵞鳥を籠に入れて帰ったように、あなたの鵞鳥をいただきますよ、という。杜甫は房琯のこの度の中央への復帰を心底喜び、このような戯れを口にするほど、浮き立つ思いを懐いていたに違いない。

しかし、この時すでに房琯には時間が残されていなかった。彼は漢州を出発して間もなく発病する。そして、都長安へ向かう途中、病臥しておきあがれなくなり、八月四日、閬州《ろうしゅう》（四川省閬中市）の僧舎で卒した。杜甫は房琯の死を耳にし、すぐさま閬州に赴いている。先述のように、房琯事件に際して、杜甫は房琯を命がけで弁護し、事件以後も変わらない尊敬と共感を抱きつづけていた。その上、房琯の中央復帰が決まり、国の柱としての活躍を期待していた矢先に訃報を受けただけに、杜甫の落胆と喪失感は大きかった。そして、房琯の死の一ヶ月あまり後、九月二十二日、恐らくその葬送（仮埋葬）に際して書かれたのが、杜甫の「故の相国清河房公を祭る文」である。杜甫が遺族などから祭文の作成を依頼されたかどうか、この祭文が公的なものか私的なものかなど、祭文作成のいきさつについてはわからない。だが、敬愛する友人のために杜甫が望んで執筆したことは確かであろう。次に具体的に「故の相国清河房公を祭る文」に沿って考察したい。

三

杜甫の「故の相国清河房公を祭る文」は、散文による前文と韻文による本文とからなり、末尾にごく短い末文がついている。『文苑英華』の祭文の項をみる限り、唐代の祭文はおよそこのような構成をとっているので、構成そのものは新奇であるとは言えない。また、韻文による本文は五段落から構成され、段落ごとに換韻している。

①　前文

維唐廣徳元年歳次癸卯、九月辛丑朔、二十二日壬戌、京兆杜甫、敬以醴酒茶藕蓴鯽之奠、奉祭故相國清河房公之靈曰。

唐の廣徳元年（七六三）、癸卯の年、辛丑がついたちである九月の、二十二日壬戌の日、京兆出身の杜甫は、つつしんであま酒・茶・蓮根・じゅんさい・ふなをお供えして、今は亡き宰相、清河郡公であった房公の霊を祭り奉り、次のように申し上げる。

杜甫は、ここで自らを「京兆杜甫」と称している。この呼称は杜甫の他の詩文には見えない自称である（ただし、「唐の故の萬年県君京兆杜氏の墓誌」において、叔母を「京兆杜氏」と称する例が見える）。杜甫が詩の中に用いている自称に「杜陵の布衣」「少陵の野老」などがある。これは杜甫の遠祖が漢の宣帝の陵墓である「杜陵」やその皇后の陵である「少陵」の近くに住み、「京兆の杜氏」と称されていたこと、杜甫が自らその家系に連なると考えていたことによる。「京兆」（陝西省）は漢代に三輔のひとつとされた地であるが、「杜陵」や「少陵」のある杜陵県は「京兆」に属している。このことから、これら「杜陵」や「少陵」を付した自称と同様の意識を本に「京兆の杜甫」と称したと考えられる。

しかし、それだけではなく、都から離れた辺境の地で客死した房琯を、本来彼が帰るべき河南（房琯の出身地）へ帰らせてやりたいという思いが反映されてこの表現になったのであろう（閬州からみれば同じく北東方向に位置する）。さらに杜甫は房琯に対して、かつて宰相であった時のように国の柱として都長安（京兆）で活躍すべき人物と捉えていたので、その思いが「京兆出身の杜甫」と称したことの深層にあるだろう。

前文はほぼ型通りであるが、供え物について述べる部分は、杜甫の他の祭文や同時代の人々の祭文と比べて具体的、詳細である。同時代の祭文などでは、この供え物は「清酌之奠」などと簡略に述べられることが多い。たとえば次のようである。

「少牢清酌之奠」（陳子昂「韋府君を祭る文」）
「酒饌之奠」（前人「建安王の為に苗君を祭る文」）
「醢脯之奠」（張九齢「李侍郎を祭る文」）
「寒食之奠」（杜甫「遠祖当陽君を祭る文」）
「寒食庶羞之奠」（前人「外祖祖母を祭る文」）

多少のバリエーションはあるものの極めて抽象的に述べられている。それに対してこの祭文では、杜甫は、一つ一つ「あま酒・茶・蓮根・じゅんさい・ふな」と具体的に述べている。これは祭典をリアルにイメージさせる効果がある。直接には、亡き房琯の霊に対して、供え物を一つ一つ指し示してみせるかのような言葉である。杜甫が豪華ではないが「じゅんさい」などのつましい供え物を心をこめて供えることを亡き人に向かって淡々と語りかけていると言えよう。

②　第一段落

嗚呼、純樸既散、聖人又沒。苟非大賢、孰奉天秩。唐始受命、群公閒出。君臣和同、徳教充溢。魏杜行之、夫何畫一。婁宋繼之、不墜故實。百餘年閒、見有輔弼。及公入相、紀綱已失。將帥干紀、煙塵犯闕。王風寢頓、神器圮裂。關輔蕭條、乘輿播越。太子即位、揖讓倉卒。小臣用權、尊貴倏忽。公實匡救、忘餐奮發。累抗直詞、空聞泣血。時遭祲沴、國有征伐、車駕還京、朝廷就列。盜本乘弊、誅終不滅。高義沈埋、赤心蕩折。貶官厭路、讒口到骨。致君之誠、在困彌切。

ああ、純樸な太古の気風はもうすでに消え失せ、古代の聖人もまた亡くなってしまった。このような時に当たっては大いなる賢人でなければ、一体誰が天の与える幸い（天下を治める権限）を受けられようか。唐がはじめて天命を受けると、すぐれた多くの宰相が相ついで出た。君主と臣下は心を一つにして協力し、徳に満ちた教えは天下にあふれるほどであった。魏徴《ぎちょう》や杜如晦《とじょかい》が天下を経営することは、一の字を画くかのように何と明瞭だったことか。婁師徳《ろうしとく》や宋璟《そうえい》もそれを継承して、古くからのきちんとしたやり方を失わなかった。百年以上の間、皇帝を補佐するすぐれた宰相がいるのを見ることができた。しかし、房公が宰相として入朝した時には、すでに綱紀は失われていた。武将たちは綱紀をおかし、戦の塵は朝廷をおかしていたのだった。王者の徳の教えはとどこおってゆきづまり、天子の権威を表す宝器は裂けこわれてしまった。みやこのある関中の地方はさびれはて、天子（玄宗）の御車は（遠く成都へと）旅しておうつりになった。あらたに皇太子（粛宗）が即位されたが、その儀式の次第はあわただしくとりおこなわれた。つまらぬ臣下は権力をほしいままにし、貴い人々はたちまちおとしめられてしまった。房公は心から国家を救おうとして、食事も忘れて奮闘しつとめられた。度重なる諫言を奉り、お聞き入れのないままに血の涙をまじえた言葉を天子に申し上げた。その頃、時代は妖気に出会い、国には戦いがうち続いた。天子（玄宗・粛宗）の御車は都長安にお帰りになられ、百官みな朝廷の列位についた。だが、賊軍

〈安禄山・安慶緒ら〉は、もともと唐王朝の疲弊に乗じて反乱を起こしたので、誅伐してもついに滅びなかった。房公の気高い正義は沈み埋もれ、まごころはうちくだかれてしまった。〈陳濤斜の敗北を理由に〉官位をおとされて、路をふさがれ、讒言は骨にとおるほど厳しいものであった。しかし、我が君にお捧げ申し上げるまごころは、このような困難な時においてもいよいよ深くなるばかりだった。

本文は「嗚呼」という悲嘆の感嘆詞から始まり、この句と第十七句を除けばすべて四言の韻文となっている。第一段落は全段落中最も長く、四十二句に及ぶ。まず冒頭杜甫は時代状況を大づかみに描いてみせる。太古の純朴な時代がすでに去った今、天下を治めるには「大賢」が求められること、そして唐王朝では王朝が開かれて以来百年、魏徴・杜如晦、婁師徳や宋璟らの賢相が存在したことを述べる。魏徴・杜如晦は唐王朝創業の功臣であり、婁師徳は則天武后朝で辺塞経営に功をあげ、宋璟は賢相として知られ、姚崇とともに玄宗を助けて「開元の治」を現出させた。このような紛れもない賢相や功臣の名前を列挙したのは、そのあとを継承し彼らと肩を並べる存在として房琯を位置づけたからである。しかし、房琯が宰相に就いたとき、すでに「紀綱」は失われていた。にもかかわらず、房琯が国家存亡の秋《とき》、すなわち安史の乱の混乱のなかで、宰相として国家を支えるためにいかに奮闘したかが、述べられている。ここでは、具体的な表現はされていないが、実は先に触れたいわゆる〈房琯事件〉の核心が、正確に表現されているのである。事件の詳細は本論第二編第三章第一節「杜甫の社会批判詩と房琯事件」に論じたので、そちらを参照願いたいが、要点のみを述べると次のようになる。

〈房琯事件〉とは、粛宗皇帝の至徳二載（七五七）、宰相房琯が罷免され、翌年その一派とみなされた人々も一斉に左遷された事件である。房琯が宰相を免職させられた理由は、直接的には出入の琴の名手董庭蘭が賄賂を受けていた、というものであるが、その裏面で、前年房琯が指揮した陳濤斜の戦いでの敗北が遠因となっていたことが、以前から指摘されている。しかし、この事件の根底には更に重大な原因があったと考えられる。それは、変則的に即位した肅宗が採用した第五琦・賀蘭進明の肅宗単独勝利・積極攻勢・軍費調達・増税・銅貨改鋳の政策と、房琯が抱いていた諸王分鎮・堅守防衛・民心民生の安定という政策との対立であった。至徳元載（七五六）十月には、賀蘭進明が「論房琯不堪爲宰相對」（房琯の宰相為るに堪へざるを論ずる対）を奏上し、房琯の更迭を求めた。それをきっかけに肅宗は次第に房琯の政策に疑問をいだくようになった。この政策の相違・対立こそが宰相房琯罷免の最大の要因と考えられるのである。その房琯に対して、杜甫は上疏して房琯を救おうとし、肅宗の逆鱗に触れた。肅宗は三司に杜甫を推問（取り調べ）させたが、宰相張鎬の弁護によって杜甫は辛うじて処罰だけは免れた。杜甫が房琯を弁護した背景には、肅宗の政策や戦争方針への批判と房琯の見解への強い共感があったためと考えられる。

「小臣」とは、賀蘭進明、第五琦らを指すと思われる。「大賢」たる房琯が「小臣」たる彼らと激しく拮抗した構図として当時を捉えている。彼らが即位早早の肅宗に取り入り、房公は彼らの骨に至るような激しい「讒口」（讒言）を受けて、廃せられたのだ、と杜甫は当時の状況を評価し直しているのである。杜甫が〈房琯事件〉においてあれほどかたくなに自説を曲げず房琯を弁護し続けたのは、杜甫の政治的無知や性格の偏執性などによるのではなく、当時の実際の政治・社会情勢のなかで、杜甫や房琯らが、厳しい政治的判断と見通しとを持って行動していたためなのである。これまであまり注目されることがなかったその事実の重さを表現しているところに、この祭文の大切な意味があるる。

③　第二段落

天道闊遠、元精茫昧。偶生賢達、不必際會。明明我公、可去時代。賈誼慟哭、雖多顚沛。仲尼旅人、自有遺愛。
二聖崩日、長號荒外。後事所委、不在臥內。因循寢疾、顦顇無悔。矢死泉塗、激揚風槪。天柱旣折、安仰翼戴。

地維則絶、安放夾載。

天の道は広くはるかで、天の根元の精気のはたらきははてしないために理解しづらい。賢く物の道理に達した人が偶然この世に生まれたとしても、必ずしもよい機会に出会うとはかぎらない。明徳の我が房公は時代から退けられてよいものだろうか（退けられてはならない）。漢の賈誼はよい世にめぐり合わなかったことを慟哭したけれどもつまずき倒れてしまった。孔子は各地に遊説を重ね、ついに諸侯に受け入れられなかったけれども、その仁愛はいつまでもしたわれている。玄宗・粛宗の二聖が崩御されたとき、房公は僻遠の地でいつまでも泣き叫んだ。玄宗・粛宗亡き後の事を託すべき人は、朝廷内にふさわしい人がいなかった。房公は病床についていつまでも留まっていたが、代宗の治世を案じてやせおとろえることもいとわなかった。かくして間近に迫った死を覚悟しつつ、その気高い風格を奮い立たせた。しかし、（いまや房公は亡くなり、）天を支える柱はすでに折れてしまったのに、何を仰いで（天子を）お助けすればよいのだろうか。大地を維持する綱が切れてしまったのに、何を頼って補佐すればよいのだろうか。

ここでまず杜甫は、房琯を賈誼《かぎ》・孔子になぞらえて、たとえ忠義や高い道徳を抱いた人物であっても、必ずしもよい時に「際會」するとは限らず、道半ばで挫折することがある、と述べている。

この段落で、もっとも注目されるのは、最後の「天柱既折、安仰翼戴。地維則絶、安放夾載。」であろう。『禮記』檀弓《だんぐう》に孔子が自分の死期を悟って、「泰山其頽乎、梁木其壞乎、哲人其萎乎」（泰山其れ頽《くず》れんか、梁木其れ壊《こわ》れんか、哲人其れ萎《しぼ》まんか）と歌っているのを弟子の子貢が聞き、「其泰山頽則吾將安仰、梁木其壞哲人其萎則吾將安放」（其れ泰山頽れなば則ち吾将《は》た安《いず》くにか仰《あお》がん、梁木其れ壊れ哲人其れ萎まば則ち吾将た安くにか放《よ》らん）と言った故事を踏まえる。孔子が亡くなれば、一体なにをよりどころにしたらよいのか、という弟子子貢の発した絶望にも似た嘆きのことばである。また、「天柱」・「地維」はいずれも天と大地を支えるものであり、それが「折」れ、「絶」たれるというのは、この世界の崩壊とも言うべき表現といえる。杜甫は房琯を失った喪失感をこのように表現したのであった。ここにも、房琯の死による深い落胆が表現されているが、それは単に個人的な悲哀感の表現に終始するのではなく、国家を経営する政治的支柱が失われたことへの、いわば政治的責任感に裏付けられた喪失感なのだった。

④　第三段落

豈無群彦、我心忉忉。不見君子、逝水滔滔。泄涕寒谷、呑聲賊壕。有車爰送、有紼爰操。撫墳日落、脱劍秋高。我公戒子、無作爾勞。殮以素帛、付諸蓬蒿。身瘞萬里、家無一毫。數子哀過、他人鬱陶。水漿不入、日月其慆。

かならずすぐれた人々はいるはずだ。だが私の心はうれいで一杯になる。（房公がなくなって）立派な人物を見ることができない。流れゆく水はとうとうと去ってかえらない。涕をここ閬州の冷ややかな谷に流し、悲しみの声を賊軍に備える壕に呑みこむばかり。房公の棺を車にのせてここに送り、挽きづなをここに手にとる。（棺を納めて）墳墓をなで静めると日は西に落ち、剣をはずせば秋の空は高い。我が公は死にぎわに子に戒めて、自分の葬儀に労苦をかけないよう申しおかれた。なきがらをおさめるのに白ぎぬを使い、棺は野原におかれた。あなたのなきがらは故郷から万里離れた地に埋められ、家にはわずかな財産もなかった。あなたの子ども達は哀しみすぎて（やつれ）、他人はあなたを思って心がふさぐ。水や飲み物がのどを通らないままに、月日だけがどんどん過ぎていく。

第一・第二段落では、房公の死までが政治社会の場を舞台として通時的・叙事的に捉えられて描かれていた。だがこの第三段落では、通時的・叙事的な描写は影をひそめ、葬儀の時点での状況が、まるで時間が突然停止したかのような筆遣いで、祭る者の側の視点から感覚に直接ひびく表現で捉えて述べられている。「寒谷」や「賊壕」に声を押し殺すようにしてなみだを注ぐという表現は、暗く寒々しい現状や、都から遠く離れた辺境での死であり葬儀であることを象徴する。秋の夕刻、異郷の野原でとり行われる葬儀であり、しかも、房公の遺志に従い、子どもたちや親しい者たちだけによるつつましい葬儀として描かれているのである。そのような寂寞たる情景のなかで、「墳を撫」し「剣を脱」すという表現は、もの寂しい辺境での葬儀にもかかわらず、その寂寥感を乗り越えようとひたむきに房公の魂を慰撫することを表現している。「剣を脱す」とほぼ同様の表現は、杜甫がこの祭文の後に制作した「房太尉の墓に別る」（『詳註』巻之十三）詩の中にも見える。

對 棋 陪 謝 傅　　棋に対して謝傅《しやふ》に陪し
把 劍 覓 徐 君　　剣を把《と》りて徐君を覓《もと》む

前の句の謝傅は、晉の謝安（死後、太傅を贈られた）のこと。謝安は淝水の戦いに臨む際、謝玄と碁を囲んで少しも恐れる様子がなかったという話、および謝玄らから勝ったとの知らせが届いた時、喜びを顔に出さず、客と碁を打ち続けたという話を踏まえている。かつて親しく対局したことのある房琯は、謝安のようにすぐれた見識と沈着さを備えた人物であったという。一方、後の句には「剣を把る」という表現が現われる。春秋時代、呉の季札が徐国を通過したとき、その君は彼の剣をほしがった。季札はこれから諸国を訪問するのに、儀礼上必要だったためその時は献上しなかった。帰路に立ち寄ったときにはすでに徐君は亡くなっていたので、季札は徐君の塚のわきの木に剣を掛けて去った。杜甫はこの故事を用いて、房公亡き後も彼に対して信義を抱き続けていることを述べている。この祭文でも同じである。不遇のなかで急死した房琯に対して、この世の全ての利害を越えた信義を守りつづけることを語りかけているのである。

⑤　第四段落

州府救喪、一二而已。自古所嘆、罕聞知己。曩者書札、望公再起。今來禮數、爲態至此。先帝松柏、故郷枌梓。靈之忠孝、氣則依倚。拾遺補闕、視君所履。公初罷印、人實切齒。甫也備位此官、蓋薄劣耳。見時危急、敢愛生死。君何不聞、刑欲加矣。伏奏無成、終身愧恥。

州や府からの葬儀へのたすけは、一二あっただけ。昔から嘆かれてきたのは、真の友はまれだということ。房公の死の前には天子から詔勅がよこされ、房公が再びたって活躍することを望まれていた。それなのに今の葬儀の礼の等級は、そのありさまと言えばこの程度（の低いもの）である。先帝の陵墓には松柏が植えられ、房公の故郷にはにれやあずさが植えられている。房公の霊は、先帝の（陵墓の）松柏に忠心をつくそうとし、他方房公の気は孝をつくして故郷のにれやあずさに帰ってよりそおうとしておられる。私が拾遺として天子を補佐する官職にあった時、天子の行われる事を拝見していた。房公が（罪を得て）初めて官をおやめになった時には、心有る人々は本当に歯ぎしりをしていかっていた。その頃、私杜甫は左拾遺の官を頂いていたが、思うにそのつとめを充分に果しているとは言えなかった。あなたが重い罪を被るという危機に立たれるのを見ては、（あなたを弁護することで）死も辞さない覚悟であった。しかし、なぜ天子はお聞き入れにならず、あなたに刑を加えようとなさったのか。天子に伏してあなたの無実を奏上しながら、聞き入れて頂くことがかなわなかったことは、一生涯恥ずかしく思われる。

房琯は、かつて玄宗・粛宗のもとで宰相をつとめ、忠心を尽くした。しかも死の直前に朝廷に呼び戻す詔勅を受けていた。その彼に対して、房公の死に対する朝廷の処遇はあまりに低いと杜甫は感じている。そしてその感じかたを隠すことなく述べている。

この段落の後半部分は、これまでの第四段落前半までが、時系列に沿った叙述や葬儀の時点での〝現在〟の情景描写であったのから、一転して過去の〈房琯事件〉の当初に遡って回想した描写である。また、この祭文の本文（韻文部分）は、これまではすべて一句四言であった（ただし、冒頭の「嗚呼」を除く）が、第十七句のみは、四言の調子を破り、「甫也」という一人称で始まる六言句となっている。冒頭から第三段落までは、比較的抑制された、叙事的・客観的な叙述が主調であったが、第四段落は「甫」という一人称を使用していることにみられるように、主観的叙述が中心となっているのである。すなわち、この第四段落は、この祭文を杜甫が執筆した動機に最も深く関わる部分であるといえよう。特に第四段落の後半部に着目すると、ここで杜甫は房琯が宰相を罷免された当時、自分は左拾遺であり房公の弁護を奏上したが、粛宗に聞き入れられなかったことを述べている。杜甫はおそらく、事件以降も〈房琯事件〉の意味を問いつづけていただろう。そして、そのことが自分を「蓋薄劣耳」（蓋《けだ》し薄劣《はくれつ》のみ）と断じ、「終身愧恥」（終身愧恥《きち》す）という自責の念を表す言葉となって、この祭文に現れている。「蓋薄劣耳」は、自分の左拾遺としての働きに十分な熱意と才略が備わっていなかったために上奏が聞き入れらず、房琯罷免を阻止できなかったのだと自分の責任を痛感する言葉であり、「終身愧恥」は、やはり房琯罷免を阻止できなかったことを恥じ、しかもその後ずっと後悔と倫理的な傷を抱き続けてきたことを房琯に対して告白するものと言えよう。杜甫は〈房琯事件〉の原因を自分の責任として捉え続けていたのであり、それをここで告白しているのである。このことこそが、杜甫にこの祭文を書かせた最も重大な動機であった。杜甫にとって〈房琯事件〉は、政治への深い関心を抱かせる契機となった生涯の大事件であった。だからこそ房琯の死に際して、杜甫は房琯を救えなかった責任を終始負いつづけてきたことを告白し、さらにいまも変わらぬ信義を語らないではおれなかったのである。

⑥　第五段落

乾坤慘慘、豺虎紛紛。蒼生破砕、諸將功勳。城邑自守、鼙鼓相聞。山東雖定、灞上多軍。憂恨展轉、傷痛氤氳。

玄豈正色、白亦不分。培塿滿地、崑崙無群。致祭者酒、陳情者文。何當旅櫬、得出江雲。

天地は暗く心をいためさせ、山犬やとらのように欲深いものどもが乱れ起こっている。うち続く反乱のために、人民はうちくだかれ、一方諸将は戦でてがらをたてた。まちは自衛するほかなく、攻め鼓があちこちから聞こえてくる。山東は平定されたというが、灞上ではいくさがまだ多い。私はうれえうらんで（眠れぬまま）寝返りをうち、いたみ悲しまないではおれない。玄はどうして本来の色だろう、その上白でさえも見分けがつかない状態になっている。小さなおかは一杯あるが、崑崙山のような高い山は決して群をなさないものなのだ。お祭りするのに酒をさし上げ、この文章に私の思いを陳べた。いつの日にか、房公のひつぎは雲たちこめる長江を出て故郷に帰ることができるだろうか。

この段は、房公を喪失した後の世の中のありさまを述べている。「蒼生破碎、諸將功勳。」（蒼生は破砕せられ、諸将功勲あり）には、政府の政策への痛烈な批判を読み取ることができる。民生を顧みず、積極攻勢によって賊軍を倒そうとした結果、将軍達は相次ぐ戦で軍功を揚げて出世し、今や王朝内部では力をつけた節度使らが新たな脅威と化しつつあった。そのような状況に対して杜甫は「憂恨展轉、傷痛氤氳」（憂恨《ゆうこん》展転し、傷痛氤氳《いんうん》たり）するほかないと述べている。〈房琯事件〉に際して房琯らが、また誰よりも杜甫自らが危惧していた事態が現実に目の前で進行しているのであった。「玄豈正色、白亦不分」に述べる「玄」は黒のことである。それが「正色」ではないということについては、『漢書』薛宣伝に「（薛）宣爲中丞、（中略）所貶退稱進、白黑分明。」（（薛）宣　中丞と為り、（中略）貶退称進する所、白黒分明たり）。とあり、その注に「白黑、猶言清濁也。」（白黒は、猶ほ清濁と言ふがごとし）と解されているのが参考になる。白は善、黒は悪を表す。今の政治にあって現実をおおっているのが「玄」であるとしても、それは正しい状況ではない、という意識であろう。その上「白」が「玄」から区別できないというのは、政府に理非曲直を正す人物が不在で、善悪や賞罰が明らかでない混沌たる状況であることを指摘するものである。

「培塿満地、崑崙無群」（培塿《ほうろう》地に満ち、崑崙《こんろん》群する無し）は、並ぶものがない「崑崙」山のような房琯を失った世の中を表す。見渡す限り大地を小さな塚が覆っている情景は、なんとも不気味に感じられる。杜甫の房琯を失った喪失感と、現在の政治状況に対する危機意識がこの表現の根底には色濃くにじんでいるといえよう。また、「陳情者文」（情を陳《の》ぶる者は文なり）という表現は、この祭文が亡き人のみたまを祭るばかりでなく、杜甫自らの喪失感と告白を「文」によって房公のみたまに伝えようとするものだということを鮮明に明かすものである。ところで、ここで「何當旅櫬、得出江雲」（何《いつ》か当に旅櫬の、江雲を出づるを得べき）と述べているのは、故郷へ房琯が帰葬されることを祈って結んでいるのである。この辺境の地に棺を留めおくことなく、故郷に帰葬することが、生前不遇であった房琯のためにできる唯一の慰めであると杜甫は感じていたのであろう。

⑦　末文

鳴呼哀哉、尚饗。

ああ、なんと哀しいことだろう。どうかこのお供えを受けてください。

末文のこの二句の表現は、『文苑英華』でみると、祭文の決まり文句となっていたようである。だが、今述べたような、房琯の不在への悲傷を直接に受けて、つまり、前段の末尾の言葉と連続して読まれることによって、切実な願いと祈りが伝わってくるのである。

四

祭文は、亡き人の知人や友人が死者を悼み、また生前の事蹟を顕彰するものである。杜甫のこの祭文においてもやはりそのような要素を備えてはいる。しかし、この祭文が他の祭文と大きく異なるのは、房琯が不遇の生涯を送るきっかけとなった〈房琯事件〉の責任――房琯を守りきれなかった責任――の一端が杜甫自身にあることを告白し、「終身愧恥」（終身愧恥す）と表現した点である。「陳情者文」（情を陳ぶるものは文なり）という表現が、いみじくも表明しているように、房琯のみたまにその事を伝えるためにこの祭文を制作した、とさえ言える。この祭文がそのような側面を持っていると言っても、過言ではないのである。

ところで、杜甫がこの祭文を書いて数年後、李華は「唐丞相太尉房琯徳銘」を制作した。安祿山の乱の渦中、偽官を受けたために倫理的な傷を負った李華は、節義を高く持ちつづけた房琯に対して、なみなみならぬ敬意を抱いていた。李華の「唐丞相太尉房琯徳銘」からは、房琯の人徳の高さを李華がいかに称えていたかがうかがわれる。しかし、相継ぐ乱の中で、李華の制作した銘文は彼の生前には碑として建てられず、約四十五年後、袁州刺史王涯の手によって、ようやく碑に刻み、建立された。この時、その碑陰（石碑の裏に書かれる文）に柳宗元は「相國房琯徳銘之陰」を記し、王涯が房琯の「道」を尊んで碑を建立するにいたった経緯と房公の道が明らかにされるべき理由を述べている。このように、房琯の死後も、その人格や政治姿勢に多くの人が共感を抱きつづけていたことが分かる。後代の正史が房琯を実行力のない理想論のみの政治家とするのとは、大きな違いがあるのである。房琯の真実の姿は、少なくともこうした同時代の史料に照らして再構成されるべきだろう。そして、もっとも早く房琯の政治政策や人徳の高さを評価し、自己との深いかかわりの中でもそれを語ろうとしたのは他ならぬ杜甫であり、それを明確に表したのが「祭故相國清河房公文」であったのである。

第三章　社会批判詩の焦点としての「三吏三別」

一

杜甫は、当時の社会状況をリアルに描いたことから、社会詩人と評され、またその詩は詩によって描かれた歴史として「詩史」と称される。中でも政治・社会の矛盾を鋭いまなざしで捉え、直截に表現した社会批判詩を多数制作していることは注目される。社会批判詩は、同時代の元結などにも作例は見られる（「舂陵行」は代表的である）が、当時の詩壇ではあまり注目されず、中唐時代になって、韓愈、白居易や柳宗元らによって高く評価され、意識的に継承されるようになる。杜甫の社会批判詩の代表作には、「兵車行」や「三吏三別」（『詳註』巻之七）などがある。ここでは、「三吏三別」詩の六首の連作を取り上げて、その特徴を考察したい。

乾元元年（七五八）六月、安史の乱（天寶十四載〔七五五〕十一月に勃発した安祿山の乱とその後の安慶緒・史思明による叛乱を併せていう）のさなか、杜甫は房琯とその党派とみなされた劉秩・嚴武らとともに左遷され、中央官僚である左拾遺から地方官である華州司功参軍に出された。その原因は、本編第一章・第二章で述べてきた〈房琯事件〉に求められる。

そしてこの事件の背景には、前述のように肅宗と房琯との間に、安史の乱の収拾をめぐる戦略・政策の根本的な相違があったのである。肅宗やそれを取りまく賀蘭進明・第五琦らは、肅宗による単独勝利・積極攻勢・増税・貨幣改鋳を政策として進めようとしていたのに対して、房琯は粛宗をはじめ玄宗の諸王子の協力による分鎮・堅守防衛・民生の安定を提言していた。そして、杜甫はこの房琯の政策に共感を抱いていたのである。以上のような経過を経て、乾元二年（七五九）、華州司功参軍在任中に制作されたのが、社会批判詩の代表作「三吏三別」である。「三吏三別」とは、「新安吏」「潼關吏」「石壕吏」「新婚別」「垂老別」「無家別」の六首をいう。この六首は、大きくは「三吏」と「三別」とに分けられる。「三吏」には、それぞれ新安、潼關、石壕の「吏（役人）」が登場し、相州での官軍敗退（乾元二年三月）後の東都守備や徴兵の問題が取り上げられている。また、「三別」では、新婚の夫婦の別れ、年老いた夫婦の別れ、家族を失った男の孤独な別れが、それぞれ描かれている。いずれの離別も「出征」に起因することが共通しており、平和な時代には想像すらできない戦乱下での過酷な別れが描き出されている。

「三吏三別」は、杜甫が洛陽に出張を命じられた折りに、洛陽から華州に戻る途次に目にした民衆の窮状を描いたものである。この六首の連作を構成から見た場合、いくつかの特徴がある。すでに鈴木修次が「杜甫「三吏三別」の特異性」（『唐代詩人論』講談社学術文庫、一九七九年）において指摘しているように、「三吏」の配列の順序は、実際の杜甫の旅程・順路とは異なっている。杜甫が洛陽から華州へ向かう帰途の順路は、新安—石壕（夾縣）—潼關であるが、この連作では新安—潼關—石壕となっており、杜甫が制作に当たって意図的に再構成したことがうかがわれる。また、「三吏」の後に「三別」を置く詩の配列にも深い意味がこめられているだろう。「三吏三別」の構成にはどのような意図があるのだろうか。

このような構成を採った一つの理由は、登場人物や内容（ストーリー）の問題と関係するように思われる。というのは、前半三首と後半三首とでは、中心とされる登場人物に大きな隔たりがあるからである。前半では「吏」がいわば重要な役割を荷っているのに対して、後半三首では、徴兵される側の民衆が主役に据えられているのである。正確に言えば、前半最後の「石壕吏」は、主役が「吏」から民衆へと転換する結節点となっている。

客行新安道　　客は行く　新安の道
喧呼聞點兵　　喧呼《けんこ》　点兵を聞く
借問新安吏　　新安の吏に借問すれば
縣小更無丁　　県小にして　更に丁無し
府帖昨夜下　　府帖　昨夜下り
次選中男行　　次選　中男行くと

これは、「新安吏」の冒頭部である。新安の役人が、新たに徴兵するため点呼しているところに、「客」（杜甫と等身大の人物）が遭遇した場面。役人は、府から命令が下ったものの、小県のため正丁（二十三歳以上）はすでに徴兵ずみであり、今度は中男（十八歳以上）を徴兵するのだと実状を語る。

また、「潼關吏」の冒頭は次のようである。

士卒何草草　　士卒　何ぞ草草たる
築城潼關道　　城を築く　潼関の道
大城鐵不如　　大城は鉄も如かず
小城萬丈餘　　小城は万丈余
借問潼關吏　　潼関の吏に　借問すれば
修關還備胡　　関を修めて還た胡に備ふと

潼關で士卒があわただしく関所の修築工事に当たる中、やはり杜甫と等身大の「我」が、関所の役人に工事の理由を問いかける場面である。役人は、安祿山の叛乱当初、賊軍を防げなかった轍を踏まないため、城塞を堅固にし敵に備えるのだという。このようにこれらの二作品では、杜甫が役人と会話するという形態を取って、役人に現状を語らせている。

これらに対して、「石壕吏」では描きかたが異なってくる。

暮投石壕村　暮れに投ず　石壕の村
有吏夜捉人　吏有り　夜　人を捉《とら》ふ
老翁踰牆走　老翁　牆を踰《こ》えて走り
老婦出看門　老婦　出でて門に看る
吏呼一何怒　吏の呼ぶこと一に何ぞ怒れる
婦啼一何苦　婦の啼くこと一に何ぞ苦しき

と、いきなり夜陰に乗じて人々を徴発する役人の姿が描かれる。老翁は逃走し、怒って叫ぶ役人に老婦が苦しげに対応するという緊迫した場面が繰り広げられる。そして、「聴婦前致詞」（婦の前《すす》みて詞を致すを聴くに）とことわった上で、以下八句から二十句までは老婦の言葉によってこの家族のおかれた悲惨な状況が開陳される。「吏」は、もはや言葉を持たず怒鳴っているのみであるのに対し、老婦は「詞」すなわち言葉で詳細に家族の苦境を語るのである。先に挙げた二首とこの詩とでは、このように明らかに中心となる登場人物やその描かれかたが大きく転換している。つまり吏を中心的な登場人物と位置づけるストーリーから、「老婦」即ち名も無き民衆を中心的登場人物とするストーリーへの転換がなされているのが、この「石壕吏」なのである。そして、「三吏三別」の後半三首では、「石壕吏」でクローズアップされた民衆が前面へ躍り出て、主人公へと変化を遂げるのである。

以上見たように、「三吏三別」においては、登場人物とストーリー展開の必然性から、これらの詩が配列されていると考えられる。つまり、前半では、官の側から捉えられた状況が中心に描かれ、後半では、官の側からではなく、民衆すなわち生活者の視点から見たときに、現在の状況がどう捉えられるかを問題としているのである。何故、このような視点の転換がなされたのだろうか。次にこの問題について、登場人物やストーリーと密接に関わる語り手の問題を取り上げて考察したい。

二

先述のように、「新安吏」において語っているのは、「客」である。それは作者杜甫とほぼ等身大の存在と考えられる。冒頭の六句に「吏」との会話が置かれ、その後は「客」の視線から捉えられた徴兵の場面と、東都及び首都防衛のために堅守防衛が求められることが述べられている。中間部には、

　莫自使眼枯　　自ら眼をして枯れ使むる莫《なか》れ
　收汝涙縱横　　汝《なんじ》が涙の縦横なるを収めよ
　眼枯卽見骨　　眼枯れ　即ち骨を見《あら》はすとも
　天地終無情　　天地は終《つい》に無情

と、徴兵される民衆に「汝」と二人称で呼びかける言葉が見える。そして、最後は「送行勿泣血、僕射如父兄」（送行して泣血する勿れ、僕射は父兄の如し）と、徴兵される兵士への呼びかけの言葉で結ばれる。一方、「潼關吏」は、「我」が「吏」と交わす会話によって展開される。そして、結びの二句は「防關將」（関所を守る将軍）に託する言葉となって

いる。

請囑防關將　請ふ　防関の将に嘱せん
愼勿學哥舒　慎《つつし》みて哥舒を学ぶこと勿《なか》れ

いくら関所を堅固に作ってもやはり最後はそれを守る人間次第であるとし、哥舒翰の轍を踏まぬよう堅守してほしいとの願いを込めていると考えられる。天寶十五載（七五六）、安祿山が長安に攻め上ろうとしたとき、首都防衛の最終の要であった潼關を守っていた哥舒翰は、最後まで堅守の方針を持ちこたえることができず、出撃して敗亡を喫した。実は哥舒翰に日ごろ不信感を抱いていた楊國忠が出撃の催促を命じたため、やむなく哥舒翰は出撃したとされている。ここには直接的には楊國忠への批判がこめられているが、ひいては、肅宗の積極攻勢政策への批判もこめられているであろう。

「石壕吏」については、前節でやや詳しく検討したが、石壕村を訪ねた語り手は、冒頭と結末とにわずかに登場するだけである。そして、先にも指摘したように、一首の中心は、徴兵のため人を捉えに来た「吏」に、老婦が窮状を訴える言葉である。つまり、「新安吏」や「潼關吏」に見られた語り手と吏との会話はもはやみられない。「吏」は怒鳴り散らして、徴兵のために民衆を「捉」える存在になっていると言える。そして、「客」や「我」等という形で登場していた語り手の存在は、いわば背景へと退いている。それに代わって、前二作では間接的にしか語られなかった民衆が、思いやりや愛情に満ちた具体的な人間として前面に登場している。その「老婦」の視点から、家族の悲惨さが捉えられ、過酷な徴兵が告発されている。

「三別」では、どうだろうか。「新婚別」では、「妾」、「我」と称する新婚の妻が語り手である。妻は出征する夫を「君」と呼び、夫は直接には登場しない。ほぼ全編妻の一人語りである。「垂老別」では、出征する老人が語り手となっている。「老妻」「同行」「上官」の語は見えるが、それらはやはり直接は登場せず、語り手の視点から捉えられている。やはり一人語りのスタイルといえる。そして、「無家別」では、母も家族もすべてを失った男が語り手であり、わずかに言及される「一二老寡妻」「縣吏」は、いずれもこの男の目に写ったものとして描かれている。「我」「賤子」と称するこの男の独白のスタイルである。このように「三別」では、いずれも民衆の一人語りのスタイルをとっているのである。

ここで振り返ってみると、「新安吏」において、「客（杜甫と等身大の語り手）」からは、徴兵される側の民衆は「汝」として二人称で捉えられていた。それに対して、「三別」においては、徴兵される側の民衆が「我」として現れ、自身のこととして過酷な徴兵の現状を語る。このことは「三吏三別」の構成の根幹をなす重要なポイントであると言わなければならない。つまり、「三吏」では、杜甫の等身大の語り手が政治政策への批判や民衆の置かれている現状を間接的・客観的に語っているのに対し、「三別」では、作者杜甫は姿を潜め、民衆自身が主体的に語る形をとっているのである。

三

次に具体的に作品を取り上げて、考察を深めたい。

上述のように「三吏三別」六首は緻密な構成で組み立てられており、また各々が重要な意味を持ち、位置を占めている。「三別」詩の中から、ここでは「新婚別」を取り上げることとしたい。

新婚別　　新婚の別れ

兎絲附蓬麻
引蔓故不長
嫁女與征夫
不如棄路旁
結髪爲妻子
席不煖君牀
暮婚晨告別
無乃太怱忙
君行雖不遠
守邊赴河陽
妾身未分明
何以拜姑嫜
父母養我時
日夜令我藏
生女有所歸
鷄狗亦得將
君今往死地
沈痛迫中腸

兎糸《とし》　蓬麻に附す
蔓《つる》を引くも故《もと》より長からず
女を嫁して征夫に与ふるは
路旁に棄つるに如かず
結髪　妻子と為り
席は君が牀を煖《あたた》めず
暮れに婚して晨《あした》に別れを告ぐ
乃ち太《はなは》だ怱忙たる無からんや
君が行は遠からずと雖も
辺を守りて河陽に赴く
妾が身は未だ分明ならず
何を以てか姑嫜を拝せん
父母　我を養ひし時
日夜　我をして蔵せしむ
女を生まば帰する所有り
鶏狗も亦将《ひき》ゐるを得《う》
君　今　死地に往く
沈痛　中腸に迫る

誓欲隨君去　誓《ちか》ひて君に随ひて去《ゆ》かんと欲するも
形勢反蒼黃　形勢　反《かえ》って蒼黄たらん
勿爲新婚念　新婚の念ひを為す勿《なか》れ
努力事戎行　努力して戎行を事とせよ
婦人在軍中　婦人　軍中に在れば
兵氣恐不揚　兵気　恐らくは揚がらざらん
自嗟貧家女　自ら嗟《なげ》く　貧家の女にして
久致羅襦裳　久しく羅襦裳《らじゅしょう》を致せしを
羅襦不復施　羅襦　復た施さず
對君洗紅粧　君に対して紅粧を洗はん
仰視百鳥飛　仰いで百鳥の飛ぶを視るに
大小必雙翔　大小　必ず双《なら》び翔《かけ》る
人事多錯迕　人事　錯迕《さくご》多し
與君永相望　君と永く相望まん

この作品は、新婚の妻が、出征する夫との別離に際して、千千に乱れる胸中を語ったものである。冒頭の二句はすでに指摘されていることであるが、古くは『詩經』に見える〈興《きょう》〉の手法である。〈興〉とは、表現したい主題を暗示する自然現象をまず描き、それによって主題を引き出し表す象徴的手法のこと。ここでは、女性が嫁に行くことを根なしかずらのつるが草に纏わることに喩えたもの。高い木にまつわれば長く伸びられるが、麻やかわらよもぎのような短い草にまつわれば長くは伸びられない、そのように出征兵士に嫁入りした妻は、永く寄り添うことができないことをいう。

この新婚の妻の夫は、これから河陽に出征するという設定になっている。当時、河陽の地は洛陽（東都）守備の前線として、賊軍に備えていた。詩中には「君行雖不遠、守邊赴河陽」（君が行は遠からずと雖も、辺を守りて河陽に赴く）、「君今往死地、沈痛迫中腸」（君　今死地に往く、沈痛　中腸に迫る）とあり、この主人公の妻は危険な前線に送られる夫の身を案じていることがわかる。

この妻は、「結髮爲妻子」（結髪　妻子と為り）とあるように、まだ十五歳そこそこでこの夫に嫁いだが、新婚まもなく夫は出征するというので、嫁の身分もまだ定まっていないことを嘆いている。また、夫の出征に随いたいとも思ってみるが、女性が軍中にあっては士気が上がらないのではと案じて思いとどまる。そして、人間の世にはままならないことが多いが、離れていても待ち続けようという誓いを述べて結ぶ。『詳註』に引く宋の眞德秀の注に指摘があるように、本来、新婚の者は出征を免除されるはずであるが、ここではそのような民衆の生活への配慮が微塵もない過酷な政治の現実を映し出している。また、この新婚の妻はそのような過酷な状況のもとで、なおも夫の身を案じ続け、しかも妻としての貞節を守ろうとするけなげな女性として描かれているのである。

ところで、「三吏三別」の制作に当たって、杜甫は「兵車行」と同様に、楽府のスタイルを採っている。しかし、そもそも「兵車行」は伝統的な楽府題を踏襲して制作されたわけではない。杜甫が新たに創作した新題楽府である。楽府の特徴としては、物語り性や会話の挿入、そして諷諫性があげられる。杜甫は「兵車行」において、楽府のそうした伝統を継承し発展させ、玄宗の版図拡張政策への批判を作品に織り込むことに成功している。一方「三吏三別」においても、やはり楽府のスタイルを採用しながら連作とし、様々な人物の視点から捉えた六つの物語をあたかもオムニバスのように展開している。「三吏三別」における杜甫の試みの中心は、ここにあったと言える。つまり、さまざまな視点に立った語りを連続させる、という試みである。その中にあって、「新婚別」は、当時の社会において、恐らく最も立場が弱く、また戦時下という状況の中で、最も矛盾があらわになりがちな出征兵士の妻、しかも結婚したばかりの妻を語り手に設定したことに杜甫の意図がうかがわれる。

「新婚別」では、新妻が主人公に設定され、その視線を通して出征していく夫への思いが捉えられている。このように女性を主人公として詠ずること自体は、古詩や楽府、閨怨詩などに比較的よくみられる詠法である。しかし、「新婚別」の新妻の語りにはどのような特徴があるだろうか。また、杜甫はいかにして、このようにいきいきとした女性詠を為し得たのだろうか。

ここで次に、杜甫が女性を詠じた詩を見て、その特徴を明らかにし、その上で「新婚別」の妻の特質を考えてみたい。

杜甫が安祿山の賊軍中から脱出し、左拾遺を授けられ、まもなく家族を見舞うことを許された折の作「羌村《きようそん》三首其一」(『詳註』巻之五)には、

妻 孥 怪 我 在　　妻孥《さいど》 我が在るを怪《あや》しみ
驚 定 還 拭 涙　　驚き定まりて還た涙を拭《ぬぐ》ふ

と妻子との再会が描かれる。杜甫が生きて帰り、我が家の門口にいるという事実がすぐには信じられず、驚く妻。そして、驚きが一段落して初めて涙する、という妻の心中と表情がリアルに表現され、読むものの胸を打つ感動的な場面となっている。また同詩は次のように結ばれる。

夜 闌 更 秉 燭　　夜闌《たけなわ》にして更に燭《しよく》を秉《と》り

相對如夢寐　相対すれば夢寐《むび》の如し

ここには、互いに安否さえ分からず身の危険と貧苦にさらされた長い時間の末に、ようやく訪れた夫婦の再会の喜びが、あます所なく表出されている。

一方、ほぼ同時期に制作された一大長編作「北征」（『詳註』巻之五）には、再会の場面がさらに詳細に表現されている。

經年至茅屋　年を経て茅屋に至れば
妻子衣百結　妻子　衣百結す
慟哭松聲迴　慟哭　松声迴《めぐ》り
悲泉共幽咽　悲泉　共に幽咽《ゆうえつ》す

また、杜甫が妻子へ都から持参した土産を渡す場面では、

粉黛亦解苞　粉黛《ふんたい》　亦た苞《つつみ》を解《と》き
衾裯稍羅列　衾裯《きんちゅう》　稍《よう》やく羅列す
痩妻面復光　痩妻《そうさい》　面《おもて》復た光《かが》やき
癡女頭自櫛　痴女　頭自ら櫛《くし》けずる

と、久しぶりに化粧品を手にして、面を輝かせる妻や娘の様子が、夫そして父のまなざしから温かく、しかもユーモラスに捉えられている。

安禄山の反乱軍に虜囚となっていた折の、「月夜」（『詳註』巻之四）では、ほぼ全編が妻の描写に費やされている。

月夜

今夜鄜州月
閨中只獨看
遙憐小兒女
未解憶長安
香霧雲鬟濕
清輝玉臂寒
何時倚虛幌
雙照涙痕乾

今夜鄜州《ふしゅう》の月
閨中《けいちゅう》　只《ただ》　独《ひと》り看るならん
遙《はる》かに憐れむ　小児女の
未だ長安を憶ふを解せざるを
香霧　雲鬟《うんかん》湿《うるお》ひ
清輝　玉臂《ぎょくひ》寒からん
何《いず》れの時か虚幌《きょこう》に倚《よ》り
双《なら》び照らされて涙痕《るいこん》乾かん

疎開先の鄜州で妻はひとり月を眺めながら自分のことを思っているだろう。子ども達はまだ幼く、長安で捕らわれている父の身を心配することすらできない。妻の雲なす髷《まげ》は、かぐわしい夜霧にしっとりと潤い、清らかな月の光に玉のようなひじは冷たく輝いているだろう。そして、いつの日、人気のない窓辺で二人よりそい、涙の痕《あと》を乾かすことができるだろうか。

疎開先の妻を想像し、美しく思い描いた詩である。そして、尾聯は未来への希望を託して結ばれている。

このように杜甫の妻を詠じた詩には、折々の妻の見せる姿や、またその妻への思いが、なおざりでない表現で詠じられていることがわかる。これらの詩は、いずれも戦乱下で書かれたものである。杜甫が妻や娘たちを描いた描写は、人間のありのままの姿をいきいきと捉えた非凡な表現だといえる。そして、このような対象を生き生きと捉える表現や視線が、「新婚別」における新妻の語りを根本で支えているのである。

また、詩ではないが、ちょうど「三吏三別」制作の数ヶ月前、やはり華州司功参軍にあった時に書かれた「乾元元

年華州試進士策問五首」（『詳註』巻之二十五）の「其の二」には

欲使輶軒有喜、主客合宜、閭閻罷杼軸之嗟、官吏得従容之計。（輶軒《ゆうけん》をして喜び有らしめ、主客をして宜しきに合せしめ、閭閻《りょえん》をして杼軸《ちょじく》の嗟《なげ》きを罷《や》めしめ、官吏をして従容《しょうよう》の計を得しめんと欲す。）

と、民衆（女性）が、織り上げた織物のすべてを納税しなければならない嘆きをやめさせたいと述べている。もちろん、杜甫は女性だけに注目していたわけではない。「其の一」では、賦税と軍用費との関係を論じて、「欲將誅求不時、則黎元轉罹疾苦矣」（将に誅求時ならざらんと欲せば、則ち黎元《れいげん》転《うた》た疾苦に罹《かか》る。）と、軍隊の食糧に当てるために、戦乱時に無理に税を取り立てるならば、民衆は困窮すると過酷な徴税を問題視している。「其の四」では、「蓋有兵無食、是謂棄之」（蓋《けだ》し兵有りて食無きは、是れ之を棄つと謂ふ）と述べ、兵はあるが、食物が供給されないのは、これは民衆を棄てることになるのだと痛烈に批判している。つまり、この「乾元元年華州試進士策問五首」には、房琯事件以来杜甫が抱き続けてきた問題意識が顕在化している。それは、戦乱状況の中で民衆が背負っている現状を、具体的にどう救うかという課題である。このような民衆の現状へのきわだった注目が、「三吏三別」詩のそれぞれに異なる民衆自身の語りを潜在的に準備したと言えよう。

「三吏三別」には、戦乱の世の中で、決して歴史の表舞台には現れることのない民衆の、ことにその中の弱者である女性の精一杯生きる姿が、浮き彫りにされている。それら民衆の抱える問題を、それぞれの民衆自身の語りを通して、オムニバスのように連続的に物語として表現したことが、杜甫の「三吏三別」詩における試み・工夫であり、この作品のユニークな特徴だと言えよう。

四

「垂老別」の老人は、「何郷爲樂土」（何れの郷か楽土為《た》る）という言葉を発している。もう天下中どこにも安楽の地はないという絶望の表明である。「無家別」では、出征から戻った兵士が、戦乱のために人気もなく、荒れ果てた村で、それでも気を取り直して耕作を始める。しかし、間もなくまた戦地に送られることになる。妻子はなく、母もすでに亡くなり、この男を見送る人は誰もいない。すべてを失ったこの男のおかれた現実が突きつけられる。そして、結びに見えるこの男の「何以爲蒸黎」（何を以てか蒸黎《じようれい》と為さん）という重い問いかけの言葉は、政府からもはや人民（蒸黎）としてすら扱われていないという、現実の生活から発せられた現在の政治・政策への重い問いかけであり、鋭い批判となっている。この詩を作った当時、杜甫は華州司功参軍に在任中であった。打ち続く戦乱の状況下で、彼はそれ以前から人民の苦しみをどう救済するかという問題意識を抱き続けていた。その思いは房琯事件以後一層深まり、華州に左遷されて後は、先に触れた「乾元元年華州試進士策問五首」などに、その問題意識を顕在化させていた。

「三吏三別」の特徴は、この問題意識を、オムニバスのように連続した物語を設定し、さまざまな立場の民衆の語りを通じて、先鋭に表出した点にある。生々しい民衆の現状や政策上の問題を杜甫自身の目線から、外側から客観的に詠じたのが、前半三首であり、民衆の切実な苦悩や葛藤を民衆の眼を通して内側から主体的に捉え直したのが、後半三首である。民衆自身を語り手として、民衆の内側から捉えるという手法によって、杜甫自身の視線では捉えきれない民衆の苦悩や、主体的な内面のせめぎあいを浮き彫りにすることができたことは、他に例を見ないひとつの到達点と言えよう。このように、「三吏三別」詩は、房琯事件を契機に深まっていた杜甫の問題意識――戦時下で現実に民衆を救わなくてはならないという問題意識――によってもたらされたものであり、さらに民衆の内側から捉える手法によって、現実の状況を鋭く問う文学となったといえるのである。

結　語――杜甫が拓いた地平――

杜甫は、後世「詩聖」と高く賞賛されてきたが、儒家的文学観から「詩聖」と評されることで、かえってその詩の本質の重要な部分が見落とされ、偏狭な理解がされてきた一面があると考えられる。「詩聖」という評語の妥当性を議論することが本論の目的ではないが、その評語が隠してしまう杜甫の本質を考えようとするのが、本論の出発点だった。そこから進んで本論では、儒家的な文学観からはむしろ逸脱したように見える杜甫の心性と自己認識とのかかわりや、杜甫の詩語における試行に着目して、杜甫の内面的葛藤と文学上の模索の過程をたどってきた。本論は、その過程の軌跡に他ならない。

以下に、序論で提示した問題意識に沿って、本論の第一編から第三編で論じてきた内容を振り返り、概要をまとめておきたい。

第一編「心性と創作――杜甫の詩的葛藤と自己認識――」では、杜甫が自身の心性をどのように認識して表現に向かっていったかを考察した。

第一章第一節では、極めて誠実な相貌を持つ杜甫が、一方「狂」の文字を多用していることに着目し、詩語としての「狂」が、どのように詠じられているのかを、杜甫の生涯を四期に分けて検討した。杜甫の詩語「狂」には、その時々の杜甫の懊悩を読み取ることができるのであるが、その用い方には四つの時期ごとに差異が認められる。第一の時期、青年時代の「狂」は、政治への理想を抱きながらも仕官は思うに任せず、放埒な日々を過す自分への自虐的で、焦燥感のにじむものであり、また権力者への批判の色が濃い。第二の時期、安祿山の乱に遭遇し、戦乱の続く中で華州司功参軍の職にあった時期――一方ですぐれた社会批判詩を制作していた時期であるが――の「狂」は、肅宗の王朝中興への期待が砕かれ、しかし、官職に身を置きながら民衆を救済することもできない呵責や深い葛藤の中、精神的・身体的な危機を凝視して詠じたものであった。第三の時期、官を辞し秦州へ旅立って後の時期には、知友達の権力に迎合せず、捉われない生き方を「狂」と評し、詩中で彼らへの共感を表すものであった。第四の時期、成都時代においては、文学に生きようと思い定めたのではあったが、客観的に外から捉えたとき、世の中からはずれ、自ら選んで文学にのめりこむ自己の姿が「狂」と捉えられた。杜甫は自己を「狂」と捉えつつ、それでもやはり詩作に「耽」り、すさまじいまでの詩への傾斜のなかで、次第に最晩年の透徹した眼を獲得していったと思われる。その最晩年の時期を独立した一時期とするならば、第五期とすることも可能であろう。以上、「狂」の大部分の用例は、自己を「狂」とみなすものであり、さまざまな矛盾状況のなかで葛藤する自己を自嘲するもの、また逆に自身の拙い生き方にささやかな価値を見出して温かく笑うものなどがあった。親友を「狂」と評する場合には必ずその人物への深い共感があり、体制に迎合しない者への積極的な評価が込められている、と考えられる。

第二節では、詩語「狂夫」について考察した。まず唐代以前の詩文にみえる「狂夫」の用例について考え、つづいて盛唐の王維・李白などの「狂夫」について考察し、それらと杜甫の「狂夫」との違いを比較した。『詩經』での「狂夫」は、おろか者というイメージだけでなく、〝浮かれ歩く者〟のイメージがあった。その後、漢魏六朝時代の詩歌の世界には「狂夫」はほとんどみえない。そこにわずかに見える例は、楽府などに見られ、妻から自身の夫のことをいう語であり、妻が他者に対して自分の夫を指していう一種の謙辞である。一方、散文においては、「狂夫」は、愚かな者をいい、時には「聖人」と対比して潜在的な異能を有する存在として捉えられていた。唐代の詩人の中では、王維・李白は、「狂夫」を自らの詩に用いているが、いずれも自身以外の自由奔放な人物に対して比喩的に「狂夫」と評するものである。それに対して、杜甫は、狭量で世間と衝突してしまう自己を、比喩ではなく、異常な資質を持つ者として「狂夫」と捉えていることを指摘した。

第三節では、杜甫の「狂」を考えるための背景として、盛唐の文化的な気風の中に、「狂」という語でくくることのできる一つの価値観があったことを論じた。盛唐時代の「狂」は、その前半の開元期における認識、すなわち文化的・芸術的に自由奔放で不羈の生き方を表すものから、安史の乱を経て、玄宗治世の崩壊、粛宗の治世、乾元期へと時代の大転換を経る中で、より深刻な内容を持つものへと変化していった。開元期の「狂」の意識を代表するものが賀知章であり、後期の意識を先取りし、またそれをもっとも重く受けとめたのは、杜甫だった。開元から乾元へ、詩人の「狂」に対する見方・考え方も変化したように思われる。安史の乱以降、特に杜甫においては時代に対する鋭い眼差しが「狂」に込められていると思われる。しかしまた、それとともに、開元期を通じて、杜甫と関係の深かった人々――賀知章・鄭虔・李白・蘇源明ら――に自称・他称を含め、「狂」の認識が通底していたことは、杜甫の乾元期の文学を考える上で、重要であると考えられる。杜甫が「狂」の語を介して自己の内面を表現してゆく過程において、周囲の人々から受けた影響があったことを述べた。

第二章では、表現手法としての「戯」を取り上げた。「戯題詩」（詩題に「戯」の字を付す詩）は六朝梁代を嚆矢とし、陳・隋・唐代の詩人たちによって脈々と制作された詩である。そのいわば人を嘲笑する趣向の「戯題詩」の系譜の中で、杜甫はそれ以前の「戯」の用法を踏まえながら、その趣向を逆転させ、他者ではなく自己を笑う作品とした。梁代から唐代までの「戯題詩」の系譜を追うとともに、特に杜甫の「戯題詩」を通して、自己を客体化し突き放してみる視点を打ちたてようとする杜甫の、「戯題詩」制作の動機を考察した。杜甫の「戯題詩」は、それまでの伝統的な「戯題詩」の方法を借りながら、逆に既成の価値観を揺り動かす試みであったことを論じた。

第三章では、杜甫以前の「拙」の用法を踏まえつつ、自己認識の語として杜甫の「拙」という語を捉えなおした。「拙」という語で自身を認識することによって自己を客体化し、批判者として自己を立たせていった、杜甫の詩的試行の過程をたどろうとしたのである。杜甫には、「拙」の用例が二十六例あり、これは同時代の詩人に比して極めて多いこと、「拙」、「懶拙」の語は、杜甫の人生上の分岐点というべきいくつかの旅立ちに際して詠じられた詩に表れ、その旅立ちは実際上の旅であるとともに、人生を模索する内面的な旅でもあった。安祿山の乱の前後の作品、すなわち「自京赴奉先縣詠懷五百字」・「北征」において、いずれも激動の状況の中で、自己を客体化して、「拙」と捉えていること、政治の場での理想の実現の困難さを認識しながらも、なお理想に固執し、現実に妥協できない自己を「拙」と表現したことを述べた。一方、「懶拙」はその後の旅立ちに際して詠じられた「發秦州」・「發同谷縣」に見え、政治的挫折と窮乏の中で、「拙」なる自己を一見開き直った形で突き放しながら、同時にそれを評価し慈しむ意識を表すことを指摘した。

第四章では、杜甫以前の「潦倒」の用例について、その意味を考察し、詩語として「潦倒」の語を使用したのは杜甫が最初であることを示した。そして、「登高」詩にも見えるこの語が、杜詩の中では重要な働きをしていることを指摘した。従来、「潦倒」の語は「落ちぶれること」「何ごともなげやりになること」と解釈されてきた。しかし、杜甫が踏まえた先行用例の考察から、「潦倒」の語が、官僚社会の視点からは否定的評価を与えられるが、それを超えた人間本来の視点からは肯定的評価を与えられる、重層的な言葉であることを明らかにした。

以上第一章から第四章に取り上げた「狂」、「戯」、「拙」、「潦倒」は、いずれも杜甫以前の詩人においては、他者を評する語であったのに対して、杜甫に至って、自身を鋭く客体化して捉える語へと転換していることが注目される。杜甫がそれらの語に新たな生命を吹き込み、またそれらの語で自己を認識することが——新たな自己認識に立つがゆえに——翻ってその詩を刷新する契機ともなったと考えられる。換言すれば、杜甫の詩の独創性やその生涯を貫く思想を考える上で、これらの語は重要な鍵となる語なのである。それらの詩語の考察を手がかりに杜甫の詩人像を再検討し、従来見落とされていた表現への不断の試行と自己認識の深まりを明らかにした。

第二編「詩語の変革——文学表現における試行——」では、文学における試行がどのように行われ、どのように新生面を切り拓いていったのか、を具体的な詩語や表現の試行を通して考察した。

第一章では、中国文学における植物語彙「菊」のイメージの系譜の中で、杜甫の「菊」を考察した。

第一節では、菊が文学に初めて登場する『楚辞』から、東晉の陶淵明に至るまでの「菊」のイメージを検討した。杜甫以前の「菊」についての考察である。『楚辞』では、「菊」は、食物、あるいは呪術的な力を持つ存在として現れる。前漢・後漢・魏晉・南北朝と時代が降るにつれて、「菊」は重陽の節句と深く結びつき、華麗でまた唯美的なイメージが増大する。その流れの中、東晉の陶淵明は「菊」に内面的・求心的な美を発見し、そのイメージを精神的な高貴さへと昇華させて、異彩を放っていることを述べた。

第二節では、杜甫の「菊」のイメージが、陶淵明を継承しながら、さらに北周の庾信をも継承したものであることを考察した。杜甫の「菊」を詠じた詩は三十二首にのぼる。杜甫は陶淵明の高貴な「菊」のイメージを継承しているが、また、庾信の「菊」のイメージからさらに大きな影響を受けている。庾信の「菊」の特徴は、暗く不気味なイメージを伴うものが多いということであるが、ことに晩年の杜甫は、庾信の「菊」のイメージの奥行きと価値を再発見した。そのイメージを踏まえて、傷ついた苦痛を乗り越えて生き続けようとする心象を「菊」に託していることを論じた。

第二章では、詩語「風塵」が成立する過程を追った。「風塵」は三国時代までは詩語としては見えない。「風に舞う塵」の描写自体は後漢以前にもあったが、「風塵」という詩語の誕生には至っていなかった。三國時代以降、「風塵」の語が登場するが、その用例は、ほぼ〈俗世間・俗塵〉、〈官途・官界〉、〈兵乱・戦争〉のイメージに分けられる。それぞれの用法を考察し、詩人がどのようなイメージを込めて詠じているかを明らかにした。その上で、杜甫には特に国家の存亡に関わる重大な影響を与えた戦争を表す例が顕著に見られ、詩語「風塵」のイメージを刷新していることを述べた。

詩語は、六朝時代に多彩さと洗練が加わり、ひいては詩の表現を自由にし、また幅広くさせる成果をもたらした。それが隋による南北統一後、唐代に至って、詩の最盛期を迎える土台を用意したことはいうまでもない。初唐期には、詩人達によって六朝時代の永明体・齊梁体の継承とさらなる刷新が同時に進められた。そして、王維、李白、杜甫など巨星の登場する盛唐を迎える。その中で、杜甫が他の詩人達にも増して、重大な詩語の変革を行ったこと、しかも伝統の継承と新たな創造との間での葛藤の中でその変革を進めたことを述べた。

第三編「社会意識と社会批判詩――内乱の中での詩的創造――」では、杜甫が時代にどのように向き合っていたのか、どのような意識を持って社会・政治に参画し、あるいは対峙していたのかを詩や文章を通じて考えた。

第一章では、杜甫が華州司功参軍在任中に作成した「乾元元年華州試進士策問五首」を取り上げ、そこに表現されている問題意識について考察した。杜甫の「乾元元年華州試進士策問五首」が、通常の策問とは異なり、杜甫の当時の具体的な政治政策に関する問題意識を受験者に直接問うものであったことを論じた。ここで重要な点は、一般的にこれまで捉えられてきた杜甫像とは逆に、実は杜甫が当時の現実の政治状況に対して、非常に切実な問題意識と具体的な政策を抱いていたことを明らかにしようとした点である。現実の政治・政策への一貫した批判的視点が、この策問において鋭い問題提起として提出されていると考えられ、またその問題意識は、その後「三吏三別」の制作動機に連続するものであることを考察した。

第二章第一節では、いわゆる〈房琯事件〉とは、どのような事件であったのか、杜甫にとって房琯はどのような存在だったのかを考察するとともに、杜甫の人生を決定的に変えたこの事件が、彼の人生に対して持った意味を考えた。杜甫が左遷される契機となった〈房琯事件〉について、杜甫が房琯を弁護した真の理由、および杜甫にとっての〈房琯事件〉の意味を考察した。その上で、杜甫の社会批判詩の代表作「三吏三別」詩との関わりについて考察した。〈房琯事件〉を経て、民衆への関心――戦争状況下であっても国策によって民衆の生活を破壊するのではなく、現実に民衆を救わなければならないという深刻な問題意識――が杜甫の中で深まっていたこと、その到達点ともいえるのが、「三吏三別」詩であることを明らかにした。

第二節では、杜甫の「祭故相國清河房公文」が語るものについて考えた。もと宰相であった房琯の死に際して杜甫が制作した「祭故相國清河房公文」を全面的に読解・分析した。この文章を正面から分析した考察は本論が最初だと考えられる。安祿山の乱を収束させるために宰相房琯が打ち出した政策に杜甫が深く共感していたこと、それにも拘らず房琯が失脚に追い込まれたとき、それを弁護しきれなかった自分自身を終生深く恥じていたことが、分析から明らかになった。安祿山の乱という大事件に際し、杜甫が壮大な視野と根本的な政治意識を持っていたことを本論を通じて示した。

第三章では、杜甫の社会批判詩の代表作「三吏三別」詩の六首の連作を取り上げ、その特徴を考察した。「三吏三別」の前半三首では、主に官の側から捉えられた状況が描かれ、後半三首では、民衆の視点から見た現実の状況が詠じられていた。民衆の抱える問題をそれぞれの民衆自身の語りを通して、オムニバスのように連続的に物語詩として表現したことが、杜甫の「三吏三別」詩における試みであり、特に連作の中で語りの主体が変化していくに伴って、現実把握が次第に深まっていくことが「三吏三別」の大きな成果・特徴といえることを示した。

杜甫は従来、政治的な現実認識が脆弱であるといわれているが、実は高度な政治認識を有していた、というのが、筆者の主張である。その基盤には民衆を救済しようとする誠実さがあろう。その誠実さを従来の杜甫論では、一種の抽象的な態度や、観念的な願望とみなして、実際の杜甫の内面的な葛藤や表現への試行とは切り離して論じてきた。しかし、本論では、その政治的な誠実さが、時代の現実の状況と正面から向き合った結果であり、また向き合うための方法であったこと、それが杜甫の内面と文学に深く連なるものであったことを論証した。

以上の考察を通して、従来の杜甫論に少しでも新たな視点を提出できたのではないかと考える。

本論は、おおよそ安史の乱前後の詩までを対象とした考察が大半を占める。杜甫の秦州時代、成都時代、夔州時代、最晩年に至る後半の人生、及びその時期の創作特徴については、本論での杜甫の心性や自己認識、また社会認識についての研究を基盤として、今後の研究課題としたい。

あとがき

思えば、大学院進学以来、約三十年あまりを杜甫の詩と共に歩んできた、ということになる。ただ、それはいかにもゆっくりとした歩みであり、はかばかしい研究成果をあげてきたと言い難いことは、本当に恥ずかしく思われる。

昨年二〇一一年度にお茶の水女子大学大学院に博士論文を提出して審査を受け、二〇一二年三月二十三日に博士の学位（博乙第三二〇号・人文科学）を授与された。拙著は、この博士論文に若干の修正を加えたものである。お茶の水女子大学大学院人間文化創成科学研究科の審査では、アジア言語文化学コースの和田英信先生をはじめ、宮尾正樹先生、伊藤美重子先生、伊藤さとみ先生、それに日本語日本文学コースの浅田徹先生に大変懇切なご批正、ご教示を頂戴した。このことに対して、心から謝意を表したい。審査の過程で頂いたご教示やご助言に沿って、巻頭に問題提起を置き、結論を巻頭から末尾に移すなど構成を見直したほか、重複した文章を極力削除するなどし、論旨が一貫するよう修正を行った。諸先生のご指導により、当初に比べると格段に明解になったと思っている。

偶然にも杜甫生誕一三〇〇年の記念すべき年に杜甫の論文で学位を頂けたこと、そしてこのささやかな書物の入稿を終えられたことは、非常に感慨深い。

筆者が漢詩を本格的に読み始めたのは、都留文科大学国文学科で漢文学を田部井文雄先生にご指導いただいた時に遡る。先生からは陶淵明や杜甫の詩を読む面白さや研究者の心構えを教わったように思う。そして、お茶の水女子大学大学院に進学し、佐藤保先生の下で、杜甫の研究を始めた。その頃のお茶大中文では頼惟勤先生、近藤光男先生、中山時子先生が教鞭をとっておられた。このような錚々たる先生方の下で学べたことは大変幸運だった。机を並べている院生にも非常に研究熱心な方が多かった。修士論文をまとめた後、筑波大学の博士課程に進み、内山知也先生、向嶋成美先生の下で、さらにご指導を受けた。特に、六朝・唐詩をご研究なさっている向嶋先生からは、詩のことばをめぐる研究方法に始まり、新しい研究方法を常に模索することの重要性を教わった。佐藤保先生から、修士終了後、前野直彬先生のお宅で開かれる前野塾と唐詩研究会への参加を認めていただき、唐詩研究者の末席に加えていただいたことによって、刺激的でしかも得難い研究の機会を得た。その頃、前野塾では、まだ翻訳されていない文人の文章を読んでおり、また唐詩研究会では植物語彙などの研究が進められていた。拙著の第二編第一章「「菊」のイメージ」の論文は、この時の研究を基盤としている。日本中国学会、お茶の水女子大学中国文学会、中国文化学会（もと大塚漢文学会）、全国漢文教育学会、中唐文学会でも、それぞれ多くの先生方に激励やご教示を頂戴し、また学会・研究会の同学の士にも恵まれ、有益なご教示やご助言を頂いた。特に、中国文化学会では、何度か発表や投稿の機会を頂き、大上正美先生、松本肇先生、安藤信廣先生などに厳しく、また温かなご指導を頂いた。

その後、前野直彬先生のご逝去に伴い、前野塾は解散することとなった。数年後、佐藤保先生がお茶大の院生のために黄山谷を読む会を発足されると、そこに参加させていただき、また先生を恩師と仰ぐお茶大出身者などによってマルサの会が立ち上げられると、こちらにも参加するようになった。マルサの会の成果が拙著の第一編第一章「「狂」について」の論文と、第三編第二章第二節「杜甫の「故の相国清河房公を祭る文」の語るもの」の論文である。

以上は、簡略な歩みの紹介であるが、このように改めて振り返ってみると、つくづく恩師に恵まれていたことに思い到る。なかなか博士論文をまとめる決心がつかず、そのため、とうとう恩師の先生方がご退官になる前に博論を提出できなかったことは、返す返す残念なことではあった。しかし、幸い、佐藤保先生の後任としてお茶の水女子大学に着任された和田英信先生に、博論についてご相談することができ、先述のように論文完成まで一貫してご指導いただいた。二〇〇三年に現在在職している長野県短期大学から学外研修（公立大学研究員）としてお茶の水女子大学大学院に半年遊学させていただいた折にも、和田先生にご無理をお願いした経緯がある。ご公務や研究にご多忙の中、ご懇切なご指導を賜ったことに対してこの場をおかりして、心より御礼申し上げたい。

恩師の佐藤先生、向嶋先生にはいまだに研究会その他でお教えを受けており、今回、博論をまとめるに当たっても、いろいろとご助言やご批正を頂戴した。約三十年にわたり、常に激励とご教示を頂戴していることは何という幸福であろうと思う。先生方のお優しさ、温かさ、学問へのひたむきさに、学問上のみならずお教えいただくことばかりである。何とお礼を申し上げたらよいかわからない。ただ、自らの菲才と怠慢、頑固さのために、このような素晴らしい恩師に絶えずお教えを頂戴しながら、研究の着実性、先進性や視野の広がりにまだまだ欠けることが恥ずかしく思われる。

最後に拙著の出版を快くお引き受けくださった汲古書院の石坂叡志社長、辛抱強く、また温かく適切なアドバイスをくださった小林詔子氏に厚く感謝申し上げたい。身内のことになるが、長年にわたって、物心両面にわたって、応援し続けてくれた母、今は亡き父にも感謝を述べたい。

今回拙著をまとめる中で、次の研究課題がおぼろげながら見えてきたように思う。今後、拙著の出版を一区切りとして、新たな一歩を踏み出せることを願っている。皆様方のご批正を頂戴したい。

二〇一三年一月

著　者

〔付記〕本書の刊行にあたって、平成二十四年度日本学術振興会科学研究費補助金（研究成果公開促進費）の交付を受けた。

【参考文献】

主要な参考文献を挙げる。

・黒川洋一注『中国詩人選集　杜甫　上・下』岩波書店、一九六四年
・吉川幸次郎著『杜甫詩注』第一冊〜第五冊、筑摩書房、一九七九年〜一九八三年
・目加田誠著『杜甫』（漢詩体系9）集英社、一九六五年
・鈴木虎雄譯解『杜少陵詩集』国民文庫刊行会、一九三一年
・馮至著、橋川時雄訳『杜甫　詩と生涯』（筑摩叢書）筑摩書房、一九七七年
・鈴木虎雄訳注『杜詩』第一冊〜第八冊（岩波文庫）岩波書店、一九六三年〜一九六六年
・黒川洋一著『鑑賞　中国の古典　杜甫』角川書店、一九八七年
・興膳宏著『杜甫　憂愁の詩人を超えて』岩波書店、二〇〇九年
・黒川洋一編『杜甫詩選』（岩波文庫）岩波書店、一九九一年
・鈴木修次著『唐代詩人論　上・下』、鳳出版、一九七三年（後、『唐代詩人論』（一）〜（四）（講談社学術文庫）講談社、一九七九年）
・小野忍・小山正孝・佐藤保訳『漂泊の詩人』（中国の名詩5）平凡社、一九八三年
・小野忍・小山正孝・佐藤保訳注『杜甫詩選』（一）〜（三）（講談社学術文庫）講談社、一九七八年
・郭沫若著、須田禎一訳『李白と杜甫』（講談社文庫）講談社、一九七六年
・都留春雄注『中国詩人選集　王維』岩波書店、一九六四年
・松浦知久著『李白詩選』岩波書店、二〇〇四年

・小川環樹編『唐代の詩人—その傳記』大修館書店、一九七五年
・「特集　李白と杜甫」（向嶋成美ほか著、『漢文教室　第一九一号』、大修館書店、二〇〇五年）
・小尾郊一著『全釈漢文大系　文選（文章編）』集英社、一九八三年
・内田和之助・網祐次著『文選（詩篇）上・下』（新釈漢文大系）明治書院、一九六三年
・藤野岩友著『楚辭』（漢詩体系3）集英社、一九六七年
・青木正兒著『李白』（漢詩選8）集英社、一九九六年
・高田眞治著『詩經』（漢詩選1）集英社、一九九六年
・石川忠久著『詩經』（新釈漢文大系）明治書院、一九九七年
・周勛初著、高津孝訳『中國古典文學批評史』勉誠出版、二〇〇七年
・錢謙益注『錢注杜詩』上海古籍出版社、一九五八年
・楊倫注『杜詩鏡銓』上海古籍出版社、一九八〇年
・韓成武・張志民著『杜甫詩全釋』河北人民出版社、一九九七年
・陳貽焮著『杜甫評傳』上海古籍出版社、一九八二年
・王嗣奭撰『杜臆』上海古籍出版社、一九八三年
・四川省文史研究館編『杜甫年譜』四川人民出版社、一九五八年

【初出一覧】

序論　詩的葛藤の中の杜甫　新稿

第一編　心性と創作――杜甫の詩的葛藤と自己認識――

はじめに　新稿

第一章　「狂」について

第一節　「杜甫の詩と放浪――詩語「狂」にみる杜甫の心性――」（『古今東西――憶良・杜甫・ワーズワス・ホーソーンの人と文学――』所収、鈴木昭一・横倉長恒・高梨良夫・谷口眞由実著、武蔵野書院、一九九九年）

第二節　「狂夫」（『詩語のイメージ――唐詩を読むために』所収、後藤秋生・松本肇編、東方書店、二〇〇一年）

第三節　「盛唐詩人と「狂」の気風――賀知章から李白・杜甫まで――」（佐藤保編、『鳳よ鳳よ――中国文学における〈狂〉――』所収、汲古書院、二〇〇九年）

第二章　「杜甫の「戯題詩」について――「戯」の意識を探る――」（『お茶の水女子大学中国文学会報』第五号、お茶の水女子大学中国文学会、一九八六年）

第三章　「杜甫の「拙」について」（『中国文化』第四七号、大塚漢文学会、一九八九年）

第四章　「杜甫の「登高」詩について――潦倒新たに停む濁酒の杯――」（『中国文化』第四五号、大塚漢文学会〈一九九八年中国文化学会と改称〉、一九八七年）

第二編　詩語の変革――文学表現における試行――

はじめに　新稿

第一章　「菊」のイメージ――六朝以前の「菊」と杜甫の「菊」――
　第一節　「中国文学における菊のイメージ――『楚辞』から陶淵明まで――」（『桐生短期大学紀要』第六号、桐生短期大学、一九九一年）
　第二節　「杜甫の菊――イメージの形成と特質――」（『桐生短期大学紀要』第七号、桐生短期大学、一九九三年）
第二章　「風塵」（『詩語のイメージ――唐詩を読むために』所収、後藤秋生・松本肇編、東方書店、二〇〇一年）

第三編　社会意識と社会批判詩――内乱の中での詩的創造――
はじめに　新稿
第一章　「華州司功参軍時代の杜甫」（『新しい漢字漢文教育』第四一号、全国漢文教育学会、二〇〇五年）
第二章　房琯事件と杜甫の社会意識
　第一節　「杜甫の社会批判詩と房琯事件」（『日本中国学会報』第五三集、日本中国学会、二〇〇一年）
　第二節　「杜甫の「故の相国清河房公を祭る文」の語るもの」（佐藤保・宮尾正樹編『ああ、哀しいかな――死と向き合う中国文学――』所収、汲古書院、二〇〇二年）
第三章　「杜甫「三吏三別」詩の世界――「新婚別」を中心に――」（田部井文雄編『研究と教育の視座から　漢文教育の諸相』所収、大修館書店、二〇〇五年）
結語　杜甫が拓いた地平　新稿

【付表】

杜甫簡略年表

先天元年（七一二）	一歳	河南鞏県に生まれる。字は子美。祖父は初唐の詩人杜審言、父は杜閑、母は崔氏。
開元二十三年（七三五）	二十四歳	呉・越などの遊学より帰り、進士試験を受けるが、落第する。
天寶三載（七四四）	三十三歳	洛陽で李白に会い、翌年の冬まで李白に従って梁宋、濟州などに遊び、共に詩作する。
天寶四載（七四五）	三十四歳	李白と別れて長安に向かう。
天寶十四載（七五五）	四十四歳	十月、河西の尉を授けられたが受けず、右衛率府冑曹参軍に任ぜられる。十一月、安祿山が反乱を起こし、十二月、洛陽を陥落させる。
至徳元載（七五六）	四十五歳	家族を奉先から白水県、鄜州に移す。六月、潼關が破られ、玄宗は長安から蜀に亡命する。太子亨が靈武に走って即位（肅宗）。杜甫は肅宗が即位したと聞き、新帝のもとに駆けつけようとして途中賊軍に捕えられ、長安に軟禁される。
至徳二載（七五七）	四十六歳	長安の賊中から脱出し、鳳翔の行在所に駆けつけ、その功によって左拾遺に任ぜられる。しかし、就任直後、宰相房琯を弁護したため、肅宗の逆鱗に触れ、三司の取調べを受ける。宰相張鎬らに救われ罪は免れたが、家族のもとへの帰省を命じられる。九月、官軍が長安・洛陽を奪回し、杜甫は許されて長安に至る。
乾元元年（七五八）	四十七歳	六月、華州の司功参軍に左遷される。洛陽に赴く。

乾元二年（七五九）　四十八歳　春、洛陽から華州への帰路の見聞をもとに、「三吏三別」詩を作る。この年、長安一帯は飢饉にみまわれる。七月、官を棄てて、家族を連れて秦州に旅立つ。秦州から同谷を経て、四川省の成都に赴く。

上元元年（七六〇）　四十九歳　成都の浣花溪のほとりに、浣花草堂を築く。この後、綿州、梓州、漢州、閬州などに行っている。

廣德二年（七六四）　五十三歳　嚴武の推薦により、節度参謀・検校工部員外郎となり、嚴武の幕府に出仕する。

永泰元年（七六五）　五十四歳　正月に辞職し、四月に嚴武が亡くなると家族をつれて、成都を去り、戎州、渝州、忠州を経て雲安に至る。

大曆元年（七六六）　五十五歳　雲安から四川の虁州に移る（この後、西閣、赤甲、瀼西、東屯などに転居している）。

大曆三年（七六八）　五十七歳　虁州を去り、三峡を出て、江陵、公安、岳州に至る。

大曆五年（七七〇）　五十九歳　潭州から耒陽に至り、潭州と岳州の間で病没（ただし、病死した場所については、諸説ある）。

著者略歴

谷口　眞由実（たにぐち　まゆみ）

1959年和歌山県生まれ。現在、長野県短期大学教授。博士（人文科学）。都留文科大学卒業。お茶の水女子大学大学院修士課程人文科学研究科修了。筑波大学大学院博士課程文芸・言語研究科中途退学。

主な論文に「杜甫の社会批判詩と房琯事件」（『日本中国文学会報』第53集、2001年）、「杜甫の「故の相国清河房公を祭る文」の語るもの」（佐藤保編『ああ、哀しいかな——死と向き合う中国文学——』所収、汲古書院、2002年）、「杜甫の「三吏三別」詩の世界——「新婚別」を中心に——」（田部井文雄編『研究と教育の視座から　漢文教育の諸相』所収、大修館書店、2005年）、「盛唐詩人と「狂」の気風——賀知章から李白・杜甫まで——」（佐藤保編『鳳よ鳳よ——中国文学における「狂」——』所収、汲古書院、2006年）などがある。

杜甫の詩的葛藤と社会意識

平成二十五年二月二十日　発行

著　者　谷口　眞由実
発行者　石　坂　叡　志
印刷所　中台整版
　　　　日本フィニッシュ
　　　　モリモト印刷

発行所　汲　古　書　院
〒102-0072　東京都千代田区飯田橋二―五―四
電　話〇三（三二六五）九七六四
ＦＡＸ〇三（三二二二）一八四五

ISBN978－4－7629－6500－5　C3098

索　　引

人名索引

書名索引

杜甫作品名索引